추억의 습관

차례

검은 숲	7
좁은 방	35
계절풍	63
하얀 겨울	95
은재	123
스티브	151
추억의 습관	183
블루 하트	211
거리의 봄	241
해설	265
작가의 말	282

검은 숲

눈앞이 뿌옜다. 찬 공기는 숨을 들이마실 때마다 한바탕 몸 속을 휘돌고 더운 입김으로 내뿜어졌다. 머리카락을 쓸어 올린 손가락 사이로 물기가 촘촘히 배어든다. 얼마나 걸은 걸까. 어디서부터 걸었는지도 모르겠다. 시작은 안개 속이었고 나는 여전히 그 속에 있다. 저 멀리에 누운 S자형으로 굽은 화살표 모양의 도로 경고표지판이 보인다. 몇 발자국 더 걸어갔을 뿐인데, 갑자기 그 표지판이 바로 내 코앞에 와 있다. 흐린 날씨가 시야의 원근감도 앗아갔다. 아직 해가 지지 않아 어둡지 않은데도 뒤에서 달려오는 자동차의 헤드라이트는 내 뒤통수에 와 닿을 만큼 길게 뻗어 있다. 자동차는 락 밴드의 시끄러운 음악 소리를 남기고 나를 스치듯 비껴 지나간다. 하마터면 부딪힐 뻔했다. 차바퀴가 일으키고 간 흙먼지를 툭툭 털고 나니 그 자리에 다시 고요와 적막이 남는다. 간간이 가느다란 물줄기가 흐르는 계곡이 보일 뿐, 도로 양옆은 대부분 숲으로 둘러싸여 있다. 바람은 나뭇가지에 간신히 붙어있는 몇 개 남지 않은 잎마저 떨어뜨렸고, 메마른 땅에 뿌리를 내리고 있는 나무들은 잿빛 하늘 아래 알몸을 움츠렸다. 나는 차가워진 두 손을 주머니에 넣고 걸었다. 완만한 오르막길이었다.

저만치 길옆 민가의 굴뚝에서 연기가 피어오르고 있다. 몇 시간 만에 보는 사람의 흔적이다. 조그만 간이 슈퍼와 함께 운영하는 식당이었다. 허기가 밀려왔다. 오래되어 손때가 묻은 미닫이 유리문에 손을 대자 드르륵 소리를 내며 열린다. 식당 안의 따뜻한 기운이 이제껏 참아왔던 추위를 한꺼번에 사라지게 한다. 두부김치, 두부전골, 막걸리, 소주……. 벽에 대충 쓴 듯 단출한 메뉴가 눈에 들어온다. 식당 아주머니는 손님이 들어오는데도 인사도 없이 하던 일만 계속한다. 낡은 연탄난로 주변에는 스테인리스 울타리가 둘러쳐져 있다. 난로 위에는 커다랗고 노르스름한 알루미늄 주전자가 놓여 있고 시멘트로 된 바닥은 군데군데 물기로 얼룩져있다. 가게 한쪽에 무릎 높이만큼 돋우어 누런 장판을 깔아놓은 온돌에는 앉은뱅이 테이블 네 개가 놓여 있다. 예순 안팎 정도의 남자 네 명이 주방 가까이에 있는 테이블 하나를 한쪽으로 밀치고 고스톱을 치고 있다. 나는 마치 전부터 알고 있었던 것처럼 그들 사이에 끼어있는 주인 남자를 한 번에 알아볼 수 있다.

"안녕하세요?"

한창 고스톱에 열이 올라 있는 주인남자는 대답이 없다.

무얼 먹을까? '우리집은 두부김치가 맛있어요.' 언젠가 들었던 식당 아주머니의 말이 머릿속에 맴돈다.

"저, 두부김치 하나 주세요."

아주머니는 반응이 없이 하품만 한다.

'오늘 장사 안하나?'

나는 눈이 마주치기를 바라기라도 하듯 고스톱을 치고 있는 주인 남자를 빤히 쳐다보며 생각했다. 주인 남자는 딱딱 소리를 내며 화투짝 던지기에만 몰두했다. 나는 그냥 과자만 하나 사가지고 가야겠다는 생각에 진열대 쪽으로 와서 전에 그와 함께 안주 삼아 먹곤 했던 짭짤한 과자 한 봉지를 집어 들었다. 주방으로 들어간 아주머니는 나오지 않았고 주인남자는 여전히 화투만 바라보고 있다. 나는 선반 귀퉁이에 과자값을 놓아두고 출입문 쪽으로 몸을 돌렸다.

걸음을 옮길 때마다 윗옷 가슴께에 넣은 과자봉지가 부스럭거린다. 그에게 달려들어 안겼을 때 그의 가슴팍에서 터져버린 붕어빵 생각에 피식 웃음이 나왔다.

그날 그의 화실은 추웠다. 내가 먼저 도착해 난로를 켜 놓고 그가 선물한 나비 그림을 보고 있었다. 화실 문을 열고 그가 들어오자마자 나는 장난치듯 와락 달려들며 그의 차가운 두 볼을 감싸 안고 키스했다. 그가 입고 있는 두툼한 오리털 패딩 지퍼를 열고 품속으로 파고들 때 한 뭉치의 종이 봉지가 바닥에 툭 떨어졌다. 떨어진 종이 봉지 안에 끝부분이 조금 탄 듯한 붕어빵의 꼬리가 보였다. 그는 봉지를 집어 들었다. 터진 붕어빵에서 새어나온 팥이 종이 봉지 바깥에도 묻어 있었다.

"식을까봐 옷 속에 넣어왔어."

그는 오리털 패딩을 벗고 그 속에 입은 셔츠마저 벗어냈다. 그제야 붕어빵을 비집고 나온 팥이 그의 셔츠 앞자락 여기저기에 묻어 있는 게 보였다. 그는 웃으며 팥물로 얼룩진 셔츠의 단추를 하나씩 풀어나갔다. 셔츠 밖으로도 단단함이 느껴지는 가슴이었다. 내가 먼저 다가가 얼굴을 묻었다. 너를 보면 꼭 안아 주고 싶어. 그의 목소리는 따뜻했다. 귓불에서 느껴지는 그의 입술은 내 몸의 세포 하나하나를 일으켜 세웠고 추웠던 화실은 더워졌다. 밝은 곳에선 손조차 잡을 수 없는 우리에게 그의 화실은 또 하나의 세계였다.

몇 시쯤 되었을까. 시간이 갈수록 지구 반대편으로 기울고 있는 태양의 빛이 구름에 반사되어 오히려 하늘은 희뿌옇게 되어간다. 아직도 어둠이 내리지 않은 것처럼 보인다. 시간의 흐름을 느낄 수가 없다. 조금 전까지 보이지 않았던 불빛들이 희미하게 보이기 시작했다. 하나 둘 불이 켜지기 시작하자 안개 속에 감추어져 있던 집들 몇 채가 모습을 드러냈다. 더 어두워지기 전에 잘 곳을 찾아야할 텐데.

좀 더 빨리 걸음을 옮겨 불빛이 비치는 첫 번째 집에 도착했다. 통나무로 지어진 카페였다. 창문 너머로 들여다본 카페 안의 분위기는 아늑하다. 카페 입구에 세워져 있는 조그만 칠판에는 예쁜 글씨체로 에스프레소, 아메리카노, 카푸치노, 카페라떼……. 들꽃차도 있어요, 라고 쓰여 있다. 그는 종류를 가리지 않고 진한 커피를 좋아했다.

"그렇게 독한 걸 어떻게 마셔요?"

"씁싸름한 커피가 식도를 타고 내려갈 때 싸한 느낌이 좋아."

그 말을 떠올리며 카페 문을 열고 들어갔다. 끼익. 통나무로 만든 문에서 묵직한 소리가 났다. 카페 안에는 커피 향이 가득했다. 커피색을 닮은 나무 탁자나 의자도 그 향을 고스란히 머금은 듯했다. 주인으로 보이는 여자가 커피를 내리고 있다. 내가 들어서자 그녀는 문 쪽을 한번 흘깃 쳐다볼 뿐이다. 나는 바깥 풍경이 보이는 창가 쪽에 앉았다. 커피 한 잔 마시고 잠잘 곳을 찾아도 늦지 않을 것 같았다.

"저기요, 여기 아메리카노 한 잔 주세요."

갑자기 커피콩 가는 소리가 요란하게 들린다.

"아,메,리,카,노 한 잔만 주세요."

나는 한 번 더 또박또박 말했다.

커피를 다 갈고 난 여주인은 화장실 쪽으로 가버린다. 카페에는 나 말고도 더 이상 김이 나지 않는 머그잔을 앞에 놓아둔 채 휴대폰을 보며 깔깔대는 젊은 연인 한 쌍과 등산복 차림의 중년 남자 두 명이 앉아 있다. 테이블 위의 촛불들은 사람들이 말을 할 때마다 휘청거린다. 남자들이 말했다.

"자네도 아까 그 사람 봤나? 전나무 숲 근처 바위에 우두커니 앉아 있던 사람 말이야."

"아니, 못 봤는데."

"뭔가 이상하게 자꾸 신경 쓰이네."

"무슨 얘긴데 그래?"

"아까 여기로 올라오다가 자네가 화장실 간다며 저 쪽으로 갔을 때 말이야, 전나무숲 입구 바위에 사람이 앉아 있길래 그쪽 방향으로 가면 어디로 가게 되는지 물어보려고 다가갔었어. 그런데 저만치 있을 때는 분명이 보였던 사람이 가까이 다가가니 갑자기 사라지고 안 보이는 거야. 괜히 뭐에 홀린 것처럼 멍해지더라구. 혹시 자네도 그 사람을 봤나 해서."

"날도 추워지는데 이 시간에 누가 숲 근처에 앉아 있겠나."

주문을 받으러 올 때까지 기다리다간 저녁이 될 것 같다.

더 어두워지기 전에 산장이라도 찾아봐야 한다. 내 테이블위의 촛불은 흔들리지 않는다. 촛불을 가만히 응시하다 카페를 나와 다시 길 저편의 불빛을 따라 걸었다. 얼마쯤 걷자 주황색 삼각 지붕에 창문이 여러 개 있는 이층집 몇 채가 붙어 있는 곳이 보인다. 펜션이었다. 〈별바라기〉라고 쓴 펜션 이름 아래 일반전화와 휴대전화 번호가 나란히 적혀 있다. 그 때 백구 한 마리가 마치 기다렸다는 듯 내게 다가와 내 주변을 킁킁거린다. 펜션 뜰에는 어디에서도 사람의 기척이 느껴지지 않는다. 1층에 사무실이라고 쓰인 방은 굳게 닫혀 있다. 두 손으로 눈 양옆을 가리고 불 꺼진 사무실 유리창에 바짝 얼굴을 갖다 댔다. 사무실 안에는 아무도 없다. 창을 통해 들어오는 바깥 가로등의 차가운 조명이 사무실 내부에 음산한 분위기를 만들어내고 있었다. 사무실 옆방의 문을 두드려 보아도 기척이 없기는 마찬가지였다. 펜션 전화번호가 적힌 간판을 보려고 입구로 다시 나왔다. 비스듬히 간판을 비추는 두 개의 조명이 〈별바라기〉라고 쓰인 도드라진 글자 주위에 그림자를 만들어 전화번호 가운데 3이나 5, 8과 같은 숫자를 얼른 구별하기 어려웠다. 가까이 다가가 눈을 찌푸리며 좀 더 자세히 보려고 할 때였다. 갑자기 백구가 펜션과 마주 보는 도로 건너편을 향해 짖어대기 시작한다. 나는 고개를 뒤로 돌려 그쪽을 쳐다보았다. 길 건너 숲 근처에서 어두운 물체가 휙 지나가는 것이 보인다. 산짐승은 아닌 듯했다. 언뜻 보아도 사람의 형체였다. 땅거미가 지기 시작하자 주변의 산과 숲은 더 빨리 어두워졌다. 나무로 빽빽한 숲은 거대한 검은 덩어리가 되어갔고 그 속에서 들리는 나무와 바람이 부딪치는 소리는 어떤 영혼들의 속삭임처럼 들려왔다. 검은 숲 뒤의 붉은 기운은 더욱 짙어지고 해가 없는 부연 하늘이 산 주변을 에워쌌다. 서둘러 간판에 적힌 번호로 전화를 걸기 위해 주머니에 손을 넣어 휴대폰을 찾았다. 어, 이게 어디 갔지? 잃어버린 걸까. 아니, 처음부터 가지고 오지 않은 것일까. 머리가 깨어질 듯 아파 왔다.

나는 이곳에 어떻게 오게 된 것일까? 여기가 어디고 어디서부터 이 길이 시작된 것인지 도무지 생각나지 않는다. 갑자기 온몸에 소름이 돋을 만큼 한기가 느껴진다. 더 이상 이렇게 밖에 있을 수는 없다. 이층에 불 켜진 창이 하나 보였다. 그 방에 묵는 사람에게 도움을 청해보기로 했다. 무작정 펜션 이층으로 통하는 계단으로 올라갔다. 이층에는 방 세 개가 있다. 방 두 개는 닫혀 있었지만 살짝 열려 있는 문틈으로 가늘게 불빛이 새어나오는 방이 하나 보였다.

"계시나요? 말씀 좀 여쭐게요."

대답이 없었다. 실례가 되는 줄 알면서도 문을 조심스레 잡아당긴다. 삐거억. 방문은 고요함을 깨고 싶지 않은 듯 애써 소리를 삼킨다. 방안에서 찬 기운이 훅 끼쳐온다. 거실 베란다

문이 열려 있고 현관에는 벗어놓은 신발이 없다. 안에 사람이 없다는 것을 알게 된 나는 신발을 벗고 들어가 베란다 문부터 닫았다. 주방이 딸린 거실과 침실 하나로 이루어진 방이었다. 이 방에서 지내기로 한 사람은 무얼 사러간 모양이지. 아, 추워. 벽 어딘가에 붙어있을 난방조절기를 찾았다. 열려 있는 침실 문 뒤 벽에서 찾은 난방조절기의 눈금은 '0'을 가리키고 있다. 눈금을 '25도'에 맞추고 거실 한 구석에 쭈그리고 앉았다. 이대로 그냥 밖에 나가면 얼어 죽을 것만 같다.

뚜, 뚜, 뚜우~. 일정한 간격으로 기계음이 들린다. 움직일 수도 눈도 뜰 수가 없다. 목과 다리에 묵직한 통증이 왔다. 나는 반듯이 누워 있는 듯했고 사람들이 내 몸을 매만지는 손길이 느껴졌다. 여기는 어디일까. 이내 통증은 사라지고 나는 다시 가벼운 몸이 되어 움직일 수 있다.

그의 냄새가 나는 것 같았다. 사르락거리는 오리털 패딩의 포근함이 느껴진다. 패딩을 끌어당기며 뒤척이다가 창문으로 들어오는 햇살에 눈을 떴다. 간밤에 내가 산짐승처럼 찾아든 그 방안이다. 깜짝 놀라 주위를 두리번거렸다. 오리털 페딩 대신 무게감 있는 이불이 벽에 기대앉은 채 잠든 나를 덮고 있다. 분명히 입은 옷 그대로 쭈그리고 앉아 잠들었는데……. 누가 들어왔었나. 아무리 둘러보아도 사람이 들어왔던 흔적은 없다. 전날 밤 방주인이 들어오면 열어줄 요량으로, 산속의 밤이 무서워서 안에서 잠근 방문도 그대로였다. 방안은 밤에 보았던 것과 사뭇 다르다. 격자 창문을 통해 여러 줄기로 들어오는 햇빛을 받은 먼지 입자들이 반짝이며 허공을 떠다닌다. 냉장고에 들어있는 물로 목을 축이고 아래층으로 내려갔다. 백구는 여전히 나를 반기며 달려든다. 나가온 백구는 납작 엎드려 꼬리를 흔든다. 수염이 텁수룩한 남자가 사료가 든 밥 그릇을 들고 사무실에서 나오며 백구를 부른다. 어젯밤 내가 그토록 찾았던 펜션 주인인 듯했다.

"거기서 뭘 그렇게 낑낑대고 있어? 이리와 어서 밥 먹어."

백구는 일어나 남자에게 가는가 싶더니 뜰 모퉁이에 있는 자기 집으로 들어간다. 잠시 후 백구는 입에 무언가를 물고 다시 내게 왔다. 모자였다. 백구는 그것을 입에 문 채 나를 올려다보며 내 주변을 맴돌았다. 그리고 물고 있던 모자를 바닥에 내려놓는다. 나는 무릎을 굽히고 앉아 백구가 물고 온 모자를 집어 들었다. 낯익은 모자였다. 그래. 그가 잃어버린 모자야. 반가움과 그리움이 함께 북받쳐 올라왔다. 어디서부터 시작되었고, 어디로 가는지도 모르는 여행이 시작된 것이 그에 대한 그리움 때문인지 몰랐다. 그는 이곳을 '나비 고개'라고 불렀다. 내 손에 만져졌던 물큰한 느낌은 안개가 품고 있는 그의 체취였을까.

"진돌아, 아직도 그거 물고 다니냐? 어서 이리 오라니까."

남자는 백구 곁에 서 있는 나를 본 척도 하지 않는다. 사람이 잘 다니지 않는 외진 곳에서 펜션을 찾은 여자가 눈에 뜨이지 않을 리 없다. 남자는 사무실 문을 열고 밖으로 나온 중년 여자에게 투덜거린다.

"겨울에는 장사를 접어야겠어. 누가 이렇게 적막하고 추운 곳에 여행 오겠어? 겨울엔 읍내로 내려가 살다가 봄이 되면 다시 문을 열든지 해야지 원. 요즘에는 숲에서 이상한 기운이 돈다는 소문까지 났어."

"이상한 기운이라뇨? 겨울이 되면 숲이 원래 그렇죠. 바람이 불면 나무들이 울고."

"당신 얘기 못 들었어? 요 며칠 이상한 사람이 나타나 전나무 숲에 앉아 있다가 누가 다가가면 눈 깜짝할 사이에 사라지고 한다던데."

전날 저녁 백구가 짖을 때 내가 보았던 게 그 사람이 아닌가 하는 생각이 얼핏 들었다.

그날 인사동에 간 것은 예전에 근무하던 회사의 사보에 연재할 '작은 여행' 이라는 코너에 필요한 정보를 얻기 위해서였다. 그로부터 며칠 전, 예전에 다녔던 회사의 동기에게서 전화가 걸려 왔다. 내가 회사를 그만두고도 송년회를 비롯해 일

년에 두어 번쯤 만나왔던 홍보실에 함께 근무했던 동기였다. 동기는 격월간으로 발행하는 사보의 한 코너를 부탁했다. 전업 주부가 된 지 7년이나 된 내가 뭘 어쩌겠느냐고 했지만 오히려 여행 전문가가 아닌 주부의 시각으로 앵글을 맞추면 여행의 또 다른 감성이 살아나지 않겠느냐고 했다.

일을 손에서 놓은 지 오래되어 막막했지만 한 해 동안 6번에 걸친 서울 기행을 주제로 먼저 '서촌 나들이'편을 시작해 나가기로 했다. 자주 다니던 인사동에서 멀지 않은 서촌이기에 내겐 더 친숙한 곳이었다. 그동안 서재 한쪽에 두었던 카메라를 다시 꺼내 어깨에 걸쳤다. 서촌에 관한 정보를 얻는 것도 중요했지만 나는 먼저 인사동에 가서 새로운 전시회들이 열리는 갤러리부터 둘러보기로 했다. 〈김유찬전〉. 인사동 거리를 걷다가 한 갤러리 입구에 내가 연재할 사보에 소개되었던 화가의 이름이 눈에 띄었다. 사보의 패턴을 보기 위해 동기에게 부탁한 과월호에서 본 화가였다. 사보에 그의 사진도 함께 실려 있었는지는 생각이 나질 않았고 간단한 인터뷰 내용과 선명한 색채가 인상적인 그림만 기억되었다. 호기심 반, 기대 반으로 갤러리에 들어갔다. 도록을 건네는 안내석의 남자와 고개를 갸우뚱거리며 그림을 관람하고 있는 젊은 여자 한명이 있을 뿐 갤러리 내부는 썰렁했다. 그나마 곧 젊은 여자는 시큰둥한 표정으로 갤러리에서 나가버렸다. 조명이 비춰지는 하얀 벽면에는 사보에서 본 듯한 그림들이 걸려 있었다. 왼쪽 벽면에서부터 그림을 보기 시작했다. 물빛인지 하늘빛인지 알 수 없는 코발트블루 바탕에 노랑나비 한 마리가 날아가고 있는 그림이 눈에 띄었다. 제목은『환,幻』. 그제야 도록의 첫 장을 넘겨보았다. 1978년 서울 출생 김유찬. 개인전 12회, 국전 3회 입상. 다음 그림이 궁금했다. 도록을 덮으며 관람 진행 방향으로 몸을 틀었다.

"도록이 더 잘나왔죠?"

목소리의 주인공은 갤러리에 들어올 때 안내석에서 내게 도록을 건네던 남자였다. 이 사람이 김유찬? 여느 때 같으면 당연히 안내석을 지키고 있는 사람의 전시회라 생각하고 먼저 간단한 목례라도 했을 텐데, 그날은 이상하게도 전부터 알고 있던 화가의 그림이라는 생각에 온통 정신이 팔려 안내석의 남자가 화가 당사자일 거라고 생각하지 못했다.

크지 않은 키에 반 곱슬머리, 나이에 어울리지 않은 여린 눈빛, 차려 입지는 않았지만 하늘색 남방에 짙은 회색 톤의 자켓이 맞춘 듯 잘 어울리는 사람이었다.

"저, 김유찬님이신가요?"

"네."

"아, 실물 그림이 더 좋아요. 저, 그러니까……."

나는 더 말을 이어가야 하나 어쩌나 망설이다가 아무리 갤러리라 해도 처음 보는 남자와 단 둘이 있는 공간에서 계속 말을 이어 나가는 것이 어색해 더 이상 아무 말도 하지 않았다. 머쓱해진 나는 그림에 열중하는 척 한 걸음 옆으로 옮겼다.

"지난 10월 〈한영준전〉에도 오셨었죠?"

그는 아직도 내 옆에 서 있었다.

"네, 그걸 어떻게 아세요?"

"한영준 그 친구가 전시장을 하루만 봐달라기에 제가 그날 자리를 지키고 있었죠. 그때 그쪽을 뵌 것 같아서요."

나는 대답 대신 눈인사를 하고 왼쪽 벽면의 그림도 다 보지 않은 채 서둘러 오른쪽 벽 쪽으로 갔다. 시리도록 파란 바탕에 노란색 나비, 노란색 꽃, 그리고 검푸른 밤하늘의 별들. 오른쪽 벽면의 그림들도 온통 파란색과 노란색이 대비되는 그림들이었다. 끝이 보이지 않는 무한한 공간이 느껴지는 파란색 바탕 속에 내가 빨려 들어가는 느낌이 들었다. 눈을 감아도 파란색의 잔상이 어른거렸다. 현기증과 함께 어디선가 커피향이 났다. 그가 머그잔의 커피를 건네며 갤러리의 한 구석을 차지하고 있는 조그만 원탁테이블로 안내했다.

"저도 마실 겸 내렸습니다."

식도를 타고 내려간 커피는 그림으로 차가워진 내 몸의 피를 데웠다.

"향이 좋네요."

그 후 사흘이 지나고 다시 인사동을 찾았다. 〈김유찬전〉의 마지막 날이었다. 나비가 그려진 〈幻〉을 사기 위해서였다. 처음 그의 갤러리에 들어섰을 때 눈에 들어온 그림이었다. 이상하게도 그날 집으로 돌아온 다음 내내 머릿속에 그 그림의 파란색이 찰랑거렸고, 물 위에서 날아다니던 나비가 내 몸속으로 들어와 귀로 빠져나가는 환상에 빠지곤 했다.

"저, 그림을 사려고 하는데요."

내가 갤러리에 걸려있는 〈幻〉을 가리키며 말했다. 남은 도록이며 개인물품들을 정리하던 유찬이 고개를 들었다.

"아, 지난번에 오셨던 분이네요. 저 그림은 파는 그림이 아니에요. 다른 그림을 보시죠."

맘에 드는 그림을 사지 못하게 된 나보다도 그가 더 실망하는 표정을 지었다.

"저건 제가 가장 아끼는 그림입니다."

"그럼 이제 저 그림은 다시 못 보겠네요."

잠시 그림 앞에 서 있다가 갤러리 입구를 천천히 되돌아 나오는데 뒤에서 그가 급하게 뛰어오는 소리가 들렸다. 출입구엔 벌써 다음 전시를 알리는 홍보물이 붙어 있었다.

"저기요. 그림이 또 보고 싶으면 제 화실로 오세요. 팔지는 않아도 언제라도 보여드릴 수는 있습니다. 저 그림들을 모두 화실에 둘 수는 없지만 〈幻〉은 화실에 두려고 합니다."

유찬이 숨을 몰아쉬며 명함을 내밀었다.

그 후로 인사동의 갤러리에 가는 대신 서교동 그의 화실로 가는 경우가 많아졌다. 처음에 갔을 때 문하생 몇 명이 그림을 그리고 있던 그곳은 화실이라기보다는 작업실이라는 표현이 어울렸다. 좁은 실내에는 크고 작은 화초들이 있었는데, 윤이 나는 푸른 잎사귀들은 화분을 뒤덮을 만큼 무성하게 자라 있었다. 여기저기 파레트가 어지럽게 널려 있었고 붓들이 불규칙하게 꽂혀있는 붓통들이 창가 쪽 책상위에 모여 있었다. 갤러리에 전시했던 그림들은 보이지 않았다. 화실 구석 벽 쪽에 나란히 포개어 세워져 있는 캔버스의 그림들을 하나씩 젖혀가며 보고 있는 내게 그는 조금만 기다리라는 눈짓을 했다. 잠시 후 문하생들은 하나 둘씩 돌아갔다.

"학생들도 가르치나 봐요."

"제자들이에요. 가끔씩 오죠."

"전시회에 걸렸던 나비 그림은……."

유찬은 책상 옆 책장 아래 세워 놓았던 액자에 든 그림을 조심스럽게 꺼내 올렸다.

"오신다는 말씀 듣고 친구 스튜디오 수장고에서 이것만 얼른 가져 왔습니다."

괜한 수고를 하게 한 것 같아 얼굴이 화끈거렸다.

"어차피 가지고 오려고 했던 겁니다. 친구 스튜디오가 이 근처이고 해서 거기에 내 그림들을 보관해 두곤 하죠."

파란 물빛 바탕의 깊이감 때문에 내가 빨려 들어갈 것만 같던 그림이었는데 이제는 거기서 노랑나비가 튀어나오는 것 같았다. 깨끗하고 환한 갤러리에서 볼 때 보다 〈幻〉의 나비는 내게 더 아득하고도 몽롱한 느낌을 주었다. 들고 있던 생수를 한 모금 마실 때 투명한 생수병을 투과한 그림 속의 파란 물이 찰랑거렸다. 전시회 때 그림들을 떠올리며 왜 전부 파란색과 노란색으로만 그렸냐고 그에게 물었다.

"노란색을 가장 돋보이게 하는 색이 파란색 같아서요."

"그럼 노란색을 그리고 싶은 거였군요."

"네. 노란색은 내 마음의 색이에요. 나비도 그렇고 별도 그렇고……."

유찬의 화실을 찾는 일이 잦아졌다. 갈 때마다 화실에 왔으면 그림을 그려야 한다며 그가 억지로 쥐어 준 4B연필로 그를 좇아 스케치북에 그림을 끄적였다. 사보에 올릴 찍어 온 사진들을 보며 서울의 옛 거리를 하얀 캔손지에 스케치해 보았다. 엠보싱이 있는 캔손지의 그림은 내가 쓰는 여행기에 또 다른 생동감을 주는 것 같았다. 동기도 좋아하고 회사 사람들도 좋아했다.

"당신 전보다 솜씨가 더 좋아진 것 같아."

사보를 받아본 남편은 책상 앞에 앉아 있는 내 뒤에서 스케치북 위로 움직이는 나의 손을 보며 말했다.

"나 요즘 가끔 화실에 다녀. 친구랑 인사동 갤러리에 갔다가 우연히 알게 된 화가인데 대학에도 출강하나봐."

나는 친구와 함께 갔었다고 말했다. 그리고 나머지 유찬에 대해 사실 그대로 말한 것은 있는 그대로 말하는 것이 오히려 남편에게 내 마음을 들키지 않으리라는 생각에서 그랬는지도 모르겠다. 유찬도 그랬을까. 어떤 식으로든지 나를 그의 아내에게 표현한 적이 있었을까. 그의 아내는 착하고 말이 없는 사람이라고 했다. 화실 근처에서 스치듯 지나가는 그녀를 본 적이 있다. 마르고 아담한 여자였다. 작은 두 손을 붙이고 그의 곁에서 다소곳이 서 있을 것만 같은 여자. 그 외에는 모른다.

"넌 태어나기 전부터 내 여자였어. 처음 봤을 때부터 알아봤어. 내 손으로 빚어내 내 영혼이 스며든 갈라테이아 같은 여자. 내 모든 게 다 너로 물들어."

그는 벌거벗은 내 등과 허리를 손으로 쓸어내리며 말하곤 했다. 나는 그가 원하는 대로 기꺼이 그의 모델이 되어주었다. 그는 그림 속에서나마 나를 온전히 그의 것으로 만들고 싶어 했다. 건잡을 수 없는 그의 사랑을 밀어낼 자신이 없었고 밀어내고 싶지도 않았다.

유찬 생각에 가슴이 터질 것 같다. 눈물을 삼키다 기침이 난다. 주변에 사람들이 몰려오는 소리가 들린다. 사람들의 웅성거림과 빠르게 움직이다 천천히 작동하는 기계음들이 들렸고 나는 다시 숨을 편하고 고르게 쉴 수가 있다.

"별들이 떨어지고 있어요."

다른 곳보다 겨울이 좀 더 일찍 찾아오는 나비 고개에서 그의 어깨에 기대어 밤하늘을 보고 있는데 갑자기 하얀 알갱이들이 하늘하늘 하나 둘씩 내려오고 있었다.

"눈이 오네."

유찬은 언젠가 여행을 하다가 그곳을 알게 되었는데, 해가 지면서 하늘이 점점 더 검푸르게 변해갈 무렵에 홀연히 나타난 노랑나비를 따라 그곳까지 오게 되었다고 했다.

"그때 마치 나비가 여기에 데려다 준 것처럼 느껴졌어."

유성처럼 쏟아져 내린 하얀 눈들은 내 손바닥 위에 앉았다 이내 녹아 없어졌다. 영원 같은 별들이 내 손안에서 없어지는 순간이었다. 그곳은 세상 어디에도 없는 평화로운 공간이었다.

"우리 죽어서도 이곳에서 꼭 만나자."

나는 대답 대신 눈을 감으며 그의 가슴에 얼굴을 묻었다.

"어, 내 모자. 어디다 두었지? 펜션에서 나올 때만 해도 쓰고 있었는데."

눈발이 점점 거세지자 그가 젖어드는 머리를 만지며 말했다. 그와 나는 눈이 땅위에 내려앉는 소리 외에는 아무소리도 들리지 않는, 어둠 속 지구 반대편에서 비추는 해에 반사된 하얀 눈외에는 아무것도 보이지 않는 그 길을 걸어 짐을 두고 나온 〈별바라기〉펜션으로 향했다.

다시 호흡이 가빠졌다. 숨을 쉴 수가 없다. 내 심장 소리에 맞추듯 다급한 발소리들이 다가왔다.

"왜 이러죠? 무슨 일 있었습니까? 아직 의식은 돌아오지 않은 것 같은 데……."

어떤 목소리는 아득하게 멀어져가고 또 어떤 목소리는 스미듯 다가왔다.

"절대 너를 떠날 수 없어."

유찬과 나비 고개에서 돌아오는 길이었다. 그의 자동차는 숲으로 에워싸여 죽은 듯 고요한 길을 달리고 있었다. 그는 길옆에 차를 세워두고 나를 바라보며 손을 잡았다. 물기 머금은 그의 눈동자가 흔들렸다.

"나도 당신을 떠나지 않아요."

내 손을 꼭 잡은 그의 손은 따뜻했다. 그는 멈추었던 차에 다시 시동을 걸었다. 빠르지 않게 달리기 시작했던 차가 조금씩 빨라졌다. 그리고…… 얼마나 지났을까. 멈추어진 차 안에서 자는 듯이 핸들 위에 엎어져 있는 그가 어렴풋이 눈에 들어왔다. 그 후로는 더 이상 생각이 나질 않는다.

백구가 찾아준 유찬의 모자를 들고 펜션에서 나와 걸었다. 길을 사이에 두고 양옆으로 둘러싸인 산에 부딪친 내 발자국 소리는 걷는 내내 맥박이 뛰는 것처럼 쿵쿵 내 귀에 와 닿는다. 얼마를 더 걷자 눈꽃 핀 나무들로 가득한 숲이 낮은 산 너머로 시야가 닿지 않는 먼 곳까지 이어진다. 밤새 내린 눈으로 햇빛 아래 반짝이는 숲은 보석이 달린 하얀 레이스로 덮인 듯했다. 숲으로 들어가는 길은 사람의 자취가 이미 희미해져 길이라고 하기에는 옹색했고 조금만 들어가면 없어질 것 같았다. 숲에 다가갈수록 바람이 거세어진다. 숲으로 들어가려던 한 남자가 멈춰 서서 뒤를 돌아다본다. 나는 순간 멈칫하며 멍하니 그를 쳐다보았다.

"기다리고 있었어."

유찬이다. 그는 마치 어제 본 듯한 모습이다. 눈물이 내 뺨을 타고 흘러내린다. 나는 다시 숨을 몰아쉰다. 내 몸이 누군가에 의해 흔들린다. 숨 막힐 듯한 실내의 탁한 공기가 느껴진다. 잠시 후 거칠었던 호흡은 안정을 되찾았고 슬픈 얼굴을 한 유찬이 다시 나타난다.

"너는 아직 이곳에 오면 안 돼."

"우리 이곳에서 만나기로 했잖아요."

유찬의 손을 잡으려 애썼지만 잡히지 않는다.

"난 언제까지나 이곳에서 기다리고 있을게. 돌아가."

나는 멀어져 가는 유찬을 붙잡기 위해 그를 향해 팔을 뻗었다. 누군가 내 손을 감싸 쥐는 따뜻한 감촉이 느껴진다.

"다, 당신 깨어난 거야? 선생님, 집사람이 움직여요!"

남편의 흥분된 목소리가 들리고 몇 명의 사람들이 문을 여닫는 소리가 들린다. 나는 눈을 뜨지 않았다. 눈을 뜨면 이대로 유찬이 영원히 사라질 것만 같았다. 내 몸은 이리저리 뒤척여지다가 다시 똑바로 눕혀진다. 남편은 내 손을 잡은 채 그대로 있다. 바깥에서 나이 든 여자의 울음 섞인 목소리가 들려온다. 엄마였다.

"그냥 죽게 내버려두지 뭣 땜에 살리려고 애를 쓰나? 살아서 뭐하게……. 자네 고생만 시킬 년이지."

나는 여전히 그곳을 찾아 달려가고 있다. 숨을 헐떡이며 달려가도 유찬을 보았던 그곳을 찾을 수 없다. 어디였지. 안개가 흰 천이 되어 나를 가로막는다. 간신히 손을 내밀어 걷어내도 또 다른 흰 천이 내게 덤벼든다. 더 이상 손을 움직일 수도 없다. 가쁜 숨을 몰아쉬며 한참을 버둥거리는데 흰 천은 사라지고 아련한 불빛을 뒤에 감춘 검은 장막이 드러난다. 불빛을 쫓아가려 안간힘을 다해 검은 장막을 걷어냈다.

"언니 눈 뜬 거야? 정신이 든 거냐구?"

천장 한 가운데 여러 개 달려 있는 창백한 형광등이 나를 내려다보고 있고 곁에 동생이 서 앉아있다.

"알아보겠어? 언니 지금 닷새 만에 눈 뜬 거야."

나는 눈을 한번 깜빡였을 뿐 더 이상 움직이지 않았다.

"이제 괜찮을 거야. 의사가 언니는 괜찮다고 했어. 의식만 찾으면 된다고……."

잠시 침묵이 흐른다. 나는 내 손을 잡고 있는 동생의 손을 간절한 마음으로 쥐었다.

"응, 그 사람은……. 그저께 장례 치렀어. 교통사고인데도 그 사람 참 깨끗하게 죽었대. 다 찌그러진 차에서 발견되었을 때, 언니는 곧 죽을 것처럼 처참했고 김유찬씨는 자고 있는 것처럼 멀쩡했대."

동생은 내 귀에 대고 아주 작은 소리로 말한다. 귀를 타고 흘러내린 눈물에 베개가 젖어든다. 나는 조금 전보다 더 세게 동생의 손을 움켜쥐었다.

하루쯤 시간이 더 흘렀을까. 남편은 잠시 자리를 비웠고 병실에 혼자 남은 동생은 마치 그 틈을 기다렸다는 듯이 내 손을 펼쳐 그 위에 무언가를 올려놓는다. 깁스와 인공호흡기로 에워싸져 있어 함부로 움직일 수 없는 얼굴과 목 때문에 눈동자만 옆으로 돌려 손안의 물건을 보려했지만 보이지 않는다.

손가락을 움직여 가만히 더듬어 보았다. 둥근 부분과 거기에 길게 이어진 매끈한 줄이 느껴진다.

"그만 만져. 손 베. 유리가 깨졌거든."

동생은 조심스레 시계를 도로 거두어가며 내 귓가에 다시 빠르게 속삭인다.

"사고 후 형부랑 경찰서에 갔을 때, 먼저 와 있던 김유찬씨의 아내가 줬어. 경찰이 건네준 김유찬씨의 소지품에 있었는데 자신은 전에 남편에게서 한 번도 본 적이 없는 물건이래. 그러니 우리 것 아니냐고."

내가 그에게 선물한 시계였다. 그의 아내는 이 세상을 떠나는 유찬에게서 나의 흔적은 그것조차 지워버리고 싶었던 걸까. 그걸 남편에게 건네지 않고 동생에게 준 걸 보면 그의 아내는 남은 사람들의 마지막 절차를 그렇게 끝내고 싶었던 것인지도 모른다.

유찬과 함께 나비 고개를 찾은 건 7일 전이었다. 그는 자신의 심장 소리 외엔 아무것도 들리지 않는 고요 속에서, 멈추어진 시간을 그려보고 싶다고 했다. 나는 가볍게 짐을 꾸리며 남편에게 화실의 학생들과 스케치 여행을 가려한다고 말했다.

"사방이 숲에 둘러쳐져 있고, 밤이 되면 이 세상 모든 별들이 모여 반짝이는 것 같은 신비한 곳이래. 그곳에 가면 시간조차 느낄 수 없대."

"그래. 다녀와. 행여 거기서 길을 잃진 말고……."

남편은 아직도 그렇게 믿고 있는 걸까.

나는 손을 잡고 있는 동생과 가만히 눈을 맞추었다.

"내일 다시 시간 맞춰 올게. 언니, 내 말 듣고 있는 거지?"

동생은 잡았던 내 손을 내려놓고 조용히 병실을 나간다.

잠시 후 누군가 내 병실의 문을 열고 들어오는 소리가 들린다. 조심성 없이 드르륵 밀려 열린 미닫이문은 턱 소리를 내며 제자리로 찾아가 부딪친다.

"컨디션 좀 어떠세요? 제 말 들리세요? 약 들어갑니다."

간호사는 눈을 감고 있는 내게 큰소리로 의미 없는 말을 건넨다. 혈관을 타고 들어온 차가운 약기운이 등줄기를 서늘하게 했다. 조금 있으면 나는 또 잠 속으로 빠져들겠지. 유찬이 보고 싶다. 그에게 가고 싶다. 유찬의 말이 들린다.

'이 다음 내 영혼은 여기 와서 머무를 거야.'

그곳에서 그가 기다리고 있다. 그를 만나러 가야 한다. 잠들기 전에 유찬에게 갈 준비를 해야 한다. 내 살 같지 않은 오른팔을 억지로 움직여 본다. 손은 움직여도 팔이 말을 듣지 않는다. 온 힘을 다해 내가 입은 환자복의 두 번째 단추쯤에 간신히 팔을 올려놓는다. 조금만 움직이면 닿을 것 같다. 다시 힘겹게 팔을 올려 내 목 부근을 더듬는다. 병실 문이 열리는 소리가 들리고 누군가 내게 다가온다. 나는 움직임을 멈춘다.

몸이 점점 나른해져 온다. 감고 있는 눈을 뜰 수가 없다. 저 멀리서 안개 낀 마을이 보이기 시작한다. 곁으로 다가온 사람의 온기가 느껴진다. 내 손을 잡은 그의 체온은 익숙하다. 그는 목까지 가려다 가슴께에 얹힌 채 멈춘 내 오른손에 내가 허공을 더듬으며 찾던 걸 쥐어 준다. 어깨 위로 따뜻한 물방울이 떨어진다. 병실 문은 다시 조용히 열리고 내 병실에 더 이상의 인기척은 없다. 손에 쥐어진 튜브는 내가 찾던 것일까. 튜브를 잡고 당겨 본다. 입안에서 튜브의 움직임이 느껴진다. 이제 유찬에게 갈 준비가 되었다. 나는 튜브를 힘껏 잡아당긴다.

좁은 방

엄마는 좁은 거실 한쪽 벽에 붙어 있는 침대에 등을 기댄 채 바닥에 다리를 뻗고 앉아 있다. TV에서 뿜어져 나오는 불빛들이 여기저기 부딪치며 움직인다. TV 소리는 거의 들리지 않는다. 엄마는 제대로 보지도 않는 TV를 전등 대신 켜놓는 것 같다.

"불 좀 켜고 있음 안 돼?"

집 안엔 퀴퀴한 냄새가 눅진하게 배어 있다. 사흘에 한 번 오는 이모도 집에 들어서면 창문부터 열어놓는다. 문을 닫으면 그 냄새들은 어디선가 다시 스멀스멀 기어 나온다. 어두울 땐 더 그랬다. 연주는 현관 바로 옆에 있는 주방 식탁에 열쇠를 던져놓고 제 방으로 들어가 버린다.

"왔니?"

쾅 하고 방문 닫는 소리에 놀란 엄마는 불편한 몸을 일으켜 연주의 방문을 열어 본다. 일그러진 얼굴과 손으로 문손잡이를 잡고 엉거주춤 서 있는 엄마에게 연주는 눈길 한 번 주지 않는다. 교복을 벗어던진 후 방 한구석에 밀쳐져 있는 이불을 머리까지 뒤집어쓰고 눕는다.

2학기가 되면서 학교에는 며칠 동안 무언가 새롭게 시작하는 듯한 분위기가 감돌았다. 방과 후 교문에서 쏟아져 나오는 학생들의 생기에 보도블록마저 들썩거렸다. 내년이면 3학년이 되고 9월에 대입 수시 원서를 쓰는 걸 감안하면 공부할 기간은 실제 1년밖에 남지 않았다. 공부할 시간보다는 또 다른 이유들이 연주를 우울하게 했다. 지금 형편으로 과연 대학을 갈 수 있을지 그것도 알 수 없는 일이다.

개학을 한 이번 주까지는 정규 수업만 하고 다음 주부터 본격적으로 야간 자율학습이 시작된다. 연주는 이번 주가 빨리 가기를 바랐다. 엄마는 한낮에도 어두침침한 집 안에서 산 채로 버림받은 짐승처럼 웅크리고 앉아 있었다.

수업이 끝나고 종례를 마친 후 모두 집으로 돌아가고 연주 혼자 우두커니 교실에 남았다. 개학날에 이어 다시 학생 회의가 있다. 연주는 거기 가고 싶은 마음도, 집에 일찍 가고 싶은 마음도 없었다. 뒷문으로 누가 들어오는 기척이 났지만 돌아보지 않았다. 놓고 간 물건을 가지러 왔을 것이라고 여겼다. 하지만 두고 간 물건이 아니라 사람을 찾으러 다시 온 걸음이라는 걸 바로 알 수 있었다. 그건 아주 한순간 두 사람만 있는 공간에서 전달되는 느낌이었다.

"너는 왜 안 가고 있어? 아까 학생회 회의 있다고 하지 않았니?"

뒤에서 다가와 연주의 어깨를 가만히 건들며 혜림이 물었다. 연주는 자신의 어깨에 닿는 손길에 놀라고 그것이 혜림이라는 것에도 놀랐다. 살짝 스치는 느낌도 아니고, 그렇다고 손을 얹는 느낌도 아니었다.

가만…….

그때 이 느낌이었던가.

문득, 그리고 불현듯 든 생각이었다. 순간 연주는 어깨를 움찔했다. 연주의 그런 태도에 놀란 것은 혜림이 아니라 연주 자신이었다.

"으응, 오늘은 안 가려고."

"네가 학년장인데 빠져도 돼?"

"엊그제도 했는데, 뭐. 여기 있다가 바로 도서관에 가려고."

도서관에 가면 연주는 공부를 하거나 소설책을 뒤적이다 해가 지고 밤이 깊어진 다음에야 집 근처 편의점에 들러 컵라면과 삼각 김밥 하나로 늦은 저녁을 때우고 집을 향해 느린 걸음을 걸었다. 다음 주부터 야간 자율학습이 시작되니 이번 주까지만 이렇게 하루를 견디면 되었다.

"회의 안 가도 되면 우리 떡볶이 먹으러 갈까. 도서관 가지 말고."

혜림은 공부를 잘하진 못해도 학교생활의 규칙 같은 건 잘 지키는 아이였다. 무엇이든 규범에서 벗어나는 일은 잘 하지 않았다. 누가 꼭 그렇게 입으라고 단속하는 것도 않은데 요즘 아이 같지 않게 무릎을 가릴 정도로 단정한 교복 치마 길이만 봐도 그랬다. 중간 정도 되는 성적에 대해서도, 다들 한마디씩 하는 학교 급식에 대해서도 불만이라고는 없어 보였다. 그런 혜림이 다시 교실에 들어와 연주에게 말을 걸었다. 아이들이 모두 교문을 한참 벗어났을 즈음이었다. 연주는 가만히 고개를 끄덕였다. 앞서서 교실 문 밖으로 나가는 혜림의 뒷모습을 보며 연주는 무얼 가지러 다시 왔느냐고 묻지 않았다.

"우리 이제부터 정말 죽었다."

떡볶이를 먹다가 혜림이 말했다.

"왜?"

"이제 일 년 남았잖아. 휴우……."

그 말을 할 때는 한숨까지 쉬었다. 성적을 보면 공부를 열심히 한 것 같지도 않지만, 태도를 보면 안 하는 것 같지도 않왔다. 학교에선 누구나 공부를 해야 하니까 하긴 하는데 하는 것만큼 성적이 오르지 않으니까 혜림도 그런 것에 스트레스를 받는 것 같았다. 공부 말고 다른 것에 딱히 관심이 있어 보이지 않았다. 특별히 멋을 부리거나 남자친구가 있는 것도 아니고 좋아하는 음악에 빠져 사는 것도 아니었다. 교실에서 존재감도 마찬가지였다.

떡볶이를 먹고 나서 혜림은 건너편 버스 정류장까지 연주를 바래다주었다. 괜찮다고는 했지만, 나도 괜찮아, 하는 말에 연주는 혜림을 돌려세우지 못했다. 그냥 단순한 호의일 수도 있지만, 아까 떠올린 손길과 비슷하게 마치 무방비 상태에서 나의 무언가를 내주고 있는 느낌이 들었다. 떡볶이를 먹는 동안에도, 건널목을 건너는 동안에도, 함께 버스를 기다리는 동안에도 연주는 아까 교실에서 다가왔던 어깨에 닿는 손길에 대해 생각했다.

그때 그게 너였니? 아니, 너 아니었니?

"왜?"

가만히 바라보자 혜림이 그런 눈길이 조금 민망한 듯 살짝 고개를 돌리며 물었다.

"아니. 그냥……."

연주는 말하지 못했다.

그 일이 있은 건 1학기 때 5월에 간 수학여행 때였다. 2년 전 경기도 어느 학교 수학여행에서 많은 학생들이 바다에서 사고가 나 목숨을 잃었다. 작년에는 어느 학교도 수학여행을 가지 못했다. 올해도 처음엔 학교에서 안 간다고 했다. 그러다 담임선생님 인솔 아래 학급별로, 혹은 두세 반이 합쳐서 안전한 곳에 안전한 방법으로 다녀오는 건 가능하다고 했다. 어떤 식으로든 허락이 내려진 것만으로도 다들 좋아라 했다. 교실을 벗어나는 것만으로도 숨이 트인다고 했다. 그래도 가지 않는 아이들이 있었다. 부모들이 가지 못하게 하는 아이도 있었고, 스스로 가기 싫은 아이도 있었다. 연주도 처음엔 가지 말까 생각했다. 학년장이 빠지면 안 되지. 그 한 마디에 가지 않겠다는 말을 더 하지 못했다.

연주 반은 옆의 두 반과 함께 일정을 짜서 설악산과 오대산을 다녀왔다. 첫날 설악산은 속초로 가는 길에 멀리 울산바위를 바라보며 지나쳐갔다. 저게 설악산이구나. 긴 터널을 빠져나갈 때 저 멀리 울산바위라는 바위산이 보이지 않았다면 그곳이 설악산인 줄도 모르고 그냥 지나갔을 것이다. 가본 아이들도, 가보지 않은 아이들도 바위산으로 그곳이 설악산임을 짐작했다. 많은 아이들이 터널을 지날 때에도, 바위산 옆을 지날 때에도 잠을 잤다.

그날 동해안을 따라 버스가 들어갈 수 있는 제일 북쪽 마을까지 가 봤다. 길옆에 마지막 해수욕장이 있었고, 마지막 학교가 있었고, 마지막 마을이 있었고, 마지막 음식점이 있었고, 마지막 상점이 있었고, 마지막 시내버스 종점과 마지막 민가가 있었다. 버스는 길이 있어도 더 들어갈 수 없는 마지막 막다른 건물 앞에서 아이들을 내리게 했다.

그곳에서 아이들은 채 가시지 않은 졸음 속에서 짧게 통일교육을 받고 다시 버스에 올랐다. 나올 때는 들어갈 때와 반대 순서였다. 마지막 민가가 첫 민가처럼 나오고, 끝까지 본 필름을 되감기 하듯 마지막 종점이 첫 정류장처럼 나오고, 마지막 상점이 첫 상점처럼 나오고, 마지막 음식점이 첫 음식점처럼 나오고, 마지막 마을이 첫 마을처럼 나왔다. 다시 버스에 오른 아이들은 대부분 잠을 잤다. 뒷좌석 쪽에서 어떤 아이들은 시끄럽게 떠들었다. 버스가 천천히 달리면 목소리가 조금 낮아졌고, 버스가 속도를 내면 목소리도 따라 높아졌다. 연주는 버스가 마지막 지점까지 들어갈 때에도 되돌아 나올 때에도 창밖만 바라보았다.

처음엔 '마지막'이라는 말이 그 말을 둘러싸고 있는 풍경과 함께 신기했는데 이내 풍경은 눈에서 사라지고 마지막이라는 단어의 느낌만 외롭고 슬픈 기분으로 연주의 머릿속으로 밀려들었다. 자고 있는 친구들이 눈을 뜨고 창밖을 본다면 이 아이들은 눈앞의 다가오거나 펼쳐지는 마지막 것들에 대해 어떤 것들을 느낄까. 마지막 학교, 마지막 상점, 마지막 시내버스 종점, 마지막 민가, 마지막 막다른 길의 건물까지…….

눈을 감은 아이들은 아랑곳하지 않았다. 눈을 뜨고 있는 아이들도 그런 것에는 관심이 없어 보였다. 연주가 앉은 자리 바로 앞, 운전석 바로 뒷자리에 나란히 앉은 나이 든 두 여선생님만 그런 것이 신기한 듯했다.

"우리가 학교 다닐 때에도 여기까지 버스가 들어왔었나?"

"어느 학교 다닐 때?"

"대학 때."

"여기까지는 못 들어왔을 걸. 아까 지나온 명파리까지 버스가 다녔던 것 같아."

"잘 아네. 설마 그때 혼자 온 건 아니겠지?"

"왜 이래? 또……."

선생님도 작은 소리로 서로 툭툭 치며 아이들처럼 키득거렸다. 선생님들은 둘 다 마흔이 넘었다. 옆 반 선생님은 연주 반 선생님보다 다섯 살은 더 들어 보였다. 충분히 추억할 게 많은 사람들이다. 그렇지만 어린 나이에 마지막 것들에 대해 추억할 게 많으면 슬픈 일인가.

연주가 추억하는 마지막 얼굴과 마지막 웃음이 떠올랐다. 간식과 알림장을 넣은 유치원 가방을 메고 환하게 웃으며 작은 손을 흔들던 통통하고 귀여운 얼굴. 그리고 엄마의 마지막 얼굴, 아빠의 마지막 얼굴.

모두 돌아올 수 없는 얼굴들이다. 엄마의 얼굴도 옛 모습으로는 돌아올 수 없다. 아빠는 살아 있어도 연주 곁으로 돌아오지 않을 것이다. 규영이도……. 세상 어느 곳의 풍경으로도 이렇게 가슴속에 잊지 못할 것들이, 잊어서는 안 되는 것들이 불현듯 생각나곤 한다.

숙소는 설악산 안에 있지 않고 설악산이 보이는 곳에 있었다. 저녁을 먹고 방을 배정받았다. 숙소에 모두 몇 개의 방이 있는지는 모르지만 많게는 여덟 명, 적게는 다섯 명씩 한방에 배정받았다. 가장 불편한 것은 한 방에 두 개뿐인 화장실이었다. 저녁엔 괜찮아도 아침이면 서로 바쁘고 당황스러울 것이다.

"우리 땐 이만한 방에 열 명도 더 잤어."

"열 명? 스무 명도 더 잤지."

연주 반 선생님이 말하고, 옆 반 선생님이 말했다.

"가능해요?"

"가능하지, 그럼."

옆 반 반장이 묻고 선생님이 대답했다. 억울한 듯, 그리고 훈장이라도 단 듯 지난 추억을 말했다.

그날 밤, 선생님들이 방마다 돌아다니며 다른 방에 방해되지 않게 소란스럽게 하지 말고 이제 그만 자라고 말하며 다녀가자 아이들이 가방에서 저마다 술을 꺼냈다. 혹시나 방 밖에서 선생님이 귀를 기울이고 있지나 않을까 숨을 죽이고 조심스럽게 꺼냈다. 거기에다 어디에서 가져왔는지 500ml 짜리 생수병에 든 소주도 나왔다. 집에서 가져온 것 같지는 않은데 어디서 다 준비했는지 모르겠다. 학년장인 연주조차 모르는 일이었다. 오징어도 나오고, 과자도 나오고, 치즈도 나오고, 초콜릿과 사탕, 컵라면……. 어느새 아이들이 준비한 것은 방 한가운데 수북이 쌓였다. 방마다 저녁 간식으로 준비한 치킨이 두 통씩 있었다. 하나는 프라이드치킨이고, 하나는 양념치킨이었다.

"이건 어디서 났어?"

"다 방법이 있지."

"너무 많지 않아?"

"많긴, 선배들에게 다 물어보고 준비한 거야."

아이들은 야릇한 설레임에 작정이나 한 것처럼 처음 한다는 내색도 없이 수건돌리기 하듯 바쁘게 종이컵을 돌렸다.

처음에는 이 애들이 이걸 어떻게 다 먹지 싶을 만큼 많은 술과 간식이 자정쯤 되자 방마다 서로 부족하다고 얻으러 다니기도 했다. 얻으러 오면 있는 것 나눠주고, 먹을 것이 동이 나면 얻어간 곳으로 또 얻으러 갔다. 그 순간을 위한 수학여행 같았다.

"이러니까 수학여행 없어지면 안 돼."

우스울 게 하나도 없는 그 말에 술로 얼굴이 달아오른 아이들이 과장되게 웃었다.

"몇 년 전 우리 오빠 학교는 제주도로 비행기 타고 갔는데, 공항에서 선생님이 비행기에 술과 같은 액체를 실으면 큰일난다고, 검색대에서 발각돼 끌려가지 말고 가방에 든 거 내놓으라고 해서 다 빼앗겼대."

또 다들 웃었다.

"그런데 그거 정말이야?"

웃고 난 후 누가 물었다.

"넌 그걸 믿냐? 뻥이지."

"그럴 줄 알았어."

아이들은 눈을 흘기면서도 뭐가 즐거운지 또 깔깔댔다.

그렇게 가져오고 사온 걸 다 비우자 자정이 넘어 한시가 되었다.

"이제 그만들 떠들고 자!"

선생님이 방마다 문을 두드리며 다시 주의를 줬다. 알았어요. 아이들은 먹고 마시던 걸 얼른 이불로 덮고 문도 안 열어준 채 방안에서 한목소리로 대답했다. 이불을 깔기도 전 먼저 화장실로 가서 토하는 아이도 있었다. 다들 자기가 얼마큼 술을 마실 수 있는지 모른 채 컵을 돌렸다. 대충 요를 깔고 눕자 연주도 천장이 빙글빙글 돌아갔다. 일부러 출입문과 가장 가까운 곳에 누웠다. 집 밖에 나가 잠을 잔 적이 거의 없지만, 잔다면 언제나 출입문 쪽이었다. 몸과 마음이 함께 그곳으로 갔다.

불 꺼. 불 꺼.

그 다음 차례는 불을 끄고 하는 놀이였다. 불을 꺼도 창밖에서 들어오는 빛으로 방안의 물건들이 희미하게 보이자 누군가 창문 커튼을 양쪽에서 차르르 당겨 가운데로 가져와 다시 열리지 않게 묶어버렸다.

"화장실 갈 때 조심해. 사람 머리 밟지 말고."

그 말에 연주는 자기야말로 화장실에 가다가 누구 얼굴을 밟는 게 아닐까 잠시 걱정했다. 적게 마셔야 했는데 그랬어. 훅훅, 단내가 나며 기차가 레일도 없는 가슴 위를 지나가는 것 같았다. 치지 마. 머리 잡아당기지 마. 저쪽에서 킥킥거리는 소리와 함께 '뭐 하지 마.' 하는 말들이 들려왔다. 다시 기차가 가슴을 밟고 지나가고, 얼굴이 뜨겁다는 생각과 함께 꿈에 규영이가 보였다. 아니, 꿈을 꾸기 전에 규영이가 보였다.

누나. 나, 뜨거워.

연주가 초등학교 5학년이던 해 가을, 하루 자고 오는 수련회에 갔던 날이었다. 아빠는 출장을 갔고, 엄마는 용인 할아버지 집에 규영과 함께 갔다.

"집이 완벽하게 비는군."

출장을 가며, 수련회 때문에 다른 날보다 일찍 일어난 연주와 엄마에게 아빠가 말했다.

"왜 비어요? 다들 금방 돌아오는데."

수련회를 간 날 밤의 기억은 서로 잠 안 자기 게임을 했던 것 말고는 아무것도 생각나는 게 없었다. 불을 끄고 누워 서로 작은 소리로 누구 자니? 하고 물어서 대답을 하지 않으면 지는 게임이었다. 지명된 사람이 다음번에 누구 자니? 하고 물어야만 했다. 금방 안 물어도 되었다. 그 사람이 자는 것 같아, 너 자지? 하고 물었을 때 그 사람이 안 잔다고 하면 중간에 물어본 사람이 벌칙을 당했다. 게임을 시작한 지 한 시간쯤 지나면 절반쯤은 스르르 잠이 들고, 뒤에는 또 다들 흐지부지 잠이 든 채로 아침이 밝았다. 그러다 보면 끝까지 이기는 사람도 없는 게임인데도 재미있었다.

수련회를 마치고 학교로 왔을 때 엄마 대신 이모가 데리러 왔다. 왜 엄마 대신 이모가 왔는지에 대해 생각하지 못했다. 학교에서 집에 오는 동안 넋이 나간 사람처럼 연주 손만 꼭 잡고 오던 이모는 집에 와서 연주를 껴안고 울었다. 어떻게 저녁이 오고 밤이 지나갔는지 모르게 이모의 울음과 눈물에 불안함을 느껴 엄마에 대해서도, 규영이에 대해서도 묻지 못했다.

다음날 연주는 학교에 가지 않고 이모와 함께 병원에 갔다. 엄마의 이름이 적혀 있는 병실문 창 너머 안쪽에는 온몸과 얼굴까지 미라처럼 붕대로 친친 감은 사람이 침대에 누워 있었다. 그때 복도 끝에서 얼굴이 하얗게 변한 아빠가 걸어오고 있었다. 아빠는 연주를 가만히 끌어안고 그 자리에서 주저앉았다. 어디에도, 어느 병실에도 규영이가 없다는 것을 안 건 이틀 후였다. 연주는 검은 차로 들어가는 작은 관을 붙들고 우는 아빠의 들썩이는 어깨를 보고서야 규영이가 다시 돌아오지 않는다는 것을 알게 되었다. 사흘 동안이나 규영이가 보이지 않았을 때 엄마가 동생을 할아버지 댁에 두고 왔기를 바랐다. 화재의 원인은 전기 합선이었고, 불은 고추를 말리는 건조실에서부터 시작해 순식간에 엄마와 규영이가 자는 방으로 옮겨붙었다고 했다. 할아버지와 할머니가 있던 사랑방은 그다음 옆방이었다. 규영이가 떠날 때까지도 미라 같은 붕대 속의 엄마는 의식을 회복하지 못했다.

누나, 뜨거워.

규영아, 나도 뜨거워.

그러면서도 연주는 제 품으로 안겨드는 규영을 끌어안았다. 목이 마르고, 또 가슴 위로 기차가 지나가고, 규영이가 누나, 누나, 하고 안겨 왔다. 중학교 때는 수학여행도, 어떤 수련회도 가지 않았다. 수련회를 갔던 날 규영이를 다시 보지 못하게 되었다. 눈을 뜨고 있을 때는 규영이 생각이 많이 나도 잠 속에서는 규영이가 여간해서 찾아오지 않았다. 설악산에서는 자리에 누워 규영이가 떠올랐을 때부터 온몸으로 기차를 받아들이며, 깊은 꿈을 꿀 때에도 규영이가 찾아와 함께 있었다. 꿈속에서도 그날처럼 집을 나와서일 거라고 생각했다. 규영이가 뜨겁다면서도 기도하듯 모은 손을 연주 가슴으로 가져왔다. 연주는 그런 규영을 밤새 안았다. 그렇게 누군가를 안은 채 새벽을 맞이했고, 아침이 되었을 때는 품에 누구도 없었다. 그렇지만 매달리듯 와 닿던 손과 손길을 꿈결의 가슴이 기억했다.

그게 누군지, 누구의 손이었는지, 전날 누가 내 옆에 와서 서로 엉기듯 누웠는지, 눕는 동안 다가와 가슴을 짚었는지, 다음날 오대산에 가서도 내내 그 생각에 사로잡혔다. 그날은 오대산에 있는 월정사와 상원사 두 절을 둘러보았다. 속초 해안 식당에서 아침을 먹고 떠난 버스가 대관령을 넘어서 산길을 달려 월정사 입구에 내려주면 거기서부터 상원사까지는 걸어가는 길이었다. 밤새 토하던 아이와 다리를 다쳐 목발을 짚고 다니는 아이 둘만 버스를 타고 상원사로 갔다. 점심은 걷는 길 중간쯤에서 도시락을 먹었다.

도시락을 먹으며 연주는 엄마를 생각했다. 오늘 이모가 다녀갔을까. 집에서 버스로 40분 거리에서 사는 이모는 사흘에 한 번 반찬을 싸들고 집에 왔다 간다. 그때마다 이모는 집 안을 청소하고 밥을 지어 놓고 밀린 빨래를 하고, 엄마를 목욕시켜 집 안에 은은한 샴푸 냄새와 로션 냄새를 남기고 간다. 때로는 목욕 후 젖은 머리카락이 흘러내려 엄마의 얼굴이 더 흉측하게 보일 때도 있지만 그래도 벌어진 입 주위에 번진 침으로 허옇게 엉겨 붙은 머리카락보다는 견딜 수 있었다. 엄마는 얼굴을 포함하여 몸 전체에 절반 이상 화상을 입었다.

주말엔 어쩔 수 없이 연주가 엄마를 돌봐야 하지만 혼자 있을 때 엄마는 이모가 싸들고 온 반찬으로 뼈까지 녹아 오그라든 손으로 밥을 떠먹는다. 다 먹고 난 그릇들은 밤에 연주가 와서 설거지를 한다. 설거지를 마치면 연주는 좁은 거실에 앉아 TV를 보다가 졸고 있는 엄마의 어깨를 한 번 흔들고는 자기 방으로 들어간다.

규영이를 보내고 화상으로 만신창이가 된 엄마는 지금까지 18번의 수술을 했다. 당기는 피부 때문에 벌어져 자유롭지 않은 입, 잘 감기지 않는 눈과 엉겨 붙은 손가락들을 분리하는 수술이었다. 이미 여러 번 분리 수술을 한 손가락들은 사실상 더 이상 분리하기 어렵다고 했다. 힘들고 어려운 수술을 겪으면서 고통스러웠던 사람은 엄마만이 아니었다. 어마어마한 치료비를 감당하기 어려웠던 연주네는 살던 집을 팔고 작은 아파트 전세로 옮겼다. 어느 날부턴가 아빠는집에 오지 않았다. 엄마는 아빠가 먼 곳으로 발령 났다고 했지만 그때 이미 중학생이었던 연주는 아빠가 돌아오지 않을 거라는 것을 알았다. 엄마는 말하지 않았지만 연주가 아는 것 한 가지가 더 있었다. 연주는 엄마가 낳은 딸이 아니었다. 아빠의 딸도 아니었다. 규영과는 일곱 살 터울이었다. 엄마 아빠가 결혼하고 7년 동안 아이가 없자 돌이 막 지난 연주를 입양했고, 그러고 6년 후 규영이가 생겼다. 할아버지도 처음엔 좋은 일을 해 규영이가 태어난 거라고 연주를 예뻐했다. 그러나 규영이가 떠난 다음은 아니었다. 아빠가 집에 들어오지 않는 이유가 엄마에게만 있는 건 아니었다. 누가 말해준 것은 아니지만 공기의 흐름처럼 알게 되는 일이었다. 규영이가 떠난 다음 아주 서서히 스스로 알게 된 일이라 당황스럽지도 않았다. 오히려 당황스러웠던 것은 얼굴이 무섭도록 끔찍하게 변해버린 엄마에 대해서였다. 밤마다 고통으로 신음하고 진물로 얼룩져 질퍽해진 옷을 갈아입혀 주며 온몸에 연고를 발라주어야 하는 엄마의 모습이 연주에게는 늘 낯설고 버거웠다. 가끔씩 엄마의 얼굴을 마주하는 게 두려웠다. 어쩐지 내 인생을 자신의 불행 안으로 끌고 들어간 여자인 것만 같아 쳐다볼 수가 없었다. 나에게 어울리지도 않고, 내가 원치도 않은 삶의 옷을 억지로 입힌 것 같아 벗어버리고 싶었다.

"다들 모여."

3반 남자 선생님이 상원사 절 마당에서 아이들을 불러 모았다.

"여기 와서는 꼭 봐야 할 게 두 개 있어. 올라오면서 보니까 계곡물이 참 맑지?"

네. 아이들은 언제나 심드렁하게 대답했다.

"여기 상원사엔 재미있는 전설이 있어."

선생님이 아이들에게 상원사에 얽힌 전설 이야기를 했다. 조카인 단종의 왕위를 빼앗은 세조는 지독한 피부병과 가려움증에 시달렸다. 낮잠을 자고 있는데 단종의 어머니이자 형수인 현덕왕후가 나타났다. 왕후는 세조를 향하여 꾸짖었다.

"너는 참으로 악독하다. 내 아들의 왕위를 빼앗은 것으로도 부족해 이제 죽이려고 드는구나. 너는 참으로 더러운 사람이구나. 내가 먼저 네 아들을 데려가겠다."

왕후는 그의 몸에 침을 뱉고 사라졌다. 세조는 비명을 지르며 일어났다. 온몸에 식은땀이 흐르는데 얼마 후 동궁 내시가 달려와서 아뢰었다.

"전하, 방금 전 세자 저하께서 낮잠을 주무시다가 가위에 눌려 매우 위중하나이다."

급히 동궁으로 행차하니 세자는 이미 목숨이 끊어져 있었다. 세조는 꿈속에 자신에게 저주를 퍼부은 형수의 능을 파헤치라고 명령하고, 멀리 유배를 보낸 단종을 기어이 죽게 만들었다.

이때부터 왕은 꿈속에 왕후가 뱉은 침이 묻은 자리에 종기가 돋기 시작하고 온몸에 퍼지며 피고름이 나기 시작했다. 그걸 고치기 위해 다니지 않은 곳이 없었다. 그러다가 오대산에 오게 되었다. 길옆으로 흐르는 물이 너무 맑았다. 왕은 멱을 감고 싶었다. 그렇지만 누구에게도 종기로 인한 흉측한 몸을 보일 수 없었다. 좌우를 물리치고 곤룡포를 벗어 바위에 놓고 옷을 벗고 물에 몸을 담갔다. 그때 어디서 나타났는지 아주 어린 사미승이 나타나 왕이 멱 감는 모습을 지켜보았다. 왕의 몸은 온갖 종기와 부스럼으로 뒤덮여 있어 멀쩡한 곳이 없었다. 그걸 어린 사미가 가만히 바라보고 있었다.

"그렇게 보지만 말고 여기 와서 내 등을 밀어주지 않으련?"

왕이 말했다. 사미가 저도 옷을 벗고 물속으로 들어가 왕의 등을 어루만지듯 밀어주었다. 그러자 기이한 일이 생겼다. 어린 사미의 손길이 닿는 곳마다 왕의 몸에 났던 종기와 부스럼이 감쪽같이 사라지고 있었다. 왕은 그걸 모르고 있었다.

"시원하구나. 그렇지만 어딜 가서도 임금의 몸을 보았다고 말하지 말라."

어린 사미도 웃으며 대답했다.

"대왕께서도 어디 가서 문수동자를 보았다고 말씀하지 마십시오."

"지금 뭐라고 했느냐?"

왕이 고개를 돌렸다. 그러나 사미는 사라지고, 온몸에 얼룩덜룩했던 부스럼과 종기도 말끔하게 사라졌다. 왕은 대궐로 돌아가 화공을 불러 자신이 본 문수동자의 모습을 그리게 하고 그걸로 나무조각상을 만들어 이곳에 모시게 했다. 선생님은 그게 저 법당 안에 양쪽 쌍상투 모양의 댕기 머리를 하고 있는 국보 221호 '상원사 목조 문수동자 좌상'이라고 했다. 왕의 피고름으로 얼룩진 옷은 나중에 세운 탑 안에서 발견되어 아래 월정사 박물관에 보관되어 있다고 했다.

선생님은 아이들을 데리고 법당 오른쪽으로 돌아가 벽면에 그려져 있는 그림을 가리켰다. 왕이 곤룡포를 벗어 한쪽에 개어놓고 냇물 바윗돌에 앉아 목욕을 하고, 어린 사미가 왕의 등을 밀어주고 있는 그림이었다. 절 마당에서 전설 얘기를 들을 때는 그런 모습이 떠오르지 않았는데 그림을 보자 연주는 바로 엄마와 규영이가 생각났다. 왕의 모습은 엄마 모습 같지 않았지만, 왕의 등을 밀어주고 있는 사미의 모습은 영락없는 규영이로 보였다. 저렇게 규영이가 어디선가 세상 사람들의 아픈 몸을 어루만져주고 있을 것만 같았다.

규영아.

연주는 가만히 그림 속의 사미를 불렀다. 사미는 왕의 등을 미느라 연주가 부르는 소리를 듣지 못했다.

규영아. 간밤에 너를 봤어.

그래도 규영이는 돌아보지 않았다. 선생님이 다시 아이들을 불러 다른 쪽으로 데리고 갔다. 연주는 자리를 옮기지 않고 오래 그곳에 서 있었다.

"얘, 선생님이 빨리 오래."

누군가 연주를 부르러 왔다.

또 올게, 규영아.

그제서야 그림 속의 사미가 연주를 돌아보았다.

안녕, 누나.

인사하고 규영이는 다시 왕의 등을 밀었다.

그리고 내내 잊고 있었다. 집으로 돌아가 며칠이 지나고 이모가 수학여행 가서 재미있었느냐고 물었을 때 연주는 상원사 절에서 만난 규영이도 사미도 잊고 있었다. 어둠침침한 방 안의 현실만 다시 연주의 머릿속을 지배했다.

다음날도 연주는 저녁 늦게까지 도서관에 있다가 혜림과 함께 교문을 나섰다. 거기서 혜림은 다시 건너편 정류장까지 따라왔다. 혜림은 언제나 제 일인 양 자연스레 연주와 함께 길을 건너왔다. 분명 집이 같은 방향이 아닌데도 혜림은 연주를 먼저 배웅해주는 것을 당연히 여기는 것 같았다. 이러다가 집까지 바래다주겠다고 하면 어쩌나 하는 마음에 연주는 그럼 여기까지만이야, 하고 양보하듯 말했다.

"모레 뭐 해?"

버스가 오기 전 혜림이 물었다. 토요일이라 연주가 조금이라도 엄마의 시중을 들며 살펴야 하는 날이었다. 그런 다음 화요일과 금요일에 이모가 왔다. 토요일이라도 전날 이모가 왔다 가기 때문에 따로 집 안을 치울 일은 없었지만 학교를 안 가는 날은 당번처럼 엄마의 손발이 되어주어야 했다. 모든 건 규영이가 떠난 다음부터 시작되었다.

"그냥 집에 있을 거야. 책도 보고 공부도 하고."

"그럼 우리 집에 올래? 내 생일이거든."

연주는 어떻게 대답해야 하나 잠시 머뭇거리다 고개를 끄덕였다. 혜림은 그날 둘이서 파자마 파티를 하자고 했다. 저녁을 먹고 수학여행 때처럼 밤새 이야기했으면 좋겠다고 했다.

"나, 그날 참 좋았거든. 밤에 설악산에서."

그렇지만 그날, 혜림과 둘이서만 이야기를 나눈 건 없었다. 이야기를 했다면 여럿이 술을 담은 종이컵을 돌리면서 한 것뿐이었다. 컵을 돌리면서 학교 얘기도 하고 남자친구 얘기도 했지만, 공부를 잘하는 아이든 못하는 아이든 모두 힘들다고 불평 삼아 한 얘기였다. 연주의 기억으로 그날 혜림은 컵 돌리기도 늘 차례를 건너뛰었고, 나중에는 자리를 비웠다가 선생님이 마지막 점검처럼 문 밖에서 모두 그만 자라고 할 때 다시 방으로 들어왔다. 불을 껐을 때 연주는 머릿속이 어지러웠고, 아무 베개나 하나 찾아들고 문 쪽으로 가 잠들었다.

"엄마가 어떤 선물을 받고 싶냐고 물어서 그렇게 말했어. 너도 허락받기 어려운 거 아니지?"

혜림의 조심스러운 물음에 연주는 식구들과 함께 저녁을 먹는 건 불편하니까 저녁은 밖에서 둘이 먹고, 파자마 파티만 집에서 하자고 했다. 규영이가 떠난 다음 연주 집에선 어느 누구의 생일도 기념하지 않았다. 다음해 봄에 돌아온 규영이 생일만 딱 한 번 촛불로 기억한 다음, 열두 살 이후로 연주의 생일도, 엄마의 생일도, 아빠의 생일도 그랬다. 봄마다 온가족이 함께 가던 할아버지 생신에도 가지 않았다.

"나, 엄마한테 얘기하지 않았는데, 1학기 때 수학여행 가서 오대산에서 규영이를 봤어."

혜림을 만나기 위해 집을 나서기 전 연주는 엄마에게 말했다. 느닷없이 규영이를 입에 담자 엄마는 적잖이 놀라는 눈치였다. 엄마는 일그러진 얼굴로 연주를 바라보았다.

"어디서 봤다구?"

"상원사 절에서 스님들하고 같이 지내는 걸 봤어. 규영이는 지금도 다섯 살 그대로였어. 거기 오대산 계곡에서 아픈 사람 찾아오면 빨리 다 나으라고 몸 씻겨주고 그래. 내가 그러는 거 봤어. 내가 규영아, 하고 부르니까 웃으면서 돌아봤어."

"……."

"내가 엄마한테 얘기해줘야 했는데 그때 얘기하지 못했어. 내가 규영이에게 엄마 얘기를 못했거든. 그래서 엄마한테도 규영이 얘기를 못했어. 미안해."

"괜찮아, 연주야."

"엄마도 이제 규영이 걱정 너무 하지 마. 규영이는 잘 있으니까."

"괜찮아, 연주야."

다시 엄마가 말했다.

연주의 제안대로 혜림이와 연주는 학교 근처에서 스파게티를 저녁으로 먹었다. 저녁을 먹은 다음 늦지 않게 혜림의 집으로 갔다. 혜림의 엄마 아빠가 함께딸의 친구를 따뜻하게 맞아주었다. 연주는 어른들에게 공손하게 인사하고 혜림이 이끄는 대로 그녀의 방으로 갔다. 짐작대로 혜림의 책상은 가구회사 광고에 나와도 좋을 만큼 잘 정돈되어 있었고, 하얀 옷장은 천장의 불빛 아래 더욱 하얗게 빛났다. 연분홍색과 연두색 천으로 퀼팅 된 이불이 덮여 있는 침대는 누우면 예쁜 꿈만 꿀 것처럼 포근해 보였다. 혜림은 의자를 하나 더 가져왔다. 방을 보자 혜림이 어떤 아이인지 조금 더 잘 알게 된 듯했고, 또 조금 더 많은 게 궁금해졌다.

아주 더디게 밤이 깊어갔다.

"나, 여름방학 전부터 너하고 이렇게 같이 있고 싶었어. 1학기 때 수학여행 다녀온 다음부터."

방에 불을 끈 다음 침대에 나란히 누워 혜림이 말했다. 문 쪽이 연주 자리였고, 벽 쪽이 혜림 자리였다. 창으로 들어오는 달빛으로 방안은 온통 푸른빛이 배어들었다. 뜰에 심은 키 큰 나무의 그림자가 간간이 창문을 두드렸고, 조금 열린 창문 틈으로 들어오는 시원한 바람이 코끝을 스쳤다.

"그런데 말을 못했어."

"……."

"나 웃기지?"

"아니. 나도 뭐 하나 물어봐도 돼?"

"뭔데?"

"수학여행 때 설악산에서 내가 네 옆에서 잤니?"

그날 그 손의 주인이 혜림이었다는 걸 몰랐을 땐 그게 누구의 손이었는지 궁금했다.

"응……. 그런데 연주야, 기영이가 누구야?"

"기영이?"

"그날 네가 밤새 잠자면서 기영이라며 누군가를 불렀어."

"아, 규영이. 내 동생이야."

"네가 제일 문 쪽에 누웠는데 이쪽으로 돌아누워 내 손을 네 가슴 쪽으로 끌어갔어. 그래서 내가 손을 빼면 네가 다시 이름을 부르며 내 손을 가슴 쪽으로 끌어갔어. 이렇게."

그러면서 혜림은 연주 쪽으로 돌아누워 연주의 두 손을 자기 가슴 쪽으로 끌어갔다.

"그랬구나."

"동생이 지금 집에 없니?"

"응."

"어디 갔는데?"

"우리 수학여행 갔던 오대산."

"정말?"

언젠가는 더 얘기할 수 있을지 모르지만 연주는 더 이상 말하지 않았다.

그러면서 혜림은 연주의 손을 가슴 쪽으로 끌어갔다. 연주도 몸을 돌려 혜림의 두 손을 꼭 잡아주었다.

창밖의 바람이 창에 비친 나뭇가지를 또 한 차례 흔들고 지나갔다.

계절풍

"냄새 많이 나요?"

창문에 둘러쳐진 커튼 뒤에서 여자가 나오며 물었다.

"아뇨, 괜찮아요."

"요즘엔 제집에서도 담배를 피울 수 없는 세상이라 이러고 나면 무슨 범죄자라도 된 기분이에요."

얼굴에 웃음기를 머금은 여자가 내게 동조를 구하듯 말했다. 좁게 열린 창문 틈새로 밀려들어온 습한 밤공기가 좁은 호텔방을 휘감았다. 나는 에어컨을 틀었다.

"창문 닫을까요?"

머리 위에서 비추는 조명이 맘에 안 든다는 듯 여자는 침대 옆 사이드 조명의 스위치를 찾으며 물었다.

"아뇨, 그냥 두는 게 좋겠어요."

나는 차마 담배 냄새 때문이라고 말하진 못했다. 여자는 창쪽에 붙어 있는 작은 책상 앞 의자에 앉아 비 오는 도심의 밤 풍경을 처음 보는 것처럼 오랫동안 창밖을 바라보았다. 유리창에 들러붙은 빗방울은 실내에 들어오지 못한 걸 못내 아쉬워하는 듯 천천히 흘러내렸다.

"이제야 바람이 좀 잦아드는 것 같아요."

차분하게 말하는 여자의 모습이 좀 전에 공항에서 거칠게 항의하던 그 여자인가 싶었다. 이목구비가 예쁜 얼굴은 아니지만 희지 않고 결이 고와 보이는 피부는 여자가 착용하고 있는 진주 귀고리와 잘 어울렸다. 염색을 한 것처럼 짙고 검은 생머리를 틀어 올렸던 여자는 머리핀을 풀고 목덜미에 붙은 잔머리까지 손으로 빗질하여 다시 한 번 단정히 묶어 틀어 올렸다.

"에어컨을 틀어도 눅눅하네요."

여자는 흘러내리지도 않은 목덜미의 땀을 휴지로 닦는 시늉을 하며 내게 고개를 돌려 말을 이었다.

"장가계는 더 덥겠죠?"

"네, 여름에 가는 건 거의 극기 훈련 수준이라고 하더라구요."

문득 오래전 끊었던 담배가 피우고 싶어졌다. 아니 당긴다는 말이 옳았다.

"저, 담배 한 대 빌릴 수 있나요?"

나는 마치 큰 비밀이라도 털어놓는 듯 목소리를 낮추고 작은 소리로 여자에게 말했다.

"어머, 보기 드문 동지 만났네요. 요즘에는 여기저기서 금연 열풍이 불어 이런 동지는 여간 해서 만나기 어려운데."

여자는 흔쾌히 담뱃갑을 내밀었다. 라이터를 들고 여자가 열어 놓은 창문 가까이로 갔다.

"커튼 뒤에서 창에 바싹 다가가서 피우세요. 이 호텔도 금연 빌딩이라 방안에 냄새 배어서 걸리면 벌금 물어요. 아니 벌금보다도 창피하잖아요. 애들도 아니고 교양 없이 하지 말라는 짓 하다 들키는 것 같기도 하고요."

여자는 대단한 거나 알려주는 것처럼 목소리가 들떠 있었다.

나는 학교 화장실에서 몰래 담배 피우는 학생이 된 기분이 들어 피식 웃었다. 창틀에 있는 0.5리터짜리 빈 생수병엔 여자가 버린 꽁초가 들어있었다. 뚜껑을 열고 조심스레 병 입구에 재를 털어 냈다. 간간이 부는 바람에 연기가 얼굴로 역류해 날아들었다. 나는 오랜만에 빨아들인 담배와 얼굴에 달려드는 담배 연기에 머리가 핑 돌았다.

여자를 처음 본 것은 네 시간 전인 오후 5시 30분경이었다. 그다지 늦은 것도 아니었는데 그녀는 바쁜 듯 숨을 몰아쉬며 집결지인 공항 H 여행사 테이블 앞으로 달려왔다. 나는 일찌감치 도착해 공항 대합실에 앉아 있다가 그쪽으로 갔다.

"좀 늦었죠? 구미에서 오느라."

숨을 헐떡이며 여행사 직원에게 말하는 여자의 부드럽지만 허스키하고 큰 목소리가 이목을 끌었다. 같이 온 일행은 보이지 않았다. 처음엔 각자 출발해 공항에서 만나기로 했나보다 했다. 하지만 직원에게 여권을 내밀면서 주고받는 대화로 그녀 혼자 여행 간다는 걸 알게 되었다.

며칠 전부터 우리나라가 태풍의 영향권에 든다는 예보가 있었다. 태풍을 예고하듯 전날 오후부터 비가 내리기 시작했다. 오랜 가뭄 끝의 비라 반가워할 만도 한데 당장 여행을 생각하면 반갑지만은 않았다. 저녁이 되자 비구름은 거센 바람까지 몰고 왔다. 나는 간밤 빗소리에 잠을 설치다 힘겹게 일어나 아침부터 공항에 전화해서 비행기의 결항 여부를 물었고, 공항에선 저녁 비행기이니 그쪽 여행지 날씨와 비행경로, 그리고 항공사의 결정에 따라 달라진다고 했다. 공항에 와봐야 그 상황을 알 수 있으며 아직까지 결항된다는 보고를 받지 못했으니 아마도 순조롭게 비행기가 뜰 것 같다는 말을 했다. 여행사에서도 비슷한 대답을 했다. 하지만 아침 뉴스에선 이미 제주행 비행기는 죄다 결항되었다는 뉴스가 속속 보도되고 있었다. 내가 갈 여행지는 중국의 장가계였고, 비행기는 장

사공항에 착륙하지만 태풍의 경로가 그곳에서 크게 비껴나진 않을 것 같았다.

남편을 출근 시킨 뒤 서둘러 승완에게 전화했다.

"아무래도 오늘 여행가는 거 어렵지 않을까요? 이렇게 비가 많이 오고 바람도 많이 부는데 비행기가 뜨겠어요?"

나는 내심 뭔가 불안한 참에 맘 편하게 안 가는 게 좋겠다는 심정으로 말했다.

승완은 항공사나 여행사로부터 결항된다는 통보도 없는데 그게 무슨 말이냐며 언짢은 듯 말했다. 자신은 휴가 일정도 간신히 맞췄고 게다가 어떻게 잡은 저가 실속 여행 상품인데 이런 기회를 놓치냐고 했다. 지금처럼 학생들 방학이 곧 시작되는 성수기에 임박해서 이런 상품이 또 있을 줄 아냐며 마치 여행사 직원을 대변하듯 했다. 사실 이번 여행은 승완이 경비를 대겠다며 추진했다. 승완과는 처음 가는 여행이자 나 자신도 처음으로 남편과 딸을 두고 떠나는 해외여행이었다. 여행 계획을 짜고 여행 준비를 하기까지 무수한 거짓말과 아슬아슬한 질문과 답변들이 남편과 오고 갔다.

거짓말은 어디까지나 나의 입장에서였다. 남편이 무심코 건네는 말이나 혼자 여행 보내는 걸 우려해 던진 말과 질문에도 나는 움찔하여 단답식으로 대답하며 화제를 돌리거나 묻지도 않은 말에 일부러 구체적 상황까지 들어가며 대답했다.

그때마다 나는 콩닥거리는 가슴을 진정시키느라 진땀을 뺐다. 당신 얼굴이 왜 그래? 이래 가지고 장가계에 갈 수 있겠어? 거기 날씨도 푹푹 찐다던데. 웬만하면 가을에 가지, 직장도 안 다니는 사람들이 복잡한 휴가철 임박해서 갈 건 뭐람. 남편의 그 말에 하마터면 나는 직장 다니는 남자들은 여름에 휴가내기 좋잖아요. 라고 말할 뻔했다. 애들 다 키우고 시간이 넉넉한 선배언니 둘과 함께 떠난다고 말해둔 터였다.

그날 오후 남편은 나의 사양에도 불구하고 일찍 퇴근해서 공항까지 데려다주었다. 선배언니들에게 인사하지 않아도 되냐는 남편의 말에 나는 선배들은 아직 공항에 도착하지 않았다며 남편을 차에서 내리지도 못하게 하고 그대로 집으로 보냈다. 남편은 차안에서 손을 흔들어 보이며 굵은 빗줄기 사이를 뚫고 돌아갔다. 겨우 오후 4시 30분이 조금 넘었을 뿐인데 사위는 어둑해지고 있었다. 나는 한참을 그대로 서서 멀어져 가는 남편의 차를 바라보았다.

공항에 들어서자 몸에 달라붙었던 습한 공기는 섬찟하리만큼 차가운 공기로 바뀌었다. 하루 일과를 다시 시작하는 사람들이 모인 것처럼 공항 내부는 붐볐다. 승완에게서 문자 메시지가 왔다. 아직은 집결시간 보다 조금 이른 시간이었다. 그는 S 텔레콤 로밍 센터 앞에 있다고 했다. 내가 있는 곳과 멀지 않은 곳이었지만 나는 그쪽으로 얼굴을 돌리진 않았다.

'그냥 거기 있어요. 티켓팅하고 비행기 탈 때까지 우리 아는 척하지 말아요.'

이렇게 답장을 보내려다 지우고 다시 보냈다.

'나 아직 도착하지 않았어요.'

잠시 후 승완의 답장이 왔다.

'도착하면 문자 주고, 티켓팅하고 비행기 탈 때까지 우리 아는 척하지 말아요.'

참나, 누가 뭐래? 갑자기 내가 먼저 그런 메시지를 보내지 않은 게 억울해졌다. 잠시 후 나는 무겁지도 않은 캐리어를 질질 끌다시피 하며 여행사가 알려준 미팅 장소로 걸음을 옮겼다. 여행사 직원은 8시 20분 비행기이니 6시 20분부터 티켓 발권을 시작할거라며 여행시 주의 사항이 적힌 종이와 비자를 여행사 로고가 찍힌 비닐 백에 넣어 주었다. 승완이 내 옆에 와서 비닐 백을 집어 들며 들릴 듯 말 듯한 목소리로 말했다.

"티켓팅 할 때 내 뒤에 서요. 탑승장 갈 때도 같이 나가고. 그 외는 각자 행동."

보는 눈이 많으니 조심하는 게 좋겠지만 승완의 입에서 그런 말이 나올 때마다 무슨 007 놀이도 아니고 이게 뭐하는 짓인가 싶어 내심 부아가 치밀었다.

휴대폰 로밍과 데이터 무제한 서비스를 신청하고 나자 티켓 발권이 이루어지는 공항 G카운터 앞이 웅성거렸다. 발권

시간이 다 되었는데도 카운터에 직원은 없었고, 대신 하얀 셔츠에 단정하게 타이를 맨 남자 직원이 카운터 밖으로 나와서 중국 장사로 출발하는 8시 20분 비행기가 태풍으로 뜨지 못한다는 말을 했다. 여행객들은 직원을 붙들고 여러 번 결항여부를 확인했고 실망한 표정으로 여행사 테이블로 몰려갔다. 여러 사람들이 한꺼번에 말을 하는 바람에 무슨 말인지 잘 들리지는 않았지만 대충 여행을 가지 못하게 된 것에 대한 항의라는 것만은 분명했다. 그 와중에도 낮지만 큰 여자의 목소리가 바로 내 옆에서 또렷하게 들렸다. 흰색 반팔 블라우스와 무릎 아래까지 내려오는 검정색 시폰 치마를 입고 있는 여자는 챙이 넓은 모자를 쓰고 있었다.

"아니, 그럼 여행이 아예 취소된 건가요?"

"내일 증편을 고려하고 있으니 내일 출발하는 걸로 미루어질 확률이 큽니다. 일단 집으로 돌아가세요. 어차피 내일 비행기도 오후 늦게나 출발할 테니 오전 중으로 연락드리겠습니다."

여행사 직원의 말에 여행객들은 다시 술렁였다. 그렇게 불확실하게 말하면 어떻게 하느냐, 지방에서 올라온 사람들은 내려갔다가 다시 올라 오란 말이냐, 그리고 지금 집으로 갈래도 차편이 없어 못 간다…….

어떻게 해도 상관없다는 생각에 나는 직원에게 한마디도 묻지 않았다. 그때 직원의 휴대폰이 울렸고, 그는 사람들을 향해 손을 들어 잠깐 기다리라는 시늉을 한 후 휴대폰을 든 채 자리를 비웠다. 십분 쯤 지나 돌아온 직원이 여행은 내일 출발하는 걸로 확정이 되었으니 일정대로 내일이라도 여행 가실 분들은 한쪽으로 모여 달라는 말을 했다. 이미 멀찌감치 서서 나를 바라보고 있는 승완의 시선을 진작부터 느끼고 있었지만 나는 그제야 그 쪽으로 시선을 돌렸다.

'우린 그냥 내일 가는 걸로 하죠.'

내 눈에 들어온 승완의 얼굴은 그렇게 말하고 있었다.

여행사 직원에게 간 승완은 자신과 또 한 명의 일행인 내가 일정대로 여행을 가겠다고 말하는 듯했다. 나는 몇 발자국 떨어진 곳에서 그 모습을 바라보고 있었다. 잠시 후 여행사 직원은 집이 지방이어서 오늘 밤 돌아갈 차편이 없거나 내일 장가계로 떠나기로 한 여행객들이 묵을 호텔들을 알려주었다. 호텔은 대부분 공항 근처였다. 나는 하지도 않은 실랑이에 이미 여행을 다녀온 것처럼 피곤했다. 승완에게서 메시지가 왔다.

'어느 호텔이에요?'

'M 호텔이요.'

'나랑 같은 호텔이네요.'

밤 9시가 조금 넘어서야 호텔에 체크인 할 수 있었다. 예상했던 대로 공항 근처의 자그마한 비즈니스호텔이었다. 승완과 같은 방이 아니길 바라면서 객실 키를 들고 11층 객실로 올라갔다. 아직 그와 밤을 함께 보낸 적은 없었다. 싱글 사이즈 침대 두 개와 작은 책상과 의자 두 개 정도 비치되어 있는 방이었다. 창가 쪽 침대 근처에 짐을 부려놓으려던 참이었다. 딸깍하고 문 여는 소리가 들렸다.

"실례합니다."

좀 전까지 귀에 쟁쟁하게 들리던 여자의 목소리였다. 흰 블라우스에 검정 치마. 리본 달린 챙 넓은 모자만 손에 들고 있지 않았다면 어쩐지 구한말 신여성 같아 보이기도 했다. 앞가르마를 타고 틀어 올린 긴 생머리가 더 그런 느낌을 주었다.

"H 여행사로 내일 장가계 가시죠? 우리 오늘 하루 룸메이트인가 봐요."

여자는 공항에서와 달리 상냥하게 말했다. 허스키한 목소리가 솜이불처럼 포근하게 들리기까지 했다. 아직 여행을 떠나지 않은 임시 숙소의 룸메이트가 승완이 아니라는 것에 대한 안도감 때문인지도 몰랐다. 장가계에 가서는 여느 연인들처럼 지낼 수도 있겠지만 아직은 사람들 눈이 많은 곳이었다. 여자는 호텔에서 2인 1실인 객실 수와 인원을 맞추다 보니 남자는 남자끼리 묵고 여자는 여자끼리 묵도록 방을 배치한 거 같다고 했다. 그녀는 마치 나의 원래 룸메이트가 누구인지 다 안다는 듯 말했다. 순간 나는 딱히 뭐라 할 말을 찾지 못한 채 얼굴만 달아올라 실내의 오렌지빛 간접 조명이 내 얼굴빛을 감추어 주기만을 바랐다.

유리창에 달라붙은 빗방울은 호텔 맞은 편 빌딩 옥상 광고의 하얀 불빛을 흡수해 투명한 크리스털처럼 반짝였다. 〈눈의 여왕〉의 얼음 궁전에 촘촘히 박혀 있는 얼음 알갱이 같기도 하여 바깥 날씨가 덥다는 게 믿기지 않았다. 어떻게 보면 창밖에 눈이 내리는 것 같기도 해서 어디선가 눈과 관련된 샹송이 흘러나올 것만 같았다.

나는 침대 이불 속으로 파고들었다. 방금 다림질한 커버를 갈아 끼운 듯한 뽀송한 하얀 면 이불의 촉감이 피부에 느껴지자 기분 좋은 소름이 돋았다. 막 샤워를 마친 여자가 욕실에서 나왔다.

"벌써 자요?"

"아뇨, 여행 다녀 온 것처럼 나른해서요."

턱밑까지 이불을 덮고 잠시 눈을 감고 있던 나는 이불을 목 아래까지만 내리고 말했다. "나는 구미에서 올라오느라 아침부터 서둘렀더니 정말 여행한 기분이에요. 그런데 인천에서부터 일박이 시작될지 누가 알았겠어요."

여자는 기초화장을 마무리하느라 얼굴을 두드리며 말했다. 민낯을 한 그녀의 옆얼굴에선 눈과 입이 비슷한 모양으로 돌출되어 있었다. 아이섀도와 마스카라가 지워진 그녀의 눈은 커다란 눈알만 남아 데굴거리는 것 같았고, 입술 색이 사라진 입은 튀어나온 구강의 골격이 그대로 드러나 그녀가 웃지 않으면 금방이라도 치아들이 다물어져 있는 입술을 벌리고 나와 앞으로 쏟아질 것만 같았다. 그럼에도 그녀는 밉지 않았다. 화장을 지우자 말갛게 드러난 옅은 갈색 피부엔 윤기가 흘렀고, 웃을 때마다 빛나는 하얀 이가 시원해 보였다.

"난 한잔 마시고 잘 건데, 같이 하실래요?"

아직 물기가 남아 있는 머리를 수건으로 털어내며 여자가 말했다.

"술이요? 객실에 비치되어 있는 걸 마시면 따로 비용이 청구될 텐데요."

"어우, 그걸 왜 마셔요?"

여자는 과장된 말투로 말도 안 된다는 듯 손을 저으며 자신의 캐리어를 뒤적거렸다. 그녀는 여행 다닐 땐 필수 항목이라며 포장용 버블비닐에 겹겹이 싸인 팩소주 두개를 꺼내 테이블에 올려놓았다. 마트 선반에 진열되어 있는 팩소주를 지나치듯 본 적은 있지만 가까이에서 보는 건 처음이었다. 여자는 웃으며 베지밀 두유처럼 생긴 팩소주의 뾰족한 귀퉁이를 세워 가위로 잘라 유리컵에 삼분의 일쯤 따라 내 앞에 놓았다.

"소주는 빨대로 마시기 좀 그래서요. 영 기분이 안 나잖아요."

자세히 보니 팩소주의 거죽엔 빨대를 꽂을 수 있는 구멍까지 있었다. 여자는 아까보다 술을 조금 더 따라 부은 컵을 들어 내게 건배 제의하는 몸짓을 했다. 나는 어정쩡한 포즈로 소주가 담긴 컵을 앞으로 들어 올렸다가 한 모금을 마신 후 도로 내려놓았다.

"술 못하세요?"

언제 마셨는지 여자의 컵은 깨끗하게 비어 있었다.

"내일 여행 가려면 피곤할까봐서요."

"으흠, 비도 오고 술 마시기 딱 좋은 밤인데……. 초면이지만 어차피 앞으로 며칠간 함께 여행할 사람들이고 하니 우리 기분 좀 내요."

여자는 발그레해진 낯빛에 미소를 띠며 말했다. 나는 자리에서 일어나 커피포트의 전원을 켜며 여자에게 물었다.

"커피 한 잔 하실래요?"

"술이 내키지 않으시나보네. 전 그냥 술이나 한 잔 더 할래요."

"저도 술 마실 거예요."

승완은 소주를 마실 때면 안주 삼아 커피를 즐겨 마셨다. 그는 물을 제외하고 자신이 마시는 음료라곤 술과 커피밖에 없다고 했다. 언젠가 그 둘을 함께 마셨다가 몸 속속들이 스며드는 알코올과 카페인이 주는 엑스터시가 짜릿해서 가끔씩 그렇게 마셔왔다고 했다. 그를 만난 이후로 나도 그런 알코올과 카페인의 결합을 종종 즐기게 되었다. 전에 술을 못 마셨던 것은 아니지만 술을 좋아하지 않는 남편을 만나 연애시절에 술은 입에 대지도 않았다. 승완과 만나면서부터 나는 승완을 좇아 종류를 가리지 않고 술을 마시곤 했다.

'내가 저녁 살 테니, 채영씨가 술 사요.' 혹은 '내가 술 살 테니 채영씨가 저녁 사요.'

승완은 나와 만날 때면 그것부터 정했다. 그는 아내와도 서로 통장을 따로 관리하며 모든 걸 반반씩 분담하며 살았다고 했다. 아내를 좋아하게 된 것에는 그녀의 안정적인 직업도 한몫을 했다고 그는 감추지 않고 말했다.

승완은 능력 있는 홍보 실장으로 직장에서 제법 신임을 얻고 있었다. 내가 취미 삼아 그렸던 일러스트가 승완이 근무하는 회사의 청소년 기획물의 삽화로 들어가게 되면서 그를 알게 되었다. 소년 같은 눈을 가졌지만 굳게 다문 얇은 입술은 사람들이 쉽사리 그의 곁으로 다가갈 수 없게 만들었다. 언뜻 보아도 탄탄하게 균형 잡힌 체격은 충분히 매력적이었으나 그는 자신의 멋진 몸매를 어디에서도 어필하려고 하지 않았고 어디에서도 자신의 풍부한 감성과 박학다식함을 내세우지 않았다. 그러면서도 그가 결코 감출 수 없는 것은 그 안에 깊이 내재되어 있는, 어느 면에서는 온기를 머금은 듯하고 또 어느 면에서는 차갑기 그지없는 감수성이었다.

'채영씨, 목소리가 너무 커요.' 언젠가 내가 술기운에 호프집에서 흘러나오는 음악의 볼륨에 맞춰 기분 좋게 목소리를 높여 말했다가 승완이 난감하다는 눈빛으로 찬물을 끼얹듯 던진 한마디에 쥐구멍이라도 들어가고 싶은 적이 있었다. 그때 그는 심각한 표정으로 곧바로 쥐구멍이라도 찾아줄 듯이 두리번거리다가 '채영씨, 얼른 이리로 숨어요.' 하며 외투 자락의 앞섶을 열어 펼치고는 자기 품으로 들어오라는 몸짓을 했다. 그를 만나면 나는 주로 웃었고, 잘 웃지 않는 그는 조용히 나를 웃게 했다. 그는 그가 가진 수많은 단점보다는 몇 개의 장점으로 나를 매혹했다.

커피가 든 머그잔을 들고 다시 자리에 앉아 소주를 한 모금 마시고, 커피를 홀짝였다.

"술 제대로 마실 줄 아시네."

여자는 나를 곁눈질하며 소주를 들이켰다. 여자의 눈은 빨갛게 핏기가 올라 더 튀어나와 보였다. 나는 미소로 답했다. 침묵에 가까운 나의 단답식 답변이 지루할 만도 한데 그녀는 가늘게 이어지는 대화의 끈을 놓지 않았다.

"저는 이번 여행에 동행자 없이 혼자 가요."

여자의 그 말은 마치 내게는 숨은 동행자가 있다는 것을 다 알고 있다는 듯이 들렸다.피하고 싶었던 이야기들과 질문이 나올 것만 같아 나는 다시 조심스러워졌다. 여자는 나의 반응에 신경 쓰지 않는 듯 말을 이어갔다.

"실은 남편과 가려고 했던 곳이 장가계, 그곳이었어요."

홍조를 띠고 있었지만 그녀는 취한 것 같진 않았다.

"그런데 왜 혼자 가세요?"

"그 사람 이제 이 세상 사람이 아니에요."

순간 여자의 눈동자가 물기로 반짝였다. 내가 처음으로 먼저 말을 걸어 물어본 질문이 기껏 이런 거라니, 나는 갑자기 미안해졌다.

"괜한 걸 물었다고 자책하지 마세요. 누군가 왜 혼자 가느냐고 물어봐 주길 바랬으니까요."

여자는 캐리어에서 소주 한 팩을 더 꺼내며 손가락으로 아직 일곱 개나 더 남았다는 표시를 하며 소리 없이 웃었다.

금붕어 같은 눈과 돌출된 구강 구조만 아니라면 고운 갈색 피부와 달걀형의 얼굴이 매력적인 여자는 대학교 2학년 때인 스물한 살에 웬만한 사람들은 알만한 유명 프로 야구 감독을 만나 사랑에 빠졌다. 열렬한 팬으로서 팀 경기를 놓치지 않고 죽자 사자 따라다닌 결과라고 했다. 지금 여자의 모습만 봐도 젊은 시절에 얼마나 붙임성 있고 활발했을지 짐작이 갔다. 감독의 나이는 그녀와 25세 차이로 그녀의 아버지 또래였다.

"사랑했어요. 십 대 때 경험하는 풋내기 사랑이 아닌 진짜

첫사랑이어서 그랬을지도 모르겠어요. 그가 유부남이라는 사실도 나에게는 아무런 문제가 되지 않을 정도였으니까요."

여자는 팀 전지훈련이 있을 때마다 따라다니며 감독과 함께 지냈다. 하루의 훈련이 끝날 때를 기다리면서 호텔 지하에서 게임을 했던 기억을 말하는 그녀는 하얀 이를 드러내고 어린아이 같은 미소를 지었다. 그러다 2년 후 아이가 생겼고, 이혼하고 자기와 결혼하겠다는 감독의 말만 듣고 집을 뛰쳐나와 아이를 낳으려 했던 그녀는 아버지와 오빠들의 수소문 끝에 강제로 다시 집으로 끌려 들어왔다. 아버지는 갓 태어난 아이를 감독에게 주어버리고 여자는 유학을 명목으로 일본에 보내졌다.

"감독님은 제게 참 따뜻한 사람이었어요. 퇴근 후 집에 돌아오면 아무 물건이나 하나쯤 던져 부수던지 그게 아니면 엄마의 머리채를 잡거나 오빠들이나 나의 뺨 한 대는 때려야직성이 풀리는 우리 아버지와는 완전히 다른 사람이었죠. 어쩌면 한 번도 제대로 받아보지 못한 부정과 같은 사랑을 감독님께 느꼈는지도 몰라요."

여자의 아버지는 잘나가는 사업가였고, 덕분에 그녀는 물질적으론 풍족한 삶을 살았다고 했다. 부모로부터 생명과 돈 말고는 받은 것이 없다고 말하는 여자의 긴 속눈썹 아래 눈동자엔 웃음으로도 감출 수 없는 그늘이 서려 있었다.

일본으로 간 여자는 한 남자를 만났다. 훗날 남편이 된 그는 그녀가 대학을 졸업하고 들어간 일본 주재 한국기업의 주재원이었다.

"남편에게 아들이 있었어요. 주재원으로 일본에 갔던 남편은 그곳에서 일본 여자와 결혼했대요. 그리고 6년 후 결혼생활을 정리했구요. 둘 사이에 아들이 하나 있는데 그 아이는 남편이 키우고 있었어요. 그 아이가 일곱 살 때 남편을 만났죠. 그 아이를 처음 보는 순간 바로 내 아이다 싶었어요. 수줍게 씨익 웃으며 아빠 등 뒤로 숨는 아이의 하얗고 동그란 얼굴이 전혀 낯설지 않았거든요."

아이 따위는 절대로 낳지 않겠다는 승완이 떠올랐다. 아이를 갖고 싶어 하는 아내와 그는 끝내 이혼했다. 아내를 사랑하면서도 차라리 이혼을 택한 그는 아이의 인생을 책임질 자신이 없어서라고 했다. 부모라면 당연히 그래야지만 자신의 어린 시절은 그러하지 못했고 분명 그의 몸속에도 그의 부모처럼 이기적인 피가 흐르고 있을 거라고 언젠가 술자리에서 고백한 적이 있었다.

휴대폰이 울렸다. '잘 자요.' 승완의 메시지였다. 나는 자는 모습을 하고 있는 이모티콘을 답장으로 보냈다.

나는 여전히 여자와 함께 있는 상황이 익숙해지지 않았다. 아니, 익숙해지지 않았다기 보다는 여자가 나에 대해 무엇이

든 궁금해 할까봐 조마조마했다는 표현이 맞을 것이다. 다시 한 번 소주를 마시고 커피를 한 모금 마셨다.

"채영씨, 커피를 안주 삼아 마시니까 좋죠? 좀 더 알딸딸한 거 같기도 하고 아니면 술이 깨었다가 다시 취하는 것 같기도 하고……. 알코올과 카페인 개네들이 좀 그래요. 사람을 어디든 보내는 묘한 매력이 있죠. 한번 빠지면 중독된 것처럼 헤어 나올 수 없고. 하지만 그러다 몸을 망쳐요. 둘 다 독한 것들이라 서로 부딪치면 사람을 아주 미치게 만들죠. 사람을 사랑하는 것도 그런 거 같아요. 누군가를 동시에 사랑할 수는 없어요. 두 사람의 사랑이 한 사람의 몸속에 스며들면 짜릿한 황홀감은 있겠지만 그건 잠시이고 그 사람은 끝내 망가져요. 사랑을 다 가질 수는 없어요."

나는 그녀 쪽으로 고개를 돌렸으나 시선을 마주칠 수 없었다. 당황한 빛을 들키고 싶지 않았다.

"아, 이름을 불러서 놀라셨구나. 아까 채영씨 샤워하러 들어갔을 때 책상에 놓아둔 여권을 봤어요. 그냥 두려다 같은 여행지의 일행이고, 더구나 이렇게 우연찮은 일로 함께 동숙까지 하니 보통 인연이 아니다 싶어 이름쯤은 알아도 된다고 여겼어요. 허락도 없이 봤네요."

그녀가 내 이름을 알고 있어서 당황한 건 아니었다. 나는 소주가 든 유리컵과 커피가 든 머그잔을 번갈아 가며 보았다.

나에겐 누가 커피일까. 아니 누가 소주일까. 어디에도 고정되지 않은 나의 눈동자는 흔들렸고 시야가 꿈결처럼 뿌옇게 흐려졌다.

"채영씨, 내 말 들려요?"

여자의 허스키한 목소리가 나를 다시 호텔방으로 불러들였다.

"내일은 태풍이 물러나겠죠? 장가계에 가서도 채영씨랑 친구하면 좋겠다. 내가 두 살 많지만 나이도 엇비슷하고."

나는 그녀가 나에겐 동행이 있는지 없는지 묻지 않는 게 이상했지만 그녀가 묻기 전엔 아무것도 먼저 말하지 않기로 했다. 여자는 생전의 남편과의 약속이라도 지키듯 꼭 장가계에 가고 싶었다고 했다. 그녀는 피곤한 듯 이불을 젖히고 침대에 누웠다. 나는 쉽게 잠이 오지 않을 것 같아 컵에 남은 술을 한꺼번에 들이켰다.

"안자요?"

자는 듯 눈을 감고 있는 여자가 말을 했다.

"주무시는 거 아니었어요?"

"네, 피곤한데도 잠이 안 오네요. 우리 아들 있잖아요. 일곱 살에 처음 내 아들이 된 아이 말이에요. 그 아이 지금 일본에 있어요."

"같이 안 살았어요?"

"같이 살았죠. 내가 품에 꼭 안고서."

아들은 그녀의 남편이 세상을 뜨기 8개월 전에 일본에 있는 생모 곁으로 보내졌다.

"남편은 너무나 갑작스럽게 아이를 생모에게 보내자고 했어요. 나는 안 된다고 했죠. 남편은 아이가 고등학생이 될 때면 아이 엄마에게 보내기로 약속했다는 거예요. 그러면 대학교는 자연스레 일본에서 다닐 테고요. 난 그래도 절대로 안 된다고 했어요. 하지만 남편은 발 빠르게 수속을 밟아 아이를 일본으로 보내고 말았어요. 그게 2년 전 일이니 이제 우리 아들도 고2가 되었겠네요. 남편이 죽었을 때 제 엄마와 우리나라에 한 번 들어왔었죠. 물론 일본에 간 이후로도 지금까지 하루가 멀다 하고 저와 문자나 메일을 주고받고 있어요. 오늘 내가 장가계 가기로 한 것도 알고 있고요."

여자는 남편이 폐암에 걸렸다는 것을 알고 나서야 사전에 얘기도 없이 그토록 갑자기 아이를 생모에게 보낸 이유를 알게 되었다고 했다. 그리고 그녀는 더 늦기 전에 장가계에 가고 싶어 했던 남편에게 여행을 제안하고 서둘렀지만 그땐 이미 그의 병이 깊었다.

"남편은 내게 짐을 지우고 싶지 않았던 거예요. 하지만 그 아이, 그 소중한 아이가 어떻게 내게 짐이 되겠어요? 난 그 아이가 없었다면 어쩌면 남편과 결혼하지 않았을지도 몰라요."

어느덧 여자는 침대에서 일어나 앉아 있었다.

"오늘 우리 잠이 안 올 거 같죠?"

나의 엉뚱한 말에 의외라는 듯 여자는 깔깔대며 웃었다.

"내가 채영씨 처음부터 알아봤다니까요. 한눈에 봐도 저랑 통할 거 같았어요. 저 아무하고나 이런 얘기 잘 안하거든요."

여자는 담배를 꺼내 들고 다시 창가로 갔다. 빗방울은 여전히 맞은 편 건물 전광판 광고의 하얀 빛을 머금고 유리창에 미끄러져 내리고 있었다. 담배연기가 커튼 옆으로 조금씩 새어나오다 베이지색 카펫 위로 내려앉았다. 벽시계는 어느덧 새벽 2시를 가리키고 있었다.

다음날 아침, 침대 머리맡까지 비집고 들어온 햇살은 눈이 부셨다. 이불을 뒤집어쓰고 뒤척이다 갑자기 정신이 든 것은 바로 옆 침대의 여자가 눈에 들어왔기 때문이었다. 간밤에 오랜 이야기를 나누다 잠이 들었는데도 한순간 자고 있는 여자가 낯설었다. 휴대폰 시계의 알람이 울렸다. 지난 밤 내가 7시에 맞추어 놓은 것이었다.

"어차피 저녁 비행기로 떠나는데 우리 좀 더 자요."

등지고 돌아누워 있어 뒤통수와 이불이 걸쳐진 어깨만 보이는 여자가 말했다. 그녀의 실타래 같은 생머리는 하얀색 이불과 대비되어 더욱 검게 보였다.

"알람 소리 때문에 깨셨죠?"

여자는 말없이 이불속에서 한 손을 꺼내 들고 아니라는 듯 손을 저었다. 여름 하늘인데도 태풍이 지나간 하늘은 깨끗하다 못해 눈이 시렸다. 나는 햇살을 견디지 못해 창가로 가 커튼을 치고 침대에 걸터앉았다. 승완의 메시지가 도착했다.

'잘 잤어요?'

'네.'

'비행기 뜰 때까지 시간이 많이 남았는데 이따 아침 먹고 나올래요? 영화나 한 편 보게.'

'어디로요?'

'사람들 눈도 있으니까 택시 타고 상암으로 오세요.'

'…….'

'내키지 않아요?'

'영화표는 누가 사는데요? 그리고 점심은요? 내가 영화표 사고 승완씨가 점심 살래요?

아님 승완씨가 영화표 사고 내가 점심 살까요?'

'참나, 채영씨도……. 내가 여행 예약하면서 여행사에 결제하는 경비 전부 다 냈는데 당연히 채영씨가 둘 다 사야죠. 여행 끝날 때까지 나머지 자잘한 비용은 채영씨가 다 대는 거예요. 알았죠?'

'아, 그렇군요.'

'11시에 상암에서 봐요.'

잠시 후 여자가 잠자리에서 일어났다. 우리는 외출 준비를 끝내고 세면도구 파우치와 화장품 파우치를 각자의 캐리어에 넣은 후 아침 식사를 하기 위해 스카이라운지로 갔다. 비즈니스호텔이라 그런지 아침 식사는 음식의 가짓수를 손가락으로 꼽을 정도로 간단한 뷔페였다.

여자는 비즈니스 호텔에서 이 정도면 잘 나오는 편이라며 아침부터 한 접시 가득 채워 먹었다. 나는 스크램블드에그와 꿀 섞은 요거트에 패스트리를 찍어 먹는 걸로 아침 식사를 대신했다. 식사가 끝나고 방에서 캐리어를 가지고 나와 체크아웃을 한 후 여자가 말했다.

"비행기 시간이 늦으니까 난 그때까지 백화점에 가서 아이 쇼핑이나 해야겠어요."

여자는 나에게 남은 비행기 시간까지 함께 무얼 하자는 어떤 제안도 하지 않았다. 나는 그녀가 같이 있자는 말이라도 할까봐 인사를 하고 얼른 호텔을 나올까도 생각했었다. 하지만 그녀는 마치 내가 다른 일정이 있다는 걸 다 아는 것처럼 공항에서 다시 보자며 호텔 로비를 벗어나 택시를 잡아탔다. 여자를 태우고 떠나는 택시의 뒷모습을 보면서 나는 잠시 그녀를 따라갈 걸 그랬다는 생각을 했다. 빈 택시 몇 대를 그냥 보내고 우두커니 서 있었다. 또 다른 택시가 내 앞에 섰다. 기사는 차창을 내리고 조수석 쪽으로 몸을 기울인 채 내게 '안타세요?' 하고 외쳤다. 나는 말없이 뒷좌석에 몸을 실었다.

어디로 가냐는 기사의 물음에 상암 CGV요. 라고 말했다. 참, 승완이 그냥 '상암'이라고 했나. '상암 CGV'라고 했나? 나는 승완에게 다시 확인하지 않고 기사에게 광화문 씨네큐브로 가자며 행선지를 고쳐 말했다. 씨네큐브에 도착해 11시 30분에 시작하는 영화표를 한 장 사고 나니 휴대폰의 진동음이 울렸다. 이미 여러 번의 부재중 전화가 와 있었다, 모두 승완의 전화였다. 그때가 11시 15분이었다. 승완과 만나기로 한 시간보다 15분이 지나 있었다. 언젠가 그와 만났을 때 얇은 입술을 일자로 더욱 굳게 다문 채 상기된 낯빛과 반대로 차가운 눈빛으로 나를 가만히 응시한 적이 있었다. '왜 그래요?' '약속 좀 지켜요.' 6시 약속이었지만 내가 6시 5분에 도착했을 때였다. 그 후로 나는 한 번 더 약속 시간보다 늦었다. 10분이 지나서 도착했을 때 그는 왜 약속을 우습게 아느냐며 정색을 하며 화를 냈다. 그날 나는 적은 양의 술을 마시고도 밤새도록 게워 내느라 화장실을 들락거렸다. 그러고 나서 나는 한 번도 그와의 약속에 늦은 적이 없다. 어쩌다 그가 늦을 때도 있었다. '늦어서 미안해요. 많이 기다렸죠?' '아니 뭘 그런 거 가지고. 20분 정도 늦은 건 아무것도 아니죠. 괜찮아요.' 나는 일부러 더 너그러운 척했고 묘한 희열을 느끼며 벌게진 그의 낯빛을 살피곤 했다. 그럼에도 그에게서 쉽게 벗어날 수 없었다. 타인이 자신을 더 외롭게 만든다면서 그는 가끔 나조차도 자신이 만든 울타리 밖으로 밀어냈다. 그럴수록 나는 더 그의 영역 안으로 들어가고 싶었다. 그는 때때로 스스로를 자기 안에 가두는 고독을 즐기는 것도 같았다. 나는 전화를 하지 않고 그에게 문자메시지로 답했다.

'잠깐 가볼 데가 있어서 약속 못 지켰어요. 우리, 영화는 다음에 봐요. 이따가 공항에서 만나요.'

그에게서 답장이 오기도 전에 나는 휴대폰 전원을 끄고 상영관으로 들어갔다. 특별히 고른 것도 아니고 시간에 맞는 표를 사서 우연히 보게 된 영화에 나는 시간 가는 줄 모르고 푹 빠졌다. 영화 속에선 수많은 나와 수많은 남편과 승완이 있었다. 영화를 보고 나오자 허기가 밀려왔다. 스테이크 한 조각을 통째로 넣은 수제 햄버거를 먹고 커피 한 잔을 마셨다. 아침에도 빵을 먹은 터라 밥을 먹으려 했으나 웬만한 식당에 들어가 혼자 밥 먹을 용기가 나지 않았다. 혼자서 간단한 식사를 하거나 음료를 마시며 뭔가 바쁜 듯 노트북을 두들기는 사람들이 많은 시내 카페라면 혼자 먹어도 다른 사람들의 눈이 크게 신경 쓰일 것 같지 않았다. 그곳에서 만들어 파는 햄버거를 먹었는데 생각보다 나쁘지 않았다.

시간을 보기 위해 꺼낸 휴대폰에는 다섯 통의 부재중 전화와 세 건의 메시지가 와 있었다.

'거긴 어때?'

남편의 메시지였다. 이어서 남편은 버터와 시럽이 끼얹어진 하트 모양의 팬케이크와 건포도와 아몬드로 눈이며 입을 만들어 모양 낸 팬케이크 사진이 담긴 문자 하나를 더 보냈다. '어때? 당신이 만든 거 보다 낫지?' 딸아이의 아침 식사로 만들어 준 모양이었다. 태풍 때문에 결항되어 다음 날 떠나게 되었다는 말을 하지 않은 것은 결항 자체는 사실이지만 남편에게 더 이상의 나머지 다른 말을 둘러대고 싶지 않았기 때문이었다. 같은 항공사는 아니지만 전날 홍콩행 오후 6시 10분 비행기는 이륙했기 때문에 사람들은 태풍의 여파를 그다지 심각하게 생각지 않는 것 같았다. 뉴스에선 이제 제주가 태풍의 영향권에서 벗어났다고만 보도했다.

'채영씨, 그렇게 일방적으로 약속을 어기면 어떡해요? 전화도 안 받고.'

나머지 한 건은 승완의 메시지였다. 다섯 통의 부재중 전화 역시 승완이었다. 어이없다는 듯 나를 쳐다보는 그의 눈빛을 떠올리자 부르르 몸이 떨렸다. 동시에 그가 얼굴을 붉히며 약올라 하는 모습을 상상하니 기분이 나쁘지 않았다.

캐리어를 끌며 천천히 걷다가 택시를 타고 공항으로 향했다. 아직 여행사와 미팅하기까지는 시간이 남았지만 일찌감치 도착해서 조금만 기다리면 얼추 시간이 맞을 거 같았다.

공항에 도착한 나는 여행사 미팅 장소와 가까운 G 카운터 근처의 의자에 앉았다. 어디선가 승완이 거리를 좀 두고 전날처럼 나를 지켜보고 있을지도 모른다는 생각에 휴대폰을 만지작거리며 일부러 고개를 들지 않았다. 그때 누군가 내 어깨를 톡톡 쳤다. 아침까지 같은 호텔방을 썼던 여자였다.

"어머, 일찍 오셨네요. 만나서 정말 다행이에요."

"네, 어차피 좀 있으면 모두 모일 텐데요. 뭐."

나는 반가운 마음에 열게 웃으며 말했다.

"채영씨에게 인사도 못하고 가는 줄 알았어요. 실은 좀 전에 난 여행 취소했어요. 장가계는 나중에 우리 아들이 대학생 되면 함께 가고 오늘은 우리 아들에게 가보려고요. 전화하다가 아들이 제가 보고 싶다고 하길래요. 저도 아들이 많이 보고 싶었고요. 티켓은 끊었어요. 오사카행 6시 비행기예요."

"어떻게 그렇게 갑자기……. 네에, 잘 다녀오세요."

"뭐 그렇게 딱딱하게 말해요? 인연이 되면 언젠가 다시 만날지도 모르는데."

여자는 여전히 챙이 큰 화려한 모자를 쓴 채 가지런한 이를 드러내고 웃었다. 갑작스레 헤어지게 된 것을 아쉬워하는 사람은 어쩐지 그녀보다는 나인 것만 같았다.

"채영씨, 장가계 가는 거 다 집어치우고 나랑 같이 우리 아들 만나러 가지 않을래요? 일본 가서 여행도 하고……."

"……."

내 표정을 살피더니 그녀가 다시 말했다.

"농담이에요. 장가계 잘 다녀와요. 좋은 추억 많이 남기고요."

그녀는 내 손을 꼭 잡았다. 나는 아쉬운 마음을 감추려고 미소를 지었지만 입 언저리 근육이 말을 듣지 않았다. 여자는 바쁜 듯 출국장으로 향하며 손을 흔들었다. 그리고 멀찌감치 서서 입 주변에 손을 모아 말했다.

"내 이름은 형주예요. 민. 형. 주!"

"아, 네……."

나는 들리지도 않을 대답을 작게 중얼거렸다.

'어디예요? 공항엔 왔어요?'

승완의 메시지였다.

'아뇨. 공항 안 갔어요. 승완씨, 나 여행 안 가요. 오늘 취소하면 내 여행 경비는 다 돌려받지 못 할 테니 나머지 부족금은 내가 채워 줄게요. 여행사와 정산하면 알려주세요.'

그 길로 나는 여행사 테이블에 가서 직원에게 여행을 취소한다는 말을 하고 돌아섰다.

공항 유리문을 밀고 나가자 막 택시에서 내린 승완이 나를 보지 못하고 황급히 바로 옆문으로 들어가는 모습이 스쳐 지나갔다. 훅, 하고 바람이 얼굴에 와 닿아도 바깥은 여전히 습하고 더웠다.

하얀 겨울

K는 강원도 인제 어디선가 지훈을 보았다는 말을 들었다고 했다. 나는 막 한술 뜬 매운탕 국물이 목에 걸려 코까지 메케했다. 눈물이 핑 돌며 밭은기침이 났다. 옆에 앉은 남편 역시 매운탕 국물이 흐른 입언저리를 황급히 손등으로 닦았다. 그리곤 무언가를 인내하듯 다시 뜨거운 국을 떠먹었다. 묵묵히 앉아있던 H는 한쪽 옆으로 밀쳐진 남은 회가 담긴 접시에 젓가락을 가져갔고, K는 연거푸 소주잔을 입에 털어 넣었다.

"그때 우리가 좀 더 찾아볼 걸 그랬나 봐요."

K가 잔을 내려놓으며 말했다.

"우리도 할 만큼 했지."

H가 이미 발그레해진 얼굴로 K의 말을 받았다.

"야야, 봤다는 게 뭐 한두 번이어야지. 독산동, 인천, 문산…… 오늘은 우리 좀 편안하게 마시자. 모처럼 만났는데 기분 좋게까지는 아니라도 좀 편안하게."

H가 등을 벽에 기대고 앉으며 조금은 과장스레 다 귀찮다는 얼굴로 다시 말을 이었다. 남편은 아무 말이 없었다. 다시 술잔이 오고 갔지만 한번 꺼진 활기는 되살아나지 않았다. 우리가 둘러앉은 횟집 테이블 위에 차가운 침묵이 내려앉았다. 거의 5년이 넘도록 들려오지 않던 지훈의 소식이었다.

"인제라고?"

한참 동안 입을 닫고 있던 남편이 K에게 물었다.

"인사부 박과장이 2주 전에 그쪽으로 여행 갔다가 김지훈 과장이랑 아주 비슷한 사람을 봤다는 거야."

남편은 박과장의 말을 전하는 K의 얼굴을 눈싸움이라도 하듯 똑바로 바라보았다."인제에서 신남으로 나오는 길 중간에 군축교라고 아주 긴 다리 말고 남전교라고 또 하나 큰 다리가 있어. 이름은 몰라도 설악산 가는 길에 여러 번 지나다녀봤으니 대충 느낌으로 알 거야. 그 다리를 지나 38선 휴게소 바로 앞에서 자동차 사고로 길이 막혀 거의 서 있다시피 하는데 맞은편에서 낡은 등산복 차림의 남자가 배낭도 없이 그냥 맨몸으로 휘적휘적 걸어오더래. 거기는 국도변에 휴게소가 하나 있긴 하지만 마을이 있는 것도 아니고 등산로가 있는 것도 아니라서 걸어서 다니는 사람은 거의 없는 길이거든. 그런데 첫 눈에 어디서 많이 본 것 같아 곰곰이 생각해 보니까 김지훈 과장 같았다는 거야."

"그럼 내려서 확인했어야지. 이제 와서 그렇게 말할 게 아니라……."

"박과장도 바로 차에서 내려 쫓아가 보려 했는데 그때 마침 막혔던 길이 뚫려 뒤차가 빵빵거리는 바람에 어쩔 수 없이 그냥 지나쳤다고 하더라구."

"정말 김지훈 과장이었을까?"

H가 나지막이 되뇌이듯 말했다. K는 박과장도 처음엔 얼굴이 비슷하기는 해도 설마 김과장은 아니겠지 했는데 지나고 나니 더 김과장 같은 생각이 들어 그때 자동차에서 내려 확인하지 못한 걸 못내 아쉬워하더라고 했다.

집으로 돌아오는 내내 남편은 아무 말도 하지 않았다. 거의 술을 마시지 않았는데도 그는 대리기사를 불렀고, 기사가 어디로 모시면 되겠냐는 말에도, 가다가 중간에 집으로 가는 길을 묻는 말에도 술기운에 졸고 있던 내가 대답해야만 했다.

일기 예보가 심상치 않음에도 그날 우리는 예정대로 산행을 하기로 했다. 다음으로 미루자는 의견이 있었지만, 모임의 리더이자 직급이 가장 높은 H가 가기로 한 것은 꼭 가야 한다고 말했다. 태백산은 설경이 장관인데 눈이 많이 온다니 오히려 잘되었다며 반대의견을 눌렀다. 당시 나는 입사한 지 4년 된 직원이었고, 남편과 K는 나보다 일 년 먼저 들어온 대리였다. 지훈은 나와 같은 대학을 나온 선배로 곧 과장으로 승진할 사람이었다. 그리고 나머지 두 명 중 한 명은 지훈과 입사 시기가 다른 과장이었고, 또 한 명은 나와 같은 해에 입사한 여자 직원이었다.

그날은 1월의 셋째 주 금요일이었다. 우리는 업무를 마치고 태백으로 가기 위해 청량리에서 강릉행 야간열차를 탔다. 지훈은 친구 아버지가 돌아가 상가에 조문하고 온다며 뒤에 따로 차를 몰고 오겠다고 했다. 열차에 오르자마자 H와 K가 술을 돌리기 시작했다. 나는 동기 여직원과 나란히 앉아 김이 서린 차창을 손바닥으로 문질렀다. 야간열차 객실 안에선 대부분 조명을 꺼두어 밖이 보일 법도 한데, 흩날리는 눈발 때문인지 어둠 때문인지 창을 통한 시야엔 아무것도 보이지 않았다. 시끌벅적한 열차 안과는 달리 창밖은 모든 걸 집어삼킨 듯 고요해 보였다. 나는 H와 K가 번갈아 내미는 술잔을 받는 둥 마는 둥 하며 자는 척했다. 우리가 탄 기차는 마치 눈 속에 우주의 텅 빈 공간을 꿰뚫고 달리는 것처럼 쉼 없이 달려 영월과 민둥산을 지나 새벽 2시 50분쯤 태백역에 닿았다.

태백에 도착해서도 의견이 분분했다. 추운데 잠시라도 숙소를 잡아 눈을 붙이고 산행을 해야 한다는 쪽과 그래봐야 몇 시간 안 남았으니 인근 사우나의 뜨끈한 탕에 몸을 담갔다가 아침 6시에 나와서 시외버스를 타고 태백산으로 가자는 쪽이 맞섰다. 겨울이라 해가 일찍 지는데다 산행 코스도 5시간 30분이나 되기 때문에 일찌감치 시작해야 된다는 것이었다. 결국 여자들을 배려한다며 숙소를 찾았으나 그 시간에 쉽게 구하기 어려웠다. 매사에 예약이나 계획 같은 거엔 관심이 없는 무리들이었다. 하는 수 없이 사우나에 있다가 아침 일찍 길을 떠나기로 했다. 우리는 아침으로 황태국과 커피 한잔씩 마시고 태백산으로 향하는 7시 버스를 탔다. 버스 창밖에선 간밤에 어렴풋이 보이던 산골 도시 풍경들이 그 윤곽을 드러냈다. 사람이 거의 다니지 않는 시각이라 버스는 체인을 철컥이면서도 막힘없이 눈이 쌓인 국도를 달려 태백산 매표소에 도착했다. 지훈 역시 새벽에 눈길을 어떻게나 빨리 달려왔는지 우리보다 먼저 도착해 있었다.

매표소 입구엔 검정색 매직으로 '입산 금지' 라고 대충 써놓은 듯한 큼직한 나무 표지판이 걸려 있었다. 지훈은 그 앞에서 서서 담배를 피우며 우리를 기다리고 있었다. H가 닫힌 매표소의 조그만 창을 두들기자 직원으로 보이는 남자가 한참 만에 귀찮다는 듯 부스스한 모습으로 창을 열었다. 매표소 안에선 석유난로 냄새와 함께 온기가 새어나왔다.

"거참, 안보여요? 오늘 입산 금지에요. 어젯밤 눈이 너무 많이 와서 올라가면 안 돼요."

남자가 말했다.

"그래도 좀 올라가면 안 되겠습니까? 우리가 다 책임지겠습니다."

H가 굵직한 목소리를 내리깔고 말했다.

"당신들이 무얼 책임진다는 거요? 이런 날 올라가면 어떻게 되는 줄 알아요? 지금 산에는 눈이 이만큼 쌓여서 허벅지까지 발이 푹푹 빠진단 말이오!"

남자는 두 손을 아래위로 벌려 눈이 쌓인 깊이를 가늠하는 시늉을 하고는 매표소 창을 거칠게 닫았다.

여전히 눈은 내리고 있었다. 그래도 H는 포기하지 않았다. 조금만 둘러가서 매표소 없는 다른 길로 몰래 올라가자고 했다. 힘들게 여기까지 왔으니 그렇게 하자며 모두들 약속이나 한 것처럼 동의했다. 서울에서는 좀체 볼 수 없는 눈 때문이었을 것이다. 약간의 모험심까지 발동해 그들은 그런 상황을 은근히 즐거워하는 것 같았다. 남편은 나의 보호자라는 생각 때문인지 조금 멈칫했지만 전날 밤 흩날리는 눈발을 가르고 달리는 기차 속에서 그 모든 건 이미 결정된 것이나 다름없었다. 처음엔 한 줄로 차례대로 오르던 대열이 조금씩 흩어지기도 했지만 산행 내내 지훈은 바로 내 앞에 서서 스틱으로 눈길을 더듬어 살피며 올라갔다. 눈이 쌓여 잘 보이지 않는 바위틈이나 움푹 들어간 곳에 발이라도 디디면 영락없이 함정에 빠지듯 틈새로 몸이 빠지거나 다치고 말 지경이었다. 지훈은 앞장서서 그런 곳을 먼저 발로 디뎌 보거나 스틱으로 찔러 보았다. 바로 내 뒤를 따라오던 남편은 김과장님 덕분에 모두 안심하고 올라간다며 계속 그렇게 앞장서서 길을 열라고 장난삼아 응원을 보냈다.

눈은 그칠 줄 몰랐고, 바람까지 몰고 왔다. 산의 차디찬 공기는 눈만 빼꼼히 나오는 방한모의 입 주위에 얼음 알갱이를 만들었다. 모두들 속눈썹에 쌓인 눈을 털어가며 산행을 계속했다. 입산 금지여서 그런지 우리밖에 없었던 산은 비록 바람이 불어도 평온하고 부드러워 보였다. 눈보라와 함께 산속에 내리는 눈은 나를 들뜨게 했다. 영화에서나 봄 직한 설경들이 5시간 동안이나 이어졌다. 껍질이 벗겨지는 자작나무는 눈 때문에 하얗게 보이는 것인지 원래 하얀 것인지 구분이 가질 않았다. 우리는 준비해온 컵라면으로 점심을 때우고 능선을 따라 올라 장군봉, 천제단을 거쳐 중간 중간 쓰다가 버려진 비료부대를 엉덩이에 깔고 눈썰매를 타며 내려왔다. 그 주변 역시 '눈썰매 금지'라는 표지가 있었다.

산 아래는 산 보다는 따뜻했지만 산행으로 데워진 몸에서 나오는 땀이 식자 온몸이 떨려왔다. 산을 내려오자 비로소 눈과 바람이 멎고 해를 가렸던 구름 사이로 분홍빛 해가 고개를 내밀었다. 오후 네 시쯤이라 해도 겨울 해는 서서히 붉은 빛으로 사위를 물들였다.

K는 산을 타느라 제대로 먹지도 놀지도 못했으니 밤차로 올라가지 말고 태백에서 하루 더 머물고 가자고 말했다. 다음 날이 일요일이니 특별히 걸릴 것도 없었다. 우리는 서둘러 숙소를 잡았다. 덕분에 어제보다 숙소를 쉽게 구할 수 있었다. 방 두 개가 갖추어져 있는 25평짜리 통나무 펜션과 바로 그 옆 동으로 침대가 있는 방 하나짜리 펜션을 구했다.

인근 식당에서 칼국수와 두부전골로 식사를 한 후 일행은 펜션으로 돌아왔다. H가 가장 분위기 좋을 때 마시려고 지금까지 넣고 다녔다고 툴툴거리며 배낭에서 양주 한 병을 꺼냈다. 우리는 너나 할 것 없이 먹다 남거나 챙겨두었던 간식을 꺼냈다. 그것만으로는 부족해 남편과 K가 슈퍼에서 술과 안주를 사왔다. 그때 K는 술에는 고기가 있어야 한다며 삼겹살도 사왔다. 하지만 해가 진 바깥 날씨는 너무 추워 숯불을 피우고 밖에서 고기를 구워 먹기란 힘들었다. 그런 삼겹살을 어쩌지 못하자 지훈이 제육볶음을 하겠다며 주인집에서 양파와 고추장을 비롯한 갖은 양념을 빌려왔다.

이윽고 지훈은 지글지글 기름기가 맛깔스럽게 감도는 제육볶음을 프라이팬 째 들고 거실로 나왔고, 우리는 풍부하지 않은 재료로 그렇게 맛있는 제육볶음을 만들 수 있는 것에 모두 환호성 했다.

"야아, 와이프가 날마다 감동하겠어. 집에서도 이렇게 해주나?"

H가 지훈을 보며 말했다.

"집에서는 잘 안합니다."

큰 키에 어울리지 않게 앞치마를 두른 지훈이 웃으며 말했다. 대학 시절 과 MT때 지훈이 만들어 준 제육볶음과 달라진 것이 없었다. 그때도 지훈은 돼지고기를 넣은 두부김치볶음이나 제육볶음을 잘 만들었다. 선배들이 취업 안 되면 식당을 차리라고 했을 정도였다. 학교 근처에서 자취를 하던 그는 먹고 살기 위해 하다 보면 자연스레 다 그렇게 된다며 너스레를 떨곤했다. 추억이 입안에서 되살아났다.

태백산에서의 이틀째 밤은 술을 마시며, 때로는 말도 안 되는 노래를 흥얼거리며 그렇게 지나가고 있었다. 그 무렵 우리 부부가 5개월 먼저 결혼했을 뿐 지훈도 우리 부부도 신혼이었다. 사람들은 조금씩 취해가자 부부가 함께 온 남편과 나에게 특별히 한방에서 재워주겠다고 했다. 태백산의 정기를 받아 그날 꼭 좋은 일이 있기를 바란다는 끈적거리는 농담과 함께 우리를 억지로 옆 동의 침대 방에 밀어 넣으려고 했다.

나는 누구의 아내 자격으로 온 것이 아니고 한때 같은 부서

동료이자 같은 모임의 일원으로 온 것이기 때문에 그럴 수 없다고 했지만 그들은 특별 대우라며 막무가내였다. 그때 지훈은 술을 좀 더 마시자며 남편의 팔을 붙들었다. 산행과 술로 피곤해진 나는 먼저 들어가 자겠다고 말하고 침대 방으로 들어갔다.

방의 내부는 노골적으로 연인들을 위한 인테리어로 꾸며져 있었다. 하얀색 시트와 레이스로 장식되어 있는 이불이 덮여 있는 침대는 연보라빛 벽 쪽에 붙어 있었다. 침대 바로 옆에는 영화 속 비비안 리의 풍성한 드레스 자락을 뒤집어 쓴 듯한 조명등이 있었고, 화장대 위에 요란한 장식을 한 타원형 거울 속의 나는 등산복 차림의 나를 바라보고 있었다. 잠시 후 피로와 추위에 굳어 있던 내 몸은 욕실 샤워기에서 쏟아지는 따뜻한 물에 기분 좋게 몸서리쳤다. 한참 동안 따뜻한 물에 몸을 맡겼다. 샤워 후 침대에 쓰러지듯 누워 눈을 감았다. 바로 옆 동 거실에서 들리는 왁자지껄한 소리는 점점 아득해지는 듯했다.

얼마나 지났을까. 남편이 방에 들어와 뒤에서 나를 살포시 안는 느낌이 들었다. 나는 허리를 감싼 남편의 손을 잡았고, 그 기분 그대로 몇 분을 보냈다. 그가 평온한 느낌이어서 이제 잠이 들었는지 보려고 몸을 뒤채였다.

"뒤돌아보지 말고 그냥 그대로 있어줘."

남편의 목소리가 아니었다. 놀란 나는 그에게서 벗어나려고 몸부림쳤다. 그럴수록 그는 감싼 내 허리를 더 조여 왔다.

"왜 현수여야 했니? 너는 내 여동생 같은 애인데 왜 현수를……."

술 냄새 섞인 거친 숨소리와 함께 지훈의 목소리가 귀 뒤에서 들렸다.

"선배, 왜 이래요. 이거 놔요."

나는 그의 팔을 떼어내려고 애썼다.

"현수를 잊으려고 했어. 더 바라지 않으려고 했어. 그런데 현수가 내 앞에 다시 나타났지. 그리고 현수는 너를 택했어."

"무슨 말이에요? 지금……."

"……."

그간 아주 막연하게 짐작했던 꺼풀 하나가 벗겨지며 무언가 둔중하게 가슴을 내리치는 것 같은 느낌이었다. 숨이 쉬어지지가 않았다. 아니, 쉴 수가 없었다. 어떤 말도 나오지 않았다.내 뒤에 있는 사람이 지훈이 아니길 바랐다. 그의 말이 사실이 아니길 바랐다.

"나 이제 갈게."

그의 목소리는 차갑고 슬펐다. 창으로 들어오는 어슴푸레한 달빛만이 그의 뚜렷한 이목구비에 음영을 드리웠을 뿐 그의 표정은 어둠에 가려져 보이지 않았다.

지훈은 내가 대학 1학년 때 3학년으로 복학한 같은 과 선배였다. 학창 시절 내내 행정 고시를 준비하던 그는 4학년 여름방학 때 어머니가 쓰러져 뇌수술을 하게 되었다. 그 때문인지 지훈은 고시를 포기하고 졸업과 동시에 누구나 알만한 회사에 취직했다. 늘 오빠처럼 잘 챙겨주던 그는 내가 졸업반이 되어 진로 문제로 고민을 하자 자신이 다니고 있는 회사로 들어오길 권유했다. 나는 여행 작가가 되고 싶었기 때문에 딱히 회사에 취직할 생각은 없었지만 나이가 들수록 내게 이로울 것이 없을 것 같아 일단 취업하고 나서 그 다음을 생각하기로 했다. 지훈은 자기 회사의 홍보실에 배치되면 가끔 여행을 다니며 글을 쓸 기회도 있을 거라 했다. 하지만 나는 입사하자마자 기획부에 배치되었다. 그곳에서 남편을 만났고, 2년 만에 결혼했다. 매일 아침 제철 과일 두 개씩 사무실 내 책상 서랍에 몰래 넣어두곤 하던 남편은 어느 날 꽃으로 장식된 과일 바구니를 들고 와 내게 청혼했다. 남편은 처음부터 내게 적극적이었고 나는 나에게 몰입한 남편의 눈을 보는 것이 좋았다. 나는 입사하고 얼마 되지 않아 지훈을 따라 사내 등산 동아리에 가입했는데 남편도 같은 동아리에 들어왔다. 우리는 동아리 내에서도 자연스레 마음 맞는 사람들끼리 개별적으로 자주 만나곤 했다. 거의 다 나보다 직급이 높은 사람들이었지만 처음 입사해서 취미를 함께 하는 사람들이라 학창시절 선후배처럼 정감이 가고 어려운 일에 여러 가지로 의지가 되었다.

나중에 안 일이지만 지훈과 남편은 고등학교 선후배 사이였다. 나와 남편이 가깝게 된 데는 지훈의 역할이 컸다. 내가 먼저 가입한 동아리에 남편이 따라 가입한 것도 그랬고, 남편의 부탁으로 지훈이 나를 만나는 자리엔 항상 남편을 데리고 나온 것도 그랬다. 그러다 남편과 내가 아직 사내엔 소문나지 않은 커플로 연인이 된 다음엔 우리가 만나는 자리에 후견인처럼 지훈이 함께 했다. 만나면 남편과 지훈은 전통 어쩌고 하며 서로 호흡을 맞춰서 교가나 응원가를 시끄럽게 불러대며 지겹도록 학창시절 이야기를 늘어놓았다. 나는 우리 커플과 함께 다니는 지훈이 왠지 안쓰러워 몇 번이나 여자 친구를 소개해 주려했지만 그때마다 지훈은 여자는 필요 없다며 빙긋이 웃었다.

내가 결혼한다는 소문이 나자 회사 직원들은 누구와 결혼하는 거냐고 물었다. 몇몇 사람들은 김지훈 과장이랑 하는 거 아니었어? 하고 반문했다. 결혼식 당일엔 H가 지훈의 어깨를 치며 예의 굵은 목소리로 '닭 쫓던 개 지붕 쳐다보는 격이 되었네.' 하고 농담하며 웃었다. 대학에서도 회사에서도 고민거리를 들어주고 바람막이가 되어주던 지훈은 내가 결혼하고 5개월 후, 마치 우리 사이에서 자신의 임무가 끝나기라도 한 듯 자신도 훌쩍 결혼을 했다. 그동안 애인도 없었던 지훈은 그의 이모 소개로 선을 본 후 여자 쪽의 사정으로 서둘러 결혼한다고 했다. 미술을 전공한 지훈의 아내는 무슨 일인지 결혼 3개월 후 혼자 프랑스로 유학을 떠났다. 결혼 후 나는 다른 부서로 자리를 옮겼다가 2년 만에 회사를 그만두었다.

다음 날 아침이 되었을 때 지훈이 보이지 않았다. 그의 차도 보이지 않았다. 느지막이 일어난 일행은 그가 말도 없이 먼저 서울로 올라갔을 리가 없다고 했다. 전날 과음한 탓에 남편은 우리 방으로 오지 않고 옆 동 펜션에서 술 마시다가 결국 거기서 쓰러져 잤다고 했다.K가 지훈에게 여러 번 전화했다. 계속 신호음만 울릴 뿐 그는 전화를 받지 않았다. K는 그가 어디를 갔는지는 몰라도 어제까지 내린 눈 때문에 길이 많이 미끄러워 걱정스럽다고 했다.

"사람 참, 말도 없이."

잠에서 막 깬 H는 마당으로 나오며 지훈이 당연히 먼저 올라갔을 거라는 투로 투덜대듯 말했다.

"그럴 사람이 아닌데, 연락도 안 되고... 혹시 무슨 일이 있는 거 아닐까요?"

K가 일행을 둘러보며 동조를 구하듯 말했다. 사람들의 얼굴엔 걱정스러움과 서운함이 동시에 드러났다. 남편은 눈이 쌓여 있는 평상을 손으로 쓱쓱 훔치고 앉아 담배를 피웠다.

나는 어젯밤 지훈의 그 말을 들었을 때부터 알 수 없는 피로감에 사로잡혔다. 꿈결처럼 바깥 쪽 마당에서 무언가 거친 움직임이 있는 소리가 들렸던 건 지훈이 내 방을 나가고 나서 얼마 후였다. 옆 동 펜션에 묵었던 사람들은 듣지 못했을 것이다. 내가 잠을 잤던 침대방 앞쪽이었다.

담배를 피우는 남편의 오른손 가운데 손가락 마디와 손등에 전날까지 없던 빨갛게 부푼 상처가 보였다. 무엇에 긁힌 것 같기도 하고 살짝 찢어진 것 같기도 한 상처에는 피딱지가 엉겨 붙어 있었다. 일회용 밴드로 커버되지 않을 크기였지만 나는 배낭에서 연고와 밴드를 꺼내 다가갔다.

"이게 무슨 상처야?"

"모르겠어. 어젯밤 술 먹고 밖에 나왔다가 어디 부딪혀서 긁혔나봐."

남편은 괜찮다며 나를 밀어냈다. 손등에 난 남편의 상처 같은 건 밤새 지훈이 사라진 것에 비하면 아무 일도 아니었다. 자동차까지 사라졌는데 더 기다리고 늑출 수도 없었다. 우리는 올라가며 계속 연락해 보기로 하고 짐을 꾸려 버스를 타고 태백역으로 향했다.

버스 안에서 지훈과 집이 같은 방향인 H가 올라갈 땐 지훈의 차를 얻어 타고 가려했다며 구시렁대는 소리와, 쓰린 속도 달랠 겸 아침 식사로 태백역 근처에서 황태국을 한 번 더 먹는 게 좋겠다는 다른 동료들의 목소리가 들렸다. 버스를 타고 몇 분쯤 지나자 K의 휴대폰으로 전화가 걸려 왔다.

"김지훈씨는요?"

K의 그 말에 모두 긴장하여 그의 얼굴을 쳐다보았다."많이 다치지는 않았나요?"

전화를 받은 K가 하얗게 질린 얼굴로 다급하게 물었다. 전화를 건 사람은 교통사고 조사계 경찰이었다. 그날 아침 7시경 삼수령 넘어 35번 국도에서 지훈의 차가 발견되었다는 소식이었다. 경찰은 차안에 떨어져 있는 지훈의 휴대폰에 있는 최근 기록을 보고 전화한다고 했다. 차량번호 조회로 차 소유주는 확인되었지만 그밖에 몇 가지 조사할 것이 있으니 바쁘지 않으면 경찰서로 와서 협조해달라는 내용이었다.

경찰도 사고에 대한 정확한 내용을 전달하지 않아 우리끼리도 약간의 혼선이 있었다. H는 어느 병원인지 모르지만 병원에 먼저 가봐야 하는 거 아니냐고 했고, K는 경찰이 말하는 대로 우선 경찰서에 가서 사고 경위부터 듣다 보면 병원이야 저절로 알게 되는 것 아니냐고 말했다. 우리는 태백역 앞에서 내려 그 길로 경찰서로 향했다.

"신고를 받고 출동한 것은 오늘 아침 7경이지만, 사고는 그 전에 났을 수도 있습니다. 날씨가 워낙 추운 데다 현장을 보고도 귀찮아서 신고 안 하고 간 사람도 있었을 테고요. 또 무심코 지나가다가 보면 사고 차량이 아니라고 여길 수도 있어요."

차량 손상도 크지 않고, 오른쪽 앞부분 조수석 쪽이 가드레일에 부딪쳤는데 흐린 날이나 새벽녘에 보면 차를 가드레일에 딱 붙여서 세워 놓은 것처럼 보일 수도 있다는 것이었다. 신고한 사람은 태백에 있는 상가에 왔다가 아침 일찍 정선 쪽으로 넘어가다가 가드레일에 바짝 붙어있는 자동차를 보았다. 차를 세울 만한 곳이 아닌데 시동이 꺼진 채로 차가 서 있어 거기에 사람이 자고 있으면 이런 날씨에 얼어 죽을지도 모른다는 생각에 일부러 자동차에서 내려 살펴본 것이라고 했다.

"차문을 두들겼는데 기척이 없어 들여다보니 아무도 없더라는 거예요. 그래서 신고를 했답니다. 누가 일부러 차를 거기까지 끌고 가 버리고 올 일도 없고요."

담당 경사는 더 이상 김이 나지 않는 종이컵의 커피를 한 모금 마시고 텁텁하다는 듯 입을 쩝쩝거렸다. 그의 책상엔 동그란 컵 자국들이 서로 겹쳐 말라붙어 있었다. 마치 그것은 수학에서 배운 교집합과 합집합을 설명하는 원들처럼 보였다. 나는 지훈을 둘러싼 갖가지 이유들을 떠올려 그것들의 교집합을 생각했다. 원 하나에 그가 있었고, 또 다른 원 하나에 남편이 있었다.

"그런데 이상한 건 사이드브레이크도 풀려 있고, 기어도 드라이브에 있었다는 겁니다. 그럼 분명 누군가 타고 있다가 사고가 난 건데."

담당 경사는 의아하다는 듯이 고개를 갸웃거렸다.

아무리 차량 손상이 적다 해도 그 정도 충격이면 차에 탄 사람이 적잖이 다쳤을 텐데 차를 두고 어디로 사라졌는지 모르겠다고 했다. 사람은 없고 자동차 바닥에 휴대폰만 떨어져 있었다고 했다.

사고가 났으면 당연히 지훈이 병원에 있을 거라고 생각한 우리의 생각은 빗나갔다. 사고가 났다는 소식을 접했을 때보다 더한 충격이 머리를 짓눌렀고, 남편은 무엇엔가 정신을 빼앗긴 사람처럼 초점 없는 눈으로 담당 경사의 책상을 바라보다가 고개를 들어 천장을 바라보곤 했다. 지훈이 어젯밤까지 우리와 함께 있었고, 아침 일찍 바쁜 일로 먼저 올라간 줄로만 알았다고 K와 H가 침착하게 진술했다.

"거참 이상하네."

H가 혼자 중얼거렸다. 눈 속에 함께 산행을 했던 사람들뿐 아니라 사고 신고를 받은 경찰도 이해할 수 없는 일이 그 아침에 생긴 것이었다. 부딪친 충격으로 사람이 튕겨져 나간 것이라면 문이 열려 있어야 하고, 그곳 어느 지점엔가 사람이 쓰러져 있어야 했다. 태백에서 삼수령을 넘어 임계 쪽으로 나가는 내리막길 중간에 가드레일을 들이받은 사고가 난 것은

분명한데 사고 지점에 사람도 없을뿐더러 애초 가는 길도 어긋나 있었다. 태백에서 삼수령은 서울로 바로 가는 길도 아니었다. 그 길로도 빙 돌아 강릉으로 나가거나 임계와 정선을 거쳐 서울로 갈 수 있지만 제대로 가자면 38번 국도를 타고 영월과 제천을 거쳐 원주 쪽으로 나가야 했다. 더구나 새벽에 누구에게도 말하지 않고 서둘러 떠난 길이면 더욱 그랬다. 남아 있는 건 그가 온 길을 말하는 자동차뿐이었다. 그냥 사라지고 싶었던 것일까? 지훈은 누구와 어떤 원한 관계도 없고, 채무에 쫓기는 신용불량자도 아닌 결혼한 지 그때 겨우 4개월 된 새신랑일 뿐이었다.

"삼수령 쪽으로는 왜 갔지?"

"그러게 말입니다. 거긴 옛날에 사람들이 난리를 피해 숨으려고 넘어가던 고개라고 해서 '피재'라고 부르던 곳인데. 요즘엔 등산객들이 가끔 있긴 하죠. 그런데 등산을 하지 않고서야 뭐 하러 거기에 가겠어요?"

H의 혼잣말을 경찰이 받아 말했다.

"삼수령 너머에 무슨 볼일이 있었던 건 아닐까요?"

"그거야 알 수 없지만……."

경찰서 안에서도 밖으로 나오면서도 H와 K는 계속 대화를 나누었고, 남편은 듣고만 있었다. 서울로 돌아오는 기차 안에서도 남편은 장갑을 끼고 있었다.

그날 이후로 남편은 한동안 별것도 아닌 일에 불쑥 소리를 내지르거나 내가 무슨 말을 하면 무언가를 알아내려는 듯 내 눈을 뚫어지게 쳐다보곤 했다. 때로는 그의 하얀 얼굴에 전에 없던 허무나 무기력 같은 것이 스쳐 지나갔다.

회사에서도 뒷말이 무성했다. 사람은 사라지고, 그때 지훈과 함께 갔던 사람들은 그를 어디엔가 두고 오거나 버리고 온 사람이 된 것처럼 여러 소문과 입방아에 시달려야 했다.

사고 이후 경찰에서 서서히 손을 놓게 될 무렵 우리는 시간이 날 때마다 태백과 정선 근처에 지훈을 찾는 전단지를 돌리고, 인터넷상에도 그를 찾는 공지를 수시로 올렸다. 차츰 제보 전화가 줄었지만 처음 1년간은 꽤 많은 제보들이 들어왔었다. 대부분이 거짓 제보이거나 장난 전화였고, 때로는 정말 그 사람이 분명하다고 여기고 전화하는 사람도 있었다. 찾아줄 테니 돈부터 입금하라는 사람도 있었다. 그렇지만 지금처럼 같은 회사 사람이 구체적인 장소에서 그를 보았다고 하는 경우는 처음이었다. 그가 사라지고 5년이 흐른 지금, 지훈을 제외하고 여섯 명이었던 모임은 이제 네 명이 남았다.

남편의 휴대폰이 울렸다. 남편이 퇴근 후 욕실에서 샤워를 하고 있을 때였다. 계속 울리는 휴대폰에 뜬 이름은 '박과장'이었다. 나는 잠시 기다리라고 말해주려 통화버튼을 누르려다

인제에서 지훈을 보았다던 그 박과장인가 싶어 멈칫했다. 마침 전화벨도 더 이상 울리지 않았다. 욕실에서 나와 휴대폰을 확인한 남편은 황급히 문자를 보내는 듯 했다.

"아까 욕실에 있을 때 누구에게 전화 온 거야?"

나는 박과장의 전화인 줄 알면서도 조심스레 물었다.

"응, 동창 승찬이."

왠지 모르게 막연히 이런 대답을 하리라 생각했지만 막상 그의 입에서 어느 정도 예상한거짓말을 듣자 가슴이 철렁 내려앉는 느낌이었다. 남편은 나를 피해 베란다로 나갔다. 남편이 피우는 담배 연기가 거실과 베란다를 가로막는 유리문 너머 어둠 속으로 하얗게 번져갔다. 담배를 끼워 든 남편의 손가락을 보자 5년 전 태백을 출발해서 서울로 올라오는 기차 안에서 장갑을 벗지 않고 있던 남편의 손이 새삼스레 떠올랐다. 뭔지 모를 불안이 자라기 시작했다.

다음 날, 남편이 출근하고 몇 시간 후 K에게서 전화가 걸려왔다.

"도영씨, 지금 이현수 과장 옆에 있어요?"

"네에? 현수씨 출근했는데요."

"기획부에 전화했더니 현수 오늘 휴가 냈다는데……. 도영씨한테 말 안 했어요?"

"……."

"이 사람 말도 없이 어디 간 거야, 여러 사람 걱정하게…….
기획서 오늘까지 넘겨주겠다고 하고는."

그제야 내게 무언가 잘못 말한 듯 K는 서둘러 전화를 끊었다. 남편은 내게 말도 않고 휴가를 내서 어디를 간 걸까. 무엇엔가 한 대 맞은 듯 정신이 멍했다. 전날 저녁 별로 친하지도 않은 박과장이 남편에게 전화한 일에 자꾸 마음이 쓰였다. 나는 전화를 끊은 K에게 바로 전화했다.

"박과장에게 어젯밤 현수씨랑 전화로 무슨 얘기를 했는지 물어봐 주세요."

"이과장이 어제 박과장이랑 통화를 했어요?"

"네……."

잠시 후 K에게서 다시 전화가 왔다. 남편이 전날 박과장에게 전에 지훈을 보았다는 장소와 그를 봤을 때의 정황을 자세히 물어보았다고 했다.

"이과장은 아직도 그 일이 신경 쓰이나 봅니다."

"왜 아니겠어요."

"그렇겠죠. 사람이 살았는지 죽었는지도 모르는데."

주방 싱크대 안에선 무심코 쌓아 놓은 냄비들이 균형을 잃고 우당탕 소리를 내며 허물어지는 소리가 났다.

밤늦게 돌아온 남편은 초췌한 모습이었다. 그는 지친 듯 보였고, 입고 있던 양복 바짓가랑이 끝에 흙물 같은 것이 말라

붙어 있었다.

"낮에 K가 전화했었어."

나는 그의 바지 자락을 못 본 체하며 말했다.

"……."

"오늘까지 기획서 넘겨주기로 했다면서?"

"넌 내가 어디 다녀왔는지 묻지도 않는구나."

양복을 벗은 남편은 나를 껴안았다. 나는 그냥 두 팔을 내린 채 우두커니 서 있었다.

"안아줘."

"안았잖아."

"두 팔로 감싸 안아줘."

그는 어린아이처럼 내 목덜미에 얼굴을 묻었다.

나는 그의 겨드랑이 사이로 손을 넣어 그의 등을 천천히 쓸어내렸다. 경직되어 떨고 있는 남편은 더 이상 아무 말도 하지 않았다. 나는 그의 언어와 표정 속에서 진실과 거짓을 구분하려고 애쓰면서 한편으로는 나 자신에게 다가오는 현실적인 고통을 생각했다.

며칠 후, 지훈의 아버지가 병이 깊어 병원에 입원했다는 소식이 들렸다. 남편과 나는 K와 함께 병원을 찾았다. 원래 지병이 있었던 지훈의 어머니는 지훈의 사고 직후 충격으로 돌아가셨고, 아버지는 지훈의 누나와 이모의 도움으로 작은 집에서 홀로 지내고 있었다고 했다. 우리가 병원을 방문했을 때 지훈의 이모가 병실을 지키고 있었다.

"형부, 겨우 3개월밖에 살지 않은 애가 뭔 정이 있겠어요? 우리 그냥 보내줍시다."

지훈의 이모는 침대에 누워 있는 지훈의 아버지에게 귓속말을 하듯 조용히 말했다. 움푹 파인 지훈 아버지의 눈에 눈물이 고여 있었다. 대학교 2학년 때, 우리과 학생들은 산업 시찰을 한다는 명목으로 지방 도시들을 돌다가 울산에 있는 지훈의 집에도 갔었다. 그때 키가 크고 체격이 당당한 지훈의 아버지를 보고 내가 고등학교 시절에 세상을 뜬 아버지를 생각했다. 젊어서 돌아가신 내 아버지와는 머리가 희끗희끗하다는 것만 다를 뿐 인자하게 웃는 인상마저 닮아 있었다. 짙은 눈썹 옆으로 파이듯 잔주름이 있었지만, 사람을 바라보는 눈길이 더없이 맑아 보이던 어른이었다. 그런 어른의 모습은 간데없고, 검버섯으로 뒤덮이고 핏줄이 툭 불거진 바스러질 듯 앙상한 손목에 주삿바늘을 꽂은 채, 머리 부분은 친친 감듯 많은 튜브들로 에워싸여 있었다.

지훈의 아내는 사고 후 딱 한 번 우리나라에 들어왔다가 나간 다음 얼마 전 다시 들어왔다고 했다. 지난 5년간 지훈의 생사를 알 수 없자 그녀는 남은 절차에 따라 이혼을 하던지 사망신고 하기를 바랐지만 지훈이 실종되고 병석에 누워 있는 지훈의 아버지가 끝내 사망신고를 거부했다. 그는 아들이 죽었는지 살았는지만 알아도 편히 눈을 감겠다고 했다. 지훈에게 아내를 소개해 준 지훈의 이모는 그의 아내가 프랑스에서 이미 다른 남자와 살고 있다는 사실을 차마 지훈의 아버지에게 알리지 못했다. 지훈의 아내는 자신이 낳은 푸른 눈의 아이를 데리고 당당히 이 땅을 밟았고, 아버지가 사망신고를 거부하면 법원에 이혼 서류라도 제출하겠다고 말했다고 한다. 나는 지훈의 이모가 하는 말을 듣고 있는 남편과 지훈의 아버지를 불편한 눈길로 번갈아 응시했다.

지훈의 사고 이후 가끔 어떤 생각에 사로잡힌 것처럼 진저리치곤 했던 남편은 어느덧 체념과 불안한 상상이 스며든 일상으로 돌아오고 있는 듯했다. 남편은 마치 감정을 감춘 채로 견디고 있는 것 같았다. 나는 그런 남편을 보면서 묘한 안도감과 나 자신에 대한 비겁함을 동시에 느꼈다. 이제 서로 아무 말을 하지 않아도, 서로에 대해 갖고 있는 감춰진 감정들을 느낄 수 있을 것이다. 아무리 시간이 지나도 잊을 수 없는 그 밤의 일에 대해 나도 말이 없고 남편도 말이 없다.

주말마다 남편은 다시 길을 나선다. 5년 전 그때처럼 지훈을 찾는다. 잿빛 하늘에선 이미 눈송이가 하나씩 날리고 있다.

눈송이들은 더 많아지고 바람도 점점 거세어진다. 오늘도 또 다시 긴 하루가 남아 있다.

눈길이 미끄러웠던 것일까. 아니, 지훈은 술을 많이 마셨을 게다. 힘차게 엑셀을 밟았겠지. 한순간 명확해지는 운명을 깨닫고 그는 편안함을 느꼈을 거야. 끼이익……, 본능적으로 브레이크를 밟았을 테고.

은재

그들을 만나러 가는 길은 조금 힘겹게 여겨졌다. 주말이라 출근한 것도 아니고 바로 집에서 나왔는데도 말이다. 약속한 오후 5시에 지하철 종로3가역 4번 출구에 도착했다. 출구 계단을 한 걸음씩 딛고 올라갔을 때, 출구 바깥에 승효의 머리가 보였다가 한 걸음 더 올라가자 그의 눈썹이 보이기 시작했다. 나는 짐짓 못 본 척 하려고 고개를 숙이고 올라갔다. 마지막 계단을 딛고 올라서는 순간 조금 전까지 머리가 보였던 승효도 그 누구도 없었다. 더위 탓은 아닐 것이다. 오랜만에 나온 종로 거리는 예전과 크게 달라진 것이 없었다. 거리는 어디론가 향해 걷는 사람들과 서성이는 사람들로 꿈틀댔다. 뜨거운 습기가 온몸을 감싸 맨살에 달라붙었다. 골목 안이나 길 건너편으로 시선을 옮기면서 그들을 찾았고 도착하지 못했을 멤버를 기다렸다. 내가 정확히 제시간에 약속 장소에 도착했으므로 분명 아직 도착하지 못한 사람이 있으리라 생각하면서.

길 건너편에는 일 년 전 현수와 함께 갔었던 작은 호텔이 보였다. 주말 끼고 하루 휴가 내어 2박 3일로 경주여행을 다녀오던 길이었다. 그냥 헤어지기 아쉬워 우리는 종로에 내려

짧은 데이트 하는 걸로 여행을 마무리하려 했다. 그 마저도 아쉬웠던지 현수는 호텔에 들렀다 가자고 했다. 작은 호텔의 겉모습은 아직 옛 모습이 많이 남아있는 종로 거리와는 어울리지 않게 말쑥하고 세련된 모양새를 갖추고 있었다.

해가 막 기울어지려는 오후이긴 했어도 아직 거리는 밝았고 수많은 인파가 스쳐 지나가는 대로변의 호텔에 버젓이 들어가는 게 망설여졌다. 우리는 골목으로 들어가 뒷문으로 들어갔고 나는 그날 그런 제의를 한 그가 못마땅해 괜히 잘 정돈되어 있는 침대 시트를 들추며 툴툴거렸다. 온갖 뜨내기들이 들락거리는 도심 한복판에 있는 호텔인데 어떤 사람들이 자고 갔는지 알고 여길 오재? 나는 룸에 비치되어 있는 집기 하나하나를 살피며 짜증 섞인 목소리로 말했다.

"카운터에다 시트 바꿔 달라고 말할까? 뭐 또 더 필요한 건 없어?"

그는 그런 것만 해결해 주면 나의 짜증이 누그러지리라고

여기는 듯했다. 결국 그날 우리는 즐겁지 않았고, 그는 나의 안색을 살피느라 전전긍긍했다. 나는 나대로 그런 상황을 거절하거나 박차고 일어나지 못한 걸 지하철을 타고 집에 오는 내내 후회했다. 밤이 되어서야 호텔에서 나온 우리는 종로3가 지하철역 벤치에 나란히 앉아 말없이 앞만 응시한 채 지하철을 기다렸다. 3호선 대화 방향의 지하철이 왔을 때 나는 잘 가, 라고 말하고 전동차에 올랐다. 현수가 타야 하는 오금 방향의 지하철이 먼저 왔지만 그는 내가 가는 걸 보고 간다며 타지 않았다. 그때 나는 빨리 대화행 열차가 왔으면 했을 뿐 그의 그런 배려는 필요 없었다. 내가 막 열차에 올랐을 때 또 다시 맞은 편 오금행 열차가 도착했음에도 그는 타지 않은 채 그 자리에 서서 나를 태운 열차를 계속 바라보고 있다는 것을 차창 너머로 느낄 수 있었다. 나는 그와 눈이 마주치지 않으려고 고개를 사선으로 돌려 눈을 내리깔고 차내 바닥만 보고 있었다.

- 근처 고깃집에 자리 잡아놨어. 도착하는 대로 여기로 와.

좀 전에 내가 보냈던 메시지의 답이 단톡방에 떴다. 승효는 고깃집 상호와 지도를 보냈다. 왜 기다리지도 않고 그냥 갔느냐고 묻고 싶었지만 그런 건 만나서 말해도 될 터였다. 승효가 알려준 고깃집은 지도상 애초에 만나기로 했던 4번 출구와 멀지 않았다. 역 출구 바로 옆 골목에 들어가서 80미터 정도만 가면 되었다. 골목은 전혀 넓어지지 않은 옛 골목 그대로였는데 한옥을 개조한 크고 작은 상점들과 음식점들이 빽빽이 들어서면서 간판과 물건, 거리의 먹거리들이 골목의 절반은 차지하고 있어 서로 부딪치지 않고 겨우 두 사람 정도 교차로 오고 갈 수 있었다.

사람들이 뿜어내는 체온과 눅진한 공기가 뒤섞여 골목 곳곳에 숨결처럼 배어 있었다. 고작 80미터만 가면 되는 장소에 도달하지 못해 스마트폰의 지도를 봐가며 두리번거리고 있을 때 누군가 어깨를 툭 쳤다. 연우였다.

"뭐 하냐? 왜 이렇게 헤매?"

오른쪽 방향을 가리키며 이쪽으로 가면 된다며 내 팔을 당겼다. 오랜만에 보는 얼굴인데도 다짜고짜 그렇게 말하는 그의 태도가 못마땅해 대꾸하지 않았다. 나도 막 그쪽 방향으로 몸을 틀려던 참이었다. 그와 사내 커플이었을 때도 그는 늘 그런 식이었다. 승효가 알려준 고깃집에 도착했을 때 나는 마치 눌렸던 억울함이라도 풀려는 듯 왜 약속 장소에서 약속시간까지 기다리지도 않고 먼저 가버렸냐고 말했다. 승효는 주말이라 자리가 없을까봐 미리 자리 잡고 있으려고 했다며 내 앞에 빈 잔과 빈 접시를 놓아 주었다. 식욕이 동한 것도 아닌데 불판에서 이미 지글지글 익어가는 고기를 보자 이상하게 마음이 누그러졌다. 승효는 연우와 함께 오는 걸 보고 둘이 만나서 오냐고 물었다. 나는 그럴 리가 있냐고 했다. 정색을 하고 대꾸하는 내 앞에 연우는 냅킨을 깔고 수저를 놓았다. 마치 연애 시절 때처럼 내 눈치를 보는 것 같은 모습이었다. 한참 연애에 열을 올리던 신입 사원 시절연우와 밀고 당기던 순간들이 생각났지만 그때처럼 설렘이 없다는 것이 마음 한 편을 허전하게 했다.

모처럼 미세 먼지가 없는 날이어서 야외에 자리한 테이블이 나쁘지 않았다. 고기 냄새가 좁은 골목으로 퍼져나갔고, 비어 있던 야외 테이블은 하나 둘씩 채워져 갔다. 테이블 사이로 생고기가 든 쟁반을 들고 직원들이 바쁘게 움직였고 그때까지 오지 않았던 경훈이 도착했다. 오려던 사람은 모두 모인 셈이다.

그들과 나의 공통점은 같은 해 같은 회사에 입사해서 근무했던 직장 동기였다는 것이었고, 다른 점은 나만 여자라는 점이었다. 그들과 어울리게 된 계기는 입사 동기라는 이유도 있었지만 나와 같은 부서에서 근무했던 연우와 내가 사귀고 있었기 때문이기도 하다.

연우는 모임 때마다 나를 데리고 갔다. 처음에 연우는 동기 모임에 같이 나가자는 이유를 들어 나를 만나려 했고, 나는 그 모임에 나가는 게 왠지 활력소가 되는 것 같아 그를 만났다. 그렇게 우리는 연인이 되었다.

이제 연우와 나는 더 이상 연인이 아니다. 술자리가 이어지는 동안 그는 아내에게 한 번 전화했고, 아내의 전화를 받으러 세 번 자리를 떴다. 그때마다 경훈은 연우에게 아직도 신혼이냐고 빈정거렸고, 승효는 한때 연우의 연인이었던 나의 낯빛을 살피는 것 같았다. 그의 시선을 느꼈지만 나는 고기가 익어가는 불판만 바라보았다. 경훈은 은재를 데리고 왔다.

육년 전 경훈이 영국에서 귀국한 후 영국에서 만난 학생이라며 은재를 우리에게 소개한 적이 있다. 그때 은재를 처음 만났다. 경훈은 입사하자마자 결혼한 친구이며 삼 년째 되던 해 회사의 도움으로 영국으로 유학을 갔었다. 은재는 얼굴이 희고 눈썹이 짙으며 키가 큰 처녀였다. 웃지 않으면 다소 강해 보이는 얼굴이었는데 다행히도 그녀는 깔깔거리며 잘 웃었다. 처음 보는 내게 곧잘 언니라고 불렀으며 내 옆에 앉아 있던 연우에게도 오빠라고 서슴없이 부르며 팔짱을 꼈다. 그 자리에 있던 승효와 연우는 그녀를 이미 알고 있다는 듯 이름을 부르며, 붙임성 있게 행동하는 그녀를 편하게 대하는 것 같았다. 알고 보니 그들은 이미 그 전에도 은재를 두어 번 본 적이 있다고 했다. 은재가 통화를 위해 자리를 비울 때 맞은편 앉아 있던 승효가 경훈 쪽으로 슬쩍 곁눈질하더니 테이블 아래로 내게 새끼손가락을 들어보였다. 내가 무슨 뜻인지 의

아한 표정을 짓자 승효는 다시 손으로 입 양옆을 가리고 '애-인'이라고 붕어처럼 입만 벙긋거렸다. 나는 그녀가 결혼한 경훈의 애인이라는 사실에 놀랐지만 한편 연우를 신경 쓰지 않아도 된다는 것에 안도했다. 그때만 해도 그랬다. 나는 연우의 조그만 몸짓이나 표정에도 연체동물의 촉수처럼 민감하게 반응했다.

"연우 오빠, 결혼 안해요?"

나는 그녀의 물음에 어떤 대답이든 연우가 명확하게 하길 바랐다.

"으응, 뭐 때 되면 하겠지."

망설이는 연우 대신에 내가 대답했다. 처음 본 그녀는 경훈에게 들어서 나와 연우 사이를 알고 있다고 덧붙였다. 유부남 애인과의 대화도 그렇게 은밀하지는 않은 것 같았다.

그날 그들과 헤어지고 연우와 나는 함께 있었다. 다음날이 주말이라 마음이 편한 터에 누구의 집에서건 진탕 먹고 마시며 뒹굴기로 했다. 뜨겁게 서로를 탐닉하다가도 연우는 가끔씩 무언가 결말을 맺으려는 듯 결혼 얘기를 꺼내곤 했다.

"당연히 자기 좋아하지. 근데 결혼을 꼭 해야 해? 그냥 이대로 지내면 안 돼?"

나는 그때마다 어휘 선택만 다르게 해서 비슷한 답변으로 얼버무렸다.

연우는 아무 말 없이 침대에 엎드린 채 한 손으로 턱을 괴고 베갯잇으로 휴대폰의 화면을 문질렀다.

그 후로 은재는 한 번 더 우리 모임에 나왔고, 그녀는 아주 오래된 지인을 만난 것처럼 모두에게 살갑게 굴었다. 가끔은 연우에게 더욱더 다정하게 대하는 것 같았지만 나는 못 본 척했다. 평소에 연우는 대체로 누구에게나 친절하고 타인이 부담을 느끼지 않을 정도까지만 배려했기 때문에 처음 보는 사람일지라도 그에게 호감을 느끼는 것은 어쩌면 당연하다고 여겼기 때문이다. 그리고 그 후로 더 이상 은재는 우리가 모이는 자리에 나오지 않았는데 나는 마땅한 거라 여겨 궁금하지 않았다. 어떤 소속감도 없이 단지 유부남인 경훈의 애인으로 나온다는 것이 그녀에게도 껄끄러웠을 것이라 생각했다.

그리고 봄, 여름, 가을, 겨울이 지나고 한 번 더 봄, 여름이 시작될 무렵 우리 동기들은 울릉도에 갔다. 울릉도에 가는 배를 타기 위해 아침 일찍 모여 기차를 타고 포항에 갔다. 경훈과 승효는 아내와 함께 왔다. 경훈이 은재를 두고 아내를 데려온 것이 이상했다면 과한 생각이었을까. 묵호에서 배를 타고 4시간 만에 도착한 울릉도는 뭍의 풍경과 사뭇 달랐다. 초여름의 섬은 섬 전체를 맑은 물에 씻어 햇빛에 말린 듯 시원하고 뽀송뽀송했다. 바다 냄새를 품은 바람은 얼굴에 부드럽게 와 닿으며 소매 사이를 파고들었는데 조금도 습하지 않았다. 어디에도 내어 줄 수 없다는 듯이 섬을 꼭 끌어안고 있는 바다는 어떤 색과도 타협하지 않은 채도 높은 파랑색으로 출렁였다. 순도 99.9퍼센트의 사파이어빛. 가끔은 에메랄드빛을 띠는 바다도 있었는데 투명한 유리컵에 떠서 담아 올리면 그대로 칵테일이 될 것만 같았다. 울릉도에서 모히또 한잔.

우리가 묵을 숙소의 방 한편에는 이불 두어 채가 얌전하게 개어져 있었지만 옆 건물 담벼락에 바싹 붙은 벽면에 조그만 창문 하나가 뚫린 방은 바깥과는 달리 빛이라고는 거의 들어오지 않았다. 이부자리의 상태가 어떤지 도무지 알 수가 없었다. 슬쩍 들추어 봤을 때 손끝에 닿는 눅눅함은 이불의 무게를 더할 뿐이었다. 숙소는 애써 찾아서 예약한 것처럼 보이진 않았다. 숙소를 예약한 승효는 이런 방일 줄은 몰랐다고 했지만 그런 방이었어도 아랑곳하지 않고 예약했을 것이 분명했다. 우리는 각각 남자와 여자 두개의 방에 짐을 풀었는데, 방의 상태를 확인한 연우는 당황한 얼굴로 내게 다른 숙소를 알아볼까 하고 물었다. 나만 묵는 것도 아닌데다 그제야 새로운 숙소를 알아본다는 것도 무리였다. 나는 괜히 오버하는 것 같아 연우에게 그만두라고 했다. 그 와중에 승효는 여자들 방이 더 좋은 방이라며 설레발쳤다. 우리는 시골 여인숙 같은 숙소에서 2박 3일을 지내면서 독도에도 갔었다.

밤이면 바닷물 한번 손에 닿을 수 없는 어두운 바닷가를 산책했는데 가끔은 뒤따라오는 일행이 보이지 않아 앞서 가던 내가 뒤돌아 어둠을 뚫고 그들을 찾으러 가기도 했다. 막상 찾고 보면 바로 뒤에 있거나 지척에 있는 일행을 보고 화들짝 놀라곤 했다. 밤바다는 무언가에 분노한 듯 큰소리로 우리를 호통을 치는 것 같았는데 사방을 꽉 막고 있는 어둠에 부딪쳐 그 소리를 더 크게 튕겨 내는 듯 했다. 누가 어디서 무슨 말을 하는지 가늠하기 어려웠다. 와글거리는 검은 바다는 블랙홀처럼 우리들의 언어를 집어삼켰다. 섬은 그렇게 사람들의 이야기를 들어주었다.

숙소에 들어와 잠자리에 든 경훈의 아내는 오래도록 뒤척였다. 낯선 잠자리에 익숙하지 않은 거라고 하기엔 한숨이 짙었다. 좁은 방은 조그만 뒤척임도 걸러내지 못했다.

"잠이 안오세요?"

승효의 아내가 물었다.

"네…. 참, 재영씨에게 물어볼게 있어요. 아까 물어보려했는데, 파도 소리가 너무 거칠어서…."

나는 몸을 돌리다 바닥에 깔린 얇은 요가 밀리는 것을 느꼈다. 안 그래도 딱딱한 바닥에 걸리던 골반뼈에 미세한 통증이 지나갔다. 경훈의 아내는 은재의 존재에 대해 알고 싶어 했다. 아니 알고 있었다. 무언가 더 확인하고 싶어 하는 것 같았다.

"그 여자 말이에요. 남편이 영국에서 만났다는 그 여자. 재영씨도 알고 있는 그 여자 말이에요. 모임에도 나오곤 했다던데…."

나는 적잖이 당황했다.

"그 여자 결혼했어요. 그런데도 우리 남편에게 아직도 연락해요."

내가 은재의 존재를 이미 알고 있었다는 것을 확인하는 듯한 그녀의 말투엔 원망이 섞여있었다. 모든 것을 다 아는 것처럼 말하는 그녀에게 나는 더 이상 감출 것도 물러설 것도 없다고 생각하고 언젠가는 그들 둘이 헤어질 거라고 생각했기 때문에 은재의 존재를 굳이 말하지 않은 거라고 말해 주었다. 게다가 내가 경훈의 아내에게 따로 연락할 만큼 그녀와 친밀한 관계도 아니었고, 나는 직장 동기인 경훈과 친분이 먼저였으며 그녀는 경훈을 통해 알게 된 그의 아내였으므로….

"그 여자를 만난 적이 있어요. 몇 년 전에 처음 만나고 얼마 전에도 만났어요. 처음 그 여자를 만났을 때 당신들 모임에 나가곤 했다고 말하더라구요. 마치 내 남편의 옆자리가 원래 자기 것이었던 것처럼요. 그러면서 자기 덕분에 모임 분위기가 훨씬 좋았던 것 같다고 누가 그랬다더군요. '당신이라면 그러지 못했을 거야.' 라고 말하는 듯 당당한 그녀의 눈빛에 주눅이 드는 내가 그 여자보다 더 미웠어요. 아직 젊은 아가씨가 왜 처자식이 있는 유부남을 만나느냐고 호되게 호통이라도 칠 요량으로 그 여자를 만났더랬죠. 그런데 나는 그와 결혼할 것이 아니라면 더 이상 그를 흔들지 마라는 말만 남기고 그녀와 헤어졌어요."

경훈의 아내는 영국에서 돌아온 남편이 밤이면 휴대폰을 들고 거실에 나가 전화 통화할 때부터 그녀의 존재를 알았다고 했다.

"조금만 참아. 귀국이 얼마 안 남았잖아. 이제 한 학기 남았나. 돌아오면 곧 만날 수 있잖아. 나도 보고 싶어."

영국 현지에 있던 회사 동료의 전화라고 하기도 하고 대학 동문의 부고라고도 하고, 회사의 긴급 사항을 부하 직원으로부터 보고 받는 거라고도 하는 경훈의 말을 경훈의 아내는 믿었다. 하지만 어느 날 새벽, 거실에서 통화하는 그의 목소리에선 소름끼치도록 부드러운 음색이 흘러나왔다. 순간 그들은 자신과는 다른 사람들이라고 느꼈다고 했다.

어두운 방안이지만 그녀의 말 속에서 그녀의 표정을 읽을 수 있었다. 그녀는 아파하고 있었다. 그리고 얼마가 지난 후 경훈의 휴대 전화에서 은재가 웨딩드레스 입고 있는 사진을 보게 되었고, 그녀는 그들의 관계도 이제는 종지부를 찍었다고 생각했다. 하지만 어느 날 경훈은 후배라며 은재를 그녀에 소개했고, 은재는 전 보다 더 거리낌 없이 경훈과 연락하고 만났다고 했다. 임신 중에도 힘들다며 경훈에게 전화하곤 했다. 경훈의 아내는 휴대 전화에 저장되어있던 은재의 전화번호를 찾아 연락해 만삭인 그녀와 다시 대면했다.

"그저 불안하고 힘들어서 위로받으려고 전화한 거예요. 경훈 선배와 얘기를 나누면 마음이 편해져요. 힘든 일 있을 때 의논도 못하나요? 영국에서 우리가 어떻게 지냈는지 알지도 못하잖아요. 내가 당신 남편을 뺏기라도 했어요? 그냥 무슨 일이든 의논하고 싶은 거예요."

"임신 때문이라면 나에게 의논해요. 내가 더 잘 알아요."

"당신이 뭘 알아요? 나는 당신과 말하고 싶은 게 아니에요. 경훈 선배와 이야기를 나누고 싶은 거죠. 당신 남편이 당신 소유물인가요? 왜 남편을 자기 맘대로 하려고 해요?"

울릉도에서 경훈은 아내의 허리를 감싸고 바다를 배경으로 사진을 찍었다. 그의 아내는 그곳이 좋다고, 다시 뭍으로 돌아가고 싶지 않다고 했다.

오랜만에 본 은재는 애 엄마 같지는 않았지만 확실히 학생티는 벗은 것 같았다. 눈썹은 여전히 짙었지만 기미가 낀 듯한 피부는 예전처럼 하얗지만은 않았다. 결이 거칠고 숱 많은 머리카락을 한 가닥으로 묶고 스판끼가 있는 흰색 티셔츠에 베이지색 플레어 스커트를 입고 있었다.

"언니는 여전히 예쁘네요."

그녀가 나에게 건넨 첫 마디였다. 나는 대꾸 없이 그녀 앞에 수저를 놔 주었다.

"잘 지냈어?"

내 말에 그녀는 토끼 같이 큰 앞니 두 개를 드러내며 웃는 걸로 대답을 대신했다. 의례적인 내 안부 인사에 그녀의 얼굴은 정말 잘 지내고 있다고 대답하는 것 같았다. 새로 올린 불판에 고기들은 익어가고 있었다. 은재는 경훈에게 아내의 안부를 물었고 경훈은 성의 있게 대답했다. 은재는 휴대폰에 저장된 세 살배기 딸의 사진을 보여 주었다. 자신이 가장 사랑하는 못난이라며 사랑스러워 못 견디겠다는 눈길로 바라보며 휴대폰 화면을 손으로 쓸어내렸다. 그녀가 그날 왜 다시 우리를 만나러 나왔는지 묻고 싶었지만 묻지 않았다. 우리 또한 어떤 목적이 있어서 만난 것은 아니었으므로.

술을 즐겨 하지 않는 연우는 비어 있는 내 술잔에 술을 절반만 채워 따라 부었다. 적당히 마셔라 하는 예의 그 눈길로.

"술을 주려면 꽉꽉 눌러 채워줘야지."

"그래, 재영이 말이 맞네. 주려면 제대로 좀 줘라. 술 아까워서 그러냐?"

건너편에 앉아 있던 승효가 내 말을 거들었다.

적당히…. 늘 채우다 마는 사람. 늘 하려다 마는 사람. 연우는 그랬다. 그가 자제하고 머뭇거리지만 않았어도 어쩌면 우리는 지금쯤 한집에서 살고 있을지 모른다. 사랑인 듯 했다가도 어느 순간 아무것도 아니었다는 걸 절로 깨달아 한 걸음 뒤로 물러나게 했다. 쌓인 것이 없어 무너뜨릴 것도 없었다. 나는 가끔 그가 어떻게 결혼을 했을까 궁금했다.

"말 나온 김에 물어보자. 연우 넌 와이프랑 결혼은 어떻게 한 거야. 네 성격에? 사고 쳤냐?"

궁금하던 걸 마침 승효가 대신 물었다.

"요즘 세상에 사고 쳤다고 무슨 결혼을 해?"

연우는 어이없다는 듯 말했다.

"제수씨가 결혼하자고 해서 결혼했대. 아마 어학원에서 만났다지…?"

"와이프가 멋진 여성이네. 그러니까 먼저 프로포즈했다는 거잖아."

경훈이 말하자 승효가 받아쳤다. 연우가 나를 쳐다보면서 겸연쩍게 웃었다. 마치 네가 결혼하자 했으면 너랑 했을 거야. 라고 말하는 것 같았다. 나는 순간 찌개를 떠먹으려던 숟가락을 바닥에 떨어뜨렸다. 연우의 눈빛에 화가 난 건 아니었는데 공교롭게도 그 순간 숟가락을 떨어뜨려 마치 내가 당황한 것처럼 보일까봐 조금 기분이 안 좋았다. 연우는 재빨리 종업원을 호출해 새로운 수저를 가져다 달라고 했고, 나는 술잔을 들이켰다.

어쩌면 내가 지금 현수에 대해 권태를 느끼는 것처럼 그 무렵의 나도 연우에 대해 권태를 느끼고 있었는지도 모른다. 그것을 연우가 눈치챘을지도.

은재는 왜 이 자리에 온 것이며 경훈은 왜 그녀를 불렀을까. 맞은편에 앉은 은재를 보자 다시금 궁금해졌다. 경훈과 은재, 그들은 평온해 보였다. 언뜻 보면 큰오빠와 막내 여동생처럼 보이기도 했다. 심지어는 다른 사람들조차 그들에 대해 아무렇지도 않게 느끼는 것 같았다.

"전에 언니 처음 만났을 때 연우 오빠에게 엄청 질투 났었는데…. 언니 그거 몰랐죠? 언니 만나기 전에 경훈 선배에게 연우 오빠랑 언니랑 사귄다는 거 말로만 들었을 땐 아무렇지도 않았는데 막상 언니 보니까 질투 나더라구요."

그 말을 하는 은재의 볼에 붉은 빛이 훑고 지나갔다.

"나한테 질투가 났다고?"

"아뇨. 연우 오빠에게요. 언니랑 사귀는 연우 오빠가 괜히 밉더라구요. 고등학교 다닐 때 내가 좋아하는 언니랑 사귀는 오빠가 있었는데 그 오빠가 너무 미워서 둘 사이를 이간질하고 그랬어요. 나 되게 못됐죠?"

은재는 수줍은 듯이 미소를 띠면서도 내 눈을 똑바로 응시했다. 술기운이었을까. 조금은 이해하기 어려운 말이라는 생각이 들었다.

골목에 있는 상점들에 하나둘씩 조명이 켜지자 골목을 등지고 있는 경훈과 은재의 얼굴은 반대로 점점 어두워져 표정을 읽을 수 없었다. 얼굴이 잘 보이지 않자 그들이 무슨 말을 하는지도 들리지 않는 것 같았다.

"입가심으로 맥주나 한잔 하러 가지."

승효가 자리에서 일어나며 말했다. 나머지 사람들도 플라스틱 의자를 밀치며 하나둘씩 일어났는데 의자 다리가 바닥에 밀려 요란한 소리를 냈다. 내가 앉았던 의자는 고르지 못한 바닥에 걸려 내가 일어나자 뒤로 넘어가 버렸다. 연우가 의자를 세우려 하자 지나가던 종업원이 재빨리 세우고는 의자 뒤로 지나갔다. 우리는 상점들로 가득 찬 좁은 골목을 지나쳐 나왔는데 조명으로 환한 골목이 해가 조금이나마 있었던 오후 풍경과는 짐짓 달라 신비롭기까지 했다. 페르시아의 어느 골목처럼. 내가 왜 지금은 존재하지도, 가보지도 않은 페르시아를 떠올렸는지는 모르겠으나 그 후로도 2차를 가기 위해 인사동에 도착할 때까지 페르시아, 모로코, 이스탄불 등을 속으로 되뇌며 길을 걸었다. 골목 귀퉁이 어딘가에 그곳으로 통하는 길이 나오기를 기대하면서. 거리의 조명들은 너나 할 것 없이 빛의 결정처럼 동그랗게 모였다 부서지며 흩어지기를 반복하며 흔들렸다.

애초에 맥주를 마시기로 했던 우리는 술을 즐기지 않는 연우를 생각해 인사동에서 흔히 볼 수 있는 전통찻집에 들어갔다. 나는 대추차를 주문해 달라고 말한 후 찻집에서 나와 바깥 오른쪽에 있다는 화장실로 향했다. 볼일을 본 후 찻집에 다시 들어가려는데 은재가 바깥에서 담배를 피우고 있었다.

"나도 한 대 줘봐."

은재는 소리 없이 담배와 라이터를 내밀었다.

"너 오늘 여기 어떻게 알고 온 거야?"

"경훈 선배가 알려줬어요."

"너 아직도 경훈씨 만나고 있는 거니?"

"……"

"그런 거야?"

"언니, 왜 이래요? 언니답지 않게?"

"얘가 지금 무슨 소리 하는 거야? 나다운 게 뭔데?"

은재와 나는 그날까지 고작 세 번을 만났을 뿐인데다 그 세 번마저도 몇 마디 나눈 적이 없는데 그녀는 마치 나를 잘 안다는 듯 말했다. 은재는 더 이상 대꾸를 하지 않고 바닥에 담뱃불을 비벼 끈 후 술집으로 들어가려 했다.

"너 이제 결혼도 하고 애도 있잖아. 가정에 충실해야 하는 거 아냐?"

내가 말해놓고도 유치해서 미칠 지경이었지만 기왕 이렇게 꺼낸 말 그대로 밀고 나가기로 했다.

"그러는 언니는 결혼한 연우 오빠는 왜 아직도 만나요?"

은재가 들어가려다 말고 빈정거리듯 대꾸했다.

"내가 개인적으로 만나니? 이렇게 모임 있을 때나 만나지."

"그거나 저거나 마찬가지 아니에요? 그만해요. 우리."

은재는 담배 하나를 더 빼어 물려다 뒤돌아 그냥 들어가려고 했다.

"야! 연우는 내가 먼저였어. 연우 마누라보다 내가 먼저 연우랑 사귀었다고. 그때부터 이렇게 모였던 거고. 그러니 연우 와이프보다 내가 먼저라 이 말씀이야. 애초에 멀쩡한 마누라 있었던 경훈씨 만난 너랑 다르다고!"

돌아선 은재의 뒤통수에 대고 내가 떠들고 있을 때 찻집으로 들어가는 은재와 바통 터치하듯 연우가 찻집에서 나왔다.

"어랍쇼. 은재 재 얼굴이 왜 저래? 너희들 무슨 일 있었냐?"

연우는 둘이 나가서 안 들어 오길래 나와 봤다고 했다. 찻집 출입문 양쪽에 달린 조명 빛이 뭉개져 주변으로 퍼져나갔다. 몸이 살짝 흔들린다는 것을 느꼈지만 부축하려는 연우의 손을 뿌리쳤다. 나 스스로도 취기가 한껏 올랐음을 감지했지만 연우가 알아채지 못하길 바랐다.

나는 그대로 돌아서 인사동 골목을 터벅터벅 걸어 나왔다. 뒤에서 연우가 뭐라고 외치는 소리가 어렴풋이 들렸다. 어디

가냐고 했나, 아니면 잘 가라고 했나. 아니면 그래, 네가 마누라보다 먼저다, 라고 했나. 내가 은재의 뒤통수에 대고 중얼거리듯 쏟아부었던 말을 연우가 들었을 리 없지만 어쩐지 나는 그날 내가 유추한 연우의 마지막 멘트에 무게를 두고 싶었다. 딱히 그에게 가슴 절절한 미련이 남아 있는 게 아님에도. 아니 절절한 미련은커녕 그 시절로 돌아가 그가 내게 다시 대시한다 해도 사귈까말까 망설일 게 분명한데도. 젠장.

지하철이 아직 끊어질 시간이 아니어서 지하철을 탔어도 되었지만 지하철역에 들어가면 적나라하게 드러날 발그레한 얼굴이 싫어서 나는 일부러 종로의 밤거리를 조금 걷다가 택시를 타고 집으로 돌아왔다. 오는 내내 휴대폰 진동음이 울렸다. 내 휴대폰 온도 게이지가 상승하도록 울려대게 만드는 사람은 연우거나, 경훈이거나, 승효거나, 아님 은재일 것이다. 아니, 은재는 아니려나…. 나는 그날 끝끝내 휴대폰에 뜨는 발신자 이름을 확인하지 않은 채 집으로 돌아갔고, 그대로 잠이 들었다.

일요일인 다음 날, 심한 요의를 느끼고서야 겨우 침대에서 일어난 시각은 오전 11시경이었다. 전날 밤 휴대폰을 울려댔던 여러 통의 전화 중 세 통은 은재의 전화였다. 그녀의 전화번호를 입력해 놓은 것이 아니어서 처음엔 부재중 전화로 낯선 번호가 연이어 세 번이나 기록되어 있길래 누군가 했다.

'언니, 전화 안 받네요.' 라는 메시지를 보고서야 그 전화가 은재의 전화라는 것을 알았다. 내키지는 않았지만 무시할 수는 없어서 그 번호 그대로 통화버튼을 눌렀고 다섯 번 정도 신호음이 가도 받지 않아 끊었다.

코트 주머니에 손을 찔러 넣고 약속 장소를 향해 걸었다. 오후 6시의 종로 거리는 정수리를 관통할 듯 뜨거운 햇살이 머리 위로 쏟아졌던 지난 여름 보다 거리에 조명이 좀 더 빨리 켜진 것 외에는 별로 달라진 것이 없었다. 옷깃에 얼굴 반쯤 파묻고 걷는 사람들의 모습도 여름과 사뭇 다르긴 했다. 느슨해진 목도리를 다시 꼼꼼히 둘러 시린 입술을 가렸다.

전에 현수와 갔던 길 건너 작은 호텔이 있던 자리는 어느새 이름을 바꿔 외국인들을 상대로 하는 게스트 하우스로 바뀌어 있었다. 사귀자거나 사랑한다는 말 한마디도 없이 시작해 습관처럼 만나고 가끔씩 잠자리를 가졌던 현수와는 역시 헤어지자는 말 한마디도 없이 서로 연락하지 않았다. 아무런 맥락 없이 내편이 되어주고 때와 장소를 가리지 않는 밑도 끝도 없는 그의 지나친 배려에 진저리가 난 나는 딱 세 번 그를 바람맞힌 적이 있는데 그 후로 그는 다시 내게 연락하지 않았다. 물론 나도.

가끔씩 그런 현수가 괘씸하긴 했지만 바람맞힌 건 나였으므로 내가 화를 낼 자격이 없다는 걸로 스스로를 위안했다. 당시 나는 왜 그렇게 화가 나는 것인지 모른 체 화를 내고 있었다. 습관처럼 종로3가에서 내린 나는 약속 장소인 을지로3가까지 걸었다. 을지로 인쇄소 뒷골목에 들어가면 아는 사람만 안다는 힙한 카페들이 있다더니 정말 아는 사람만 알아서인지 좀처럼 찾기 어려웠다. 스마트폰 길찾기로 겨우 찾긴 했는데 들어가면서 간판도 제대로 없는 그곳이 과연 그들이 말하는 약속 장소인가 싶을 정도였다. 약속 장소인 카페는 컴컴한, 게다가 좁고 가파른 시멘트 계단을 올라가야 했다. 아무런 상호도 쓰여 있지 않고 느와르 영화에서나 봄직한 밋밋하고 묵직한 회색 사무실 철문 따위가 도무지 카페의 출입문이라고는 믿어지지 않았지만 스마트폰 길찾기에선 목적지라며 화살표가 그곳을 가리키며 깜박였다.

며칠 전, 승효에게서 연말 모임이 있다는 연락을 받았다. 지난여름 이후 몇 번 모임 관련 문자를 받았지만 대답만 하고 혹은 대답조차 하지 않고 나가지 않았다. '연말'이라는 단어가 묘한 감정을 일으켰다. 무엇을 마무리해야 할지는 콕 집어서 말하기는 뭐하지만 그래도 가끔은 오빠처럼 어깨를 내어주는 그들과도 한 해를 보내는 인사 정도는 나누고 싶었다. 은재는 나오지 않았다. 은재를 기다린 건 아니지만 그녀가 나올 수도 있을 거라고 생각했다. 가장 먼저 와서 테이블에 맥주 한잔을 앞에 두고 기다리던 경훈이 마치 내가 궁금해 하는 걸 다 안다는 듯이 먼저 말을 꺼냈다.

"은재는 오늘 안 와."

"그래?"

나는 코트를 벗어 옆자리에 접어놓으며 말했다.

"캐나다 갔어. 언젠가는 돌아오겠지만 일단은 오래 머무르려고 간 거야. 아니, 아주 살려고 간 거지."

은재가 그날 오지 않은 건 그다지 놀라울 것이 아니지만 은재가 캐나다로 이주했다는 건 좀 뜻밖이었다.

"가족이 다 간 거야? 아기도 있는데 힘들겠네."

나는 왜 은재가 그런 결정을 했는지 묻지 않았다. 외국에서 오래 유학을 했고, 해외에서 직장을 구해 사는 것도 나쁘지 않아 그런 결정을 했으려니 했다.

"영국에서는 비교적 자유로웠는데 은재가 우리나라에선 힘들어했어. 엄마 때문에 우리나라에 들어오긴 했지만 작년에 엄마 돌아가시고 나니까 그때부터 서서히 나갈 준비하더라. 아이를 위해서도 그렇고 소피를 위해서도 그렇고. 직장도 구했지 아마?"

"소피? 소피가 누구야?"

경훈은 잠시 머뭇거리다가 말을 이었다.

"응, 은재 여자 친구."

소피는 은재가 영국 유학 시절에 알던 홍콩에서 유학 온 학생이었다. 둘은 빠르게 연인이 되었고, 경훈은 옆에서 그런 그들의 사랑을 지켜본 사람이었다. 은재에게 경훈은 때로는 친오빠처럼 삼촌처럼 의지가 되는 사람이었다. 유학 생활이 끝나도 그들은 헤어질 수 없었고, 혼자 계신 엄마 곁으로 돌아온 은재를 따라 소피도 우리나라에 함께 왔나.

"개네들 혼인신고도 했으니 진짜 부부 맞아. 엄밀히 말하면 혼인 서약을 한 거지. 여행 겸 뉴욕에 갔는데 거기서 결혼식도 하고 혼인 신고 하고 왔다더라, 신혼여행이 된 셈이지."

지난여름, 예전에 나와 사귀는 연우를 질투했었다는 은재의 말이 술김에 한 말도 술김에 내가 잘못 들은 말도 아닐 수 있다는 생각이 스쳤다. 충격이 가시지 않아 아무 말도 하지 않고 있는 나와는 달리 경훈은 차분하게 말했다.

소피와 결혼한 은재는 정자를 기증 받아 임신을 하고 아이를 낳았다. 은재는 소피와 아이의 행복을 위해서 떠난다고 했다.

"그럼 경훈씬 은재와는 아무 사이가 아니었다는 거야?"

"무슨 사이? 그런 걸 밖으로 말하기 쉽지 않은 상태에서 은재가 내게 많이 의지했던 거지."

"와이프가 오해한 건 알아? 왜 오해하게 했어?"

경훈은 은재의 진실을 알면 아내가 더 받아들이기 힘들어했을 거라고 했다. 아내는 결코 용납할 수 없었을 거라고. 기독교 집안에서 자라 평생 주부로만 살아온 그녀는 어쩌면 그들과 가깝게 지냈던 자신에게 더 충격 받을지도 모른다고 했다.

"은재가 캐나다로 떠났다고 하니까 아내가 좀 편해진 것 같아. 내가 남편하고 아예 이주했다고 말했거든."

그는 은재가 없는 빈 공간을 메우려는 것처럼 말을 쏟아냈다. 둔중한 철문 열리는 소리가 나며 연우와 승효가 들어왔다.

"갑자기 눈이 오네. 오늘 예보 있었어?"

승효가 코트에 맺힌 눈을 털어내며 말했다.

"예보가 없었으면 어때? 야, 갑자기 눈이 내리니까 왠지 설레고 좋기만 하다. 연말 분위기 확 나는데?"

연우는 머리에서 떨어지는 물방울도 닦지 않고 어린애처럼 웃었다.

나는 맥주를 주문한 후에 카페 바깥으로 나가 한층 위에 있는 건물 옥상으로 올라갔다.오래된 건물의 옥상은 넓지 않았다. 바닥을 덮은 시멘트가 여기저기 깨져 있었다. 하늘을 가득 메운 눈송이가 옥상 바닥의 깨어진 시멘트 조각 위로 고요히 내려앉았다. 담배를 꺼내 물었다. 내 몸속을 한바탕 휘감고 뿜어진 담배 연기 속에 하얀 눈송이가 부유했다.

스티브

불 꺼진 방 천장 한쪽을 하얗게 비추면서 휴대폰이 가늘고 날카롭게 떨렸다. 저장되지 않은 전화번호였다.

- 안녕하세요, 다인 언니. 연이 언니 동생 선이에요. 오늘 오후에 언니가 세상을 떠났어요. 늦은 밤이라 메시지로 말씀 드려요. -

다음날이 월요일이라 일찌감치 잠자리에 들려고 하던 참이었다.

밖으로 나가 걸려온 전화를 받고 들어왔을 때 연은 생수병을 들고 어묵탕에 물을 붓고 있었다.

"국물이 졸아서 좀 짜네."

이자카야라고는 하지만 일본풍보다는 옛 대학가의 낡은 술집 같은 분위기의 '란'에서 그녀를 다시 만난 건 2년 만의 일이었다. 우리는 주방 앞에 테이블이 두 개밖에 없는 일층보다는 그나마 테이블이 네 개 있는 이층에 자리를 잡았다. 삐거덕거리는 좁고 가파른 나무 계단을 올라가 바깥이 내려다보이는 작은 창문 옆에 앉았다. 주변엔 지난여름에 사용한 듯한 선풍기가 먼지를 뒤집어 쓴 채 방치되어 있었다.

먼저 연락한 것도 연이었고, 장소를 정한 것도 연이었다. 연은 그녀의 성격대로 무언가 깔끔하게 정리된 것보다는 사물이 아무렇게나 놓여 있는 것이 마음이 편하다고 했다. 나는 퀴퀴한 냄새까지 나는 '란'이 맘에 들지는 않았지만 졸아든 어묵탕에 물을 붓는 모습이 능숙해 보여 연에게 그곳에 와 본적이 있냐고 물었다. 그 근처엔 자주 다녀 봤지만 나로썬 간판조차 낯선 집이었다.

"한국에 들어온 다음 몇 번 왔었어. 스티브하고도 왔었고."

연이 다 마신 술잔을 테이블에 내려놓으며 말했다. '스티브'라는 이름을 들었을 때 나도 모르게 입에 담고 있던 술을 목구멍에서 소리가 나도록 한 번에 꿀꺽 삼켰다. 목이 칼칼했다.

"스티브는 잘 지내지?"

아무렇지도 않은 척 최대한 감정을 싣지 않고 말했다.

"애쓰지 마. 괜찮아."

연은 어제 만난 사람처럼 자연스레 말했다.

"이제 네 말 믿어줄게. 다 풀자. 내가 오해했던 것 같아. 우리 전처럼 다시 절친으로 지내는 거다. 오케이?"

연은 유쾌하게 웃으며 자신의 잔에 술을 따라 마셨다.

나의 대답이나 반응을 듣기도 전에 그녀는 우리 사이의 일을 지우개로 지운 듯했다.

'믿어'도 아니고 선심 쓰듯 '믿어줄게' 라니…. 오해했던 것 같다고 여긴다면 그 오해에 대해 나의 용서를 구해야 하는 것은 아닐까. 연과 헤어지고 집에 돌아와 뒤늦게 그녀와의 대화를 곱씹어 보면서 생각했다.

'란'에서 나는 얼떨결에 그녀와 다시 절친이 되었고, 그 후로도 그 관계를 유지했다.

그때가 5년 전이었다.

나는 대학을 졸업하고 무얼 할지 막막했다. 뚜렷한 목표를 가지고 간 대학이 아니어서 더욱 그랬는지도 몰랐다. 남들이 다 가는 대학이니 나도 갔을 뿐이고, 집에서도 내게 크게 기대하거나 무얼 하라고 재촉하지 않았다. 졸업 후 모든 것이 순서인양 유학길에 올랐다.

그 무렵 연을 알게 되었는데, 그녀의 친구이자 나의 고등학교 동창인 현주의 소개로 만났다. 미국으로 유학을 간다는 내 말을 듣고 매사에 오지랖 넓은 현주가 연을 소개해주었다. 그즈음 연도 미국으로 유학을 가게 되었는데, 서로 의지가 되라며 현주가 떠나기 몇 달 전부터 우리 둘을 불러 함께 어울리게 했다. 피부색은 하얀 편이지만 얼굴이 길고 살결이 고와 보이지 않는 연은 첫인상부터 강해 보였다. 게다가 다소 튀어나와 보이는 입은 퉁명스러워 보이기까지 했다. 하지만 외모와는 달리 상냥한 듯하면서도 설득력 있게 자기주장을 잘 하는 그녀가 맘에 들었다. 때로는 거칠게 상대를 몰아붙이는 면도 있었지만 늘 끝에는 깔끔하게 정리하여 뒷말을 남기지 않게 했다.

연과 나는 같은 미국 땅 내에서도 비행기로 2시간 정도 이동해야만 하는 거리를 사이에 두고 각각 유학 생활을 했다. 나는 중부의 학교였고, 연은 서부의 학교였다. 서로 의지가 될 만큼 가까운 거리는 아니었다.

하지만 연은 방학만 되면 여행 삼아 내가 있는 일리노이로 놀러 왔고, 나도 시간이 되면 그녀가 머물고 있는 캘리포니아로 갔다. 나와 먼 거리에서 유학하던 연은 같은 대학에서 공부하던 한인 학생보다 심적으로 더 가까웠다. 저녁이면 메일을 주고받으며 사귀는 남자 친구 얘기도 서슴지 않고 했다. 처음엔 수시로 바뀌는 연의 남자친구 얘기를 들으며 묘한 이질감과 거부감이 들었지만 그런 것도 그녀의 캐릭터라는 생각에 금방 익숙해졌다.

방학이면 연은 남자친구와 함께 나를 방문하기도 했는데 그녀는 내 앞에서 버젓이 애정행각 벌이는 것을 예사로 여겼다. 미국이라는 환경이 연을 자유롭게 한 걸 아닐까 생각했지만 유학 생활을 할수록 현지 학생들의 세계가 더 보수적이라는 것을 알고부턴 미국이라서 연이 갈아치우듯 남자친구를 바꾸는 건 아니라는 생각이 들었다. 언젠가 연은 결혼 생각은 없다고 말한 적이 있었다. 한 남자에 얽매어 사는 것엔 자신이 없다고.

내게 전화로 남자친구와의 섹스 체위까지 말하며 낄낄거리고 주말이면 파티로 밤을 꼬박 새우곤 했던 연이지만 학과 공부에 소홀히 하지 않았다.

유학길에 오른 지 어영부영 3년이 흘렀을 무렵, 방학이 되자 연은 또 다른 남자 친구를 데리고 나의 집에 왔다. 스티브라는 한국 청년이었다. 처음엔 영어 이름을 가진 사람이어서 교포 2세쯤 되는 줄 알았는데 우리처럼 유학 온 학생이라고 했다. 나는 스티브가 어느 학교를 다니는 몇 학년인지도 몰랐다. 셋이서 시내를 돌아다니다가 스티브는 우리를 집에 데려다주고 자신은 근처에 예약해 둔 숙소로 갔다. 연은 그녀의 여느 남자 친구들과는 그랬듯이 스티브와 나의 집에서 자거나 그와 함께 숙소로 가지 않았다.

"왜, 이상해? 스티브 멀쩡한 남자야."

의아해 하는 내 눈길을 느꼈는지 연이 나를 보며 빙긋이 웃으며 말했다. 그가 한국인이어서 그런 것만은 아니었다. 연은 그동안 다양한 인종의 남자 친구를 사귀었고 그중에는 한국인도 몇 명 있었다.

스티브를 처음 본 건 그때였지만 그 후로도 연의 곁엔 늘 스티브가 있었다. 유학 생활이 끝날 때까지 연은 더 이상 다른 남자를 만나지 않는 눈치였다.

연은 나보다 일 년 먼저 유학 생활을 끝내고 한국에 들어왔다. 나는 뭐 하나 내세울 것도 없이 MBA 과정만 마치고 5년 만에 들어왔다. MBA 과정이 그리 오래 걸리는 건 아니었지만 여전히 뚜렷한 목표도 없이 한 유학 생활이라 MBA에 들어가기 전후에 어학연수다 뭐다 하는 핑계로 스트레스 없이 적당히 미국 생활을 즐겼다.

서른 줄에 다가서자 이대로는 안 되겠다 싶어 한국으로 들어왔고, 함께 유학했던 학교 선배의 도움으로 외국인 회사에 무난히 취직했다. 이미 한 아이의 엄마가 되어 있는 현주는 내가 돌아왔다는 소식을 듣고 환영식을 해주겠다며 강남의 한 카페로 나를 불러냈다. 누구나 다 아는 대기업에 입사한 연, 그리고 스티브도 함께.

스티브를 본 순간 좀 당황스러웠다. 그도 한국에 나왔는지 몰랐고, 남자친구 얘기라면 입이 아프도록 나불대던 연이 얼마 전까지 있었던 나와의 통화에도 그에 대해 언급하지 않았기 때문이었다.

"오랜만이야. 다인씨."

스티브가 어색한 듯 인사했다. 그가 입은 짙은 남색 슈트는 잘 손질된 머리와 어울렸다.

미국에서 보았던 반소매 티셔츠 아래로 드러난 구릿빛 팔뚝과 아무렇게나 흐트러진 헤어스타일과는 대조적이었지만 스티브는 그 특유의 몸짓과 말투에서 예의 말쑥함이나 젠틀함이 그대로 남아있었다. 호탕하게 웃는 얼굴에선 미국 생활의 향수마저 느끼게 했다.

어두운 검정톤으로 머리를 염색한 연은 알록달록한 무늬의 긴 치마에 짧은 가죽 자켓을 입고 머리에 두건 같은 스카프를 두른 채 부츠를 신고 있었다. 그녀가 팔을 움직일 때마다 팔목을 휘어감은 금속성 팔찌들이 철렁댔다. 회사 생활 힘들다고 징징대더니 그새 얼굴에 기미까지 생긴 것 같았다.

"너, 회사에 그렇게 입고 다녀도 돼?"

여전히 자유로운 그녀의 옷차림이 눈에 들어와 물었다.

"아니, 오늘이 토요일이니까 그렇지. 회사 안갈 때라도 나하고 싶은 대로 해야지, 안 그러면 미칠지도 몰라."

연은 입을 삐죽거리며 대답했다.

"연이 이래봬도 엄청 능력 있는 직원인가 봐. 곧 승진 할지도 모른대."

연과 같은 회사에 다니는 현주의 대학 선배가 회사 안에서 떠도는 정보로 말해주었다고 했다. 현주가 그 말을 하자 연은 어깨를 으쓱하고는 컵에 남은 쥬스의 빨대에 입을 가져다 대었다. 늘 자유로운 영혼이라며 밤대로 살 것만 같았던 연에게 그런 성실함이 있었다는 것에 잠시 놀랐지만, 어쩌면 열심히 일해서 사회에서 인정받는 게 그녀가 원하는 삶이었을 지도 모른다는 생각이 들었다.

그러던 어느 날, 뜻밖에도 스티브에게서 연락이 왔다. 주말에 유학 시절 선후배들 모임이 있다며 내게 나오라고 했다. 나는 캘리포니아 쪽 학교에 다닌 것이 아니라서 그들과 동문은 아니지만 연과 오고가며 그쪽 학생들을 꽤 많이 알았다. 그것을 알고 있던 스티브가 나를 초대한 것이었다. 오후 6시 모임에 나는 조금 일찍 도착했고, 연은 조금 늦게 왔다. 나를 본 연은 당황하는 것 같았다. 그녀는 바로 옆에서 나와 이야기를 하고 있던 스티브를 한 번 쳐다보고는 내게 얼굴을 돌려 말했다.

"다인이 왔구나. 우리 이런 자리에 참 오랜만에 왔지?

"네가 다인씨에게 우리 모임 있다고 말했었지? 혹시나 해서 내가 다인씨에게 다시 연락했어."

연의 말에 스티브가 즐거운 듯 말했다.

그제야 나는 내가 온다는 사실을 연이 몰랐다는 걸 알았다.

"연락한다는 걸 바빠서 깜박했어. 미안, 다인아."

연이답지 않게 얼굴을 붉히며 말했다.

우리는 타국에서의 학창시절을 추억하며 밤늦게까지 떠들다 술김에 20대만 들어갈 수 있다는 클럽에 들어가 놀다가 새벽이 되어서야 각자의 집으로 돌아갔다. 휘청거리는 연을 부축하고 차에 태운 스티브는 내게 집에 데려다 줄 테니 차에 타라고 했지만 나는 마침 같은 방향의 멤버가 있어 그의 차를 타고 집으로 돌아왔다. 그 때까지만 해도 나는 연이 내게 모임에 대해 연락하지 않은 걸 미안하게 여기는 줄 알았다.

그 후 연말이 되어 한참 여기저기 송년회로 술렁이던 무렵, 스티브에게서 또 한 번의 연락이 왔다. 송년 파티 장소를 알려주는 전화였다.

"연말이라 그런지 송년 파티 장소 잡기가 어렵네. 그 인원이 한꺼번에 들어가려면 카페 하나를 통째로 빌려야 하는데 예약을 잡을 수가 없어. 그래서 좁지만 그냥 우리 오피스텔에서 하기로 했으니까 시간 맞춰 와. 옛날 분위기 한번 살려 보자. 그리고 연이 바쁜지 내 문자에도 답이 없고 전화도 잘 안 받아. 네가 연이랑 연락이 되는 대로 좀 전해줘. 그리고 이번엔 오랜만에 포트럭 파티다. 알았지?"

송년 파티를 한다는 건 몇 주 전에 연으로부터 들어서 알고 있었다. 그때는 날짜만 정해졌을 뿐 장소는 정해지지 않았었다. 나는 먼저 연에게 문자를 보내고 시간이 나는 대로 전화를 했다. 문자에는 답이 없었지만 전화는 세 번째 걸었을 때 받았다.

"연아, 송년 파티 스티브 오피스텔에서 하기로 했대."

"응, 좀 전에 스티브에게 연락 받았어. 그날 보자."

맛있는 거 만들어 와. 라는 나의 말을 듣기도 전에 연은 전화를 끊었다. 무언가 잘못 되어 간다는 느낌이 들었다.

파티에 갔을 땐 처음 보는 사람들도 몇몇 있었다. 그들은 대부분 외국인들이었고 스티브의 친구들이었다. 그런 친구들에게 스티브는 자신과 연의 친구라며 나를 소개했다. 잠시 후 그는 두 잔의 유리컵을 들고 왔다.

"마셔."

내게 스티브가 한잔을 내밀었다. 나는 오른손을 내밀어 한 잔을 받으려 했다. 그 순간 이미 스티브는 왼쪽에 있는 컵을 내밀었고 나는 다시 왼손을 내밀어 그 컵을 받으려 했다. 그 때 다시 스티브는 오른쪽 컵을 내밀었다. 이렇게 두 번을 더 주는 쪽과 받는 쪽이 엇갈리기를 반복했다. 마침내 나는 그가 건네는 컵을 하나 쥐어 들었고 어색함을 무마라도 하듯이 얼른 컵에 입을 가져다 대었다.

"시원하다. 이거 뭐야?"

스티브는 직접 만든 아이스 유자라고 했다. 한 겨울의 아이스 유자가 이렇게 시원하게 다가오리라고는 상상하지 못했다.

조금 늦게 도착한 연은 내게 눈인사만 하고 스티브의 팔을 끌어 그가 들고 있던 아이스 유자가 든 컵을 내려놓게 한 후 목을 끌어안고 그의 뺨에 입맞춤했다. 그리곤 마치 자신이 왔다는 것을 알리기라도 하려는 듯 주방 한편 아일랜드 식탁 위의 샴페인을 따라 부어 건배 제의를 했다. 그녀의 등장은 조용한 적이 없었다. 어, 샴페인은 조금 있다가 터뜨릴 건데….스티브의 말은 거실에 흐르는 음악과 연의 건배 제의에 환호하는 사람들의 목소리에 묻혔다. 아무려면 어때, 마시고 싶을 때 마시는 거지. 연은 스티브를 곁눈질 하면서 작게 입을 달싹거렸다. 사람들은 저마다 들고 있던 잔을 들어 건배하며 들이켰고 '연은 여전하다'며 그녀를 반기는 듯 했다. 대화 내용으로 봐선 분명 연에게도 처음 보는 사람들이 있었을 텐데 그녀는 외국인들에게 스스럼없이 말을 건넸고 마치 오랫동안 알고 지냈던 사이처럼 그들의 말에 과한 리액션으로 반응하며 큰 목소리로 대답했다. 연이 그날 내게 아무 말도 하지 않은 것만 빼고는 기시감이 느껴질 정도로 익숙한 장면들이었다.

밤이 깊어질수록 강변 쪽에 위치한 통유리 창은 반짝이는 불빛들로 메워졌다. 검은 강물은 크리스탈 알갱이들을 흩뿌려 놓은 듯 부딪치며 찰랑댔다. 연은 틀어 올려 핀으로 꽂아 두었던 머리를 풀어 늘어뜨린 채 음악에 맞춰 춤을 추며 흐느적거렸고 사람들은 저마다 이야기를 하거나 이야기를 들으며 밤을 보내고 있었다. 스티브는 무슨 음료가 담겨 있는지 알 수 없는 잔을 들고 창밖을 바라보고 있었다. 연보다 내가 그를 먼저 만났으면 어땠을까 하는 생각을 잠시 했다.

유학시절, 학생들이 앞을 다투어 마셨던 내 식혜가 그날 인기가 없었던 이유를 나중에서야 알았다. 근거리에 한국 음식점이 많지 않았던 지역에서 유학을 했던 나는 우리나라 음식이 그리울 때마다 한국 마켓에서 재료를 구해다 우리나라 음식을 곧잘 만들어 먹었다. 나뿐 아니라 그런 학생들이 꽤 있었다. 비빔밥이나 김치찌개 짜장면은 주로 만들어 먹는 메뉴였고, 크고 작은 유학생 파티 때 나는 한국 마켓에서 엿기름을 사다가 식혜를 만들곤 했다. 레시피를 구하는 건 어렵지 않았다. 식혜는 그런대로 맛이 났으며 유학생들에게 큰 인기를 얻어 금방 다 동이 나곤 했다. 정말 아이러니 하게도 그때는 우리나라에 대한 그리움 때문에 식혜를 만들었는데, 송년 파티가 있던 그날은 유학 시절에 대한 향수를 느끼고자 식혜를 만들어 갔던 것이다. 스티브가 식혜를 두 번씩이나 떠서 마시는 것을 보고 나는 속으로 이번에도 성공했다고 생각했다. 하지만 저마다 준비해온 음식이 바닥을 드러내고 파티가 끝날 때까지 식혜는 거의 줄어들지 않은 채 볼에 담겨있었다. 특히 자칭 식혜 예찬론자인 연도 그 식혜에 입도 대지 않는 것 같았다. 술이 어느 정도 들어가 해장을 하고 싶었던 내가 식혜를 처음 입에 대려고 했을 때 나는 무언가 이상하다는 것을 깨달았다. 무슨 이유에선인지 식혜에서 시큼한 냄새가 났다. 나는 식혜를 바로 싱크대에 쏟아 부어버렸고 그 이후론 식혜가 왜 쉬어버렸는지 생각하느라 파티에 몰두 할 수가 없었다. 그리고 스티브가 쉬어버린 식혜를 왜 두 번이나 가져다 마셨는지도 알 수 없는 일이었다.

그리고 며칠 후, 그러니까 그 해가 다 가기 며칠 전 연에게서 연락이 왔다. 아쉬운 마음에 우리들만의 송년회를 한 번 더 하자는 건 아닐까 하는 기대와는 달리 연은 점심시간에 차 한 잔 마시자고 했다. 우리가 만난 스타벅스는 예상대로 붐볐고, 그런 곳에서 잠깐 만나자고 하는 연이 의아했다. 입구에 들어선 연은 내게 메뉴를 묻지도 않고 쓰디쓴 아메리카노 두 잔을 주문해 들고 먼저 와서 기다리고 있던 내 자리로 왔다. 달콤한 음료에 빠져 살던 연이라면 상상하기 어려운 일이었다.

"간단하게 말할게."

커피를 내 앞에 내려놓으며 연이 말했다.

"너 스티브에게 관심 갖지 마."

"으응?"

워낙에 직설적인 성격이긴 해도 갑작스런 그녀의 돌직구에 당황한 나는 되물었다.

"네 꺼 아니니까 관심 갖지 말라고."

"……."

"대답이 없는 거 보니 어느 정도 인정하나 보네."

"무슨 소리야?"

"네가 뭔데, 스티브가 너에게 연락하고 그러는데? 네가 먼저 연락하고 그러니까 스티브가 너한테 연락하는 거 아니냐고. 걘 원래 그런 애 아니거든. 너도 알겠지만 스티브는 나 말고 아무에게도 관심 없어. 그러니까 내가 스티브랑 만날 때 나타나지 마. 알았지? 나 먼저 일어날게."

연은 내 대답을 듣기도 전에 반쯤 마시다만 커피를 들고 스타벅스를 나갔다.

연이 더 앉아 있어도 나는 아무 말도 하지 못했을 것이다. 그걸 알고 연은 내 대답을 기다리지 않고 가버렸는지도 모른다. 나는 그 자리 그대로 한참 앉아 있었지만 내 영혼은 몸속에서 빠져나와 북적이는 스타벅스 안을 떠도는 듯했다. 그 후 나 역시 연에게 문자로 네가 무언가 잘못 알고 있는 것 같다,

라는 간단한 말만 건넸을 뿐 더 이상 아무 말도 하지 않았다. 그렇게 우리들에겐 서로 연락하지 않은 2년이라는 시간이 흘렀다.

2년 만에 '란'에서 다시 만난 연과 나는 정말로 아주 쿨하게 오해를 풀고 전처럼 돌아갔다. 아니 적어도 연은 그렇게 보였다. 나는 아무래도 좋았다. 그녀를 용서하고 말고 한다는 것 자체가 사소했던 오해를 더 크게 만드는 것 같았고, 어쩌면 별거 아닌 일을 확대시키는 것 같아 나는 예전처럼 지내기로 했다.

"나 그동안 스티브만 만났어."

연이 입꼬리를 살짝 올리며 말했다. 개방적인 것과는 조금 다르게 말 그대로 남성 편력이 있었던 연이 한 남자에게 그처럼 오랫동안 몰두하는 것은 처음 보았다. 적당히 사귀다가 헤어질 거라고 생각한 내 예상은 빗나갔다. 그 후 어쩌다 연과 함께 보기도 한 스티브에게 나는 의도적으로 거리를 두었다.

그러던 어느 날, 아무 이유도 없이 연은 내게 연락도 하지 않고 내 전화를 받지도 않았다. 직급이 올라가면서 더 바빠진 연이 예전보다 연락이 뜸해진 것은 사실이었다. 가끔은 그녀의 스케줄이 살인적이다 싶을 때가 있었다. 때로는 해외 출장에서 막 입국했다가 공항에서 바로 다른 나라로 출장 가는 경우가 있을 정도로 해외 출장이 이어지기도 했다. 해외 마케팅에 탁월한 능력을 보인 그녀는 고속으로 승진했다. 어떤 때는 얼굴 보고 싶다며 내게 인천공항으로 나오라고 했다. 지금 안 보면 언제 볼지 모른다며 너스레를 떨었다. 입국하고 다시 출국하려 탑승하는 시간차가 6시간 정도 되니 잠깐 만나 밥 먹자고 했다. 내가 차라리 어디 수면실 같은 데 가서 눈 좀 붙이라고 말해도 잠은 비행기에서 자도 된다며 금쪽같은 시간을 그렇게 낭비할 순 없다고 했다. 만나서 그동안 쌓인 수다나 떨자는 말로 나를 찾았다. 그랬던 연이 연락을 뚝 끊었다.

스티브에게 그녀의 소식을 물어도 되었지만, 그러고 싶지는 않았다. 그러다 현주에게서 연이 자궁암 선고를 받았다는 말을 들었다. 흔히 들어왔던 병명이었지만 그녀가 걸렸다는 것은 충격적이었다. 나는 떨리는 손으로 그녀에게 조심스럽게 문자했고, 그제야 비로소 연은 이제는 감출 필요 없다는 듯 내게 전화했다. 연의 목소리는 아픈 사람 같지 않게 경쾌하게 들렸다.

"연아, 많이 아프니? 왜 말 안했어?"

"많이 아프지 않으니까 말 안했지."

전화기 너머 그녀는 웃고 있는 것처럼 느껴졌다. 절대로 오지 말라는 그녀의 말을 무시하고 나는 그녀가 입원한 병원을 찾았다.

"별거 아니래도 호들갑이야."

연은 진심으로 언짢은 눈치였다. 1차적으로 항암 치료 먼저 하고 수술한 후 경과 봐서 다시 항암치료하면 깨끗이 나을 거라고 했다. 회사에는 당분간 휴직계를 제출한 상태이며 언제가 될지는 모르지만 치료 후 바로 복귀할 거라며 병상에 누워서도 휴대전화로 업무를 지시했다. 연의 하얀 얼굴은 창백하다 못해 빛이 바랜 듯 누런빛을 띠었고 쑥 들어간 뺨 때문인지 튀어나온 입은 더 도드라져 보였다.

나는 이후로 연에게 가끔 문자나 전화 통화만 했고 다시 병원을 방문하지 않았다. 초췌한 모습을 보여주고 싶어 하지 않는 그녀의 자존심을 조금이나마 지켜주고 싶었다. 딱 한번 연이 휴대전화로 사진을 보내 왔는데 그녀가 환자복을 입고 머리에 화려한 무늬의 두건을 두르고 있는 모습이었다. 두건이 장난 아니게 잘 어울리지 않느냐며 역시 자기는 두건 체질이라고 사진에 덧붙였다. 이미 방사선 치료를 시작하고 있는 모양이었다. 환자복과 어울리지 않게 붉은 색 립스틱까지 바르고 찍은 사진에선 머리칼이 빠져버린 민머리는 감출 수 있어도 야윈 얼굴은 감출 수 없었다. 수술 후 항암 치료를 하고 있다던 연이 퇴원하고 얼마 후 회사에 복귀했다는 소식을 들었다.

반가운 마음에 연에게 전화했다.

"너, 살아난 거니?"

"응. 이제 좀 제대로 살아보려고."

"그래, 너 좀 쉬어가며 일해. 그 돈 벌어서 다 뭐할래? 애가 있는 것도 아니고."

"그러게. 애나 하나 낳을 걸 그랬지? 진작 좀 편하게 누릴 거 누리고 살 걸 그랬나봐."

그때 그 말이 무슨 의미인지 눈치 채지 못했다. 회사에 복귀한 이유가 자신의 신변정리를 하기 위해서였다는 것을 연이 양평 어디선가 요양하고 있다는 소식을 듣고서야 알게 되었다. 연은 끝내 자신이 요양하는 곳이 어디인지 말하지 않았다. 뭐 하러 오려고. 누워만 있을텐데…. 곧 나을 것 같아. 좋아지고 있어. 다 나으면 보자. 니가 나보다 더 예쁜 꼴 못 봐. 휴대전화 자판을 누를 힘도 없었을까. 주로 메시지로 대화하던 연은 가늘고 힘없는 목소리지만 전화로 대화했다.

요양하기 시작했다는 말을 들은 지 일 년이 좀 지나서 그녀가 죽었다는 소식을 들었다.

연을 잊고 지낸 건 아니지만 늘 염두에 두고 산 건 아니라서 네게 그녀의 죽음은 갑작스럽게 맞닥뜨린 사고처럼 아프게 와 닿았다. 그녀의 동생 선으로부터 문자메시지를 받고 나서 나는 휴대 전화에 입력되어 있는 연의 전화번호를 찾아 통화 버튼을 눌렀다. 그녀에게 묻고 싶었다. 연아, 너 곧 나을 거라고 했잖아.

다음날 나는 회사에 반차를 내고 장례식장에 갔다. 현주와는 시간이 맞질 않아 따로 조문하기로 했다. 악상(惡喪)임에도 빈소는 넓었고 조문객은 많았다. 연이 다니던 직장의 임원들과 하청 업체의 사장들이 보낸 조화가 복도 끝부터 줄지어 서 있었다. 부하 직원들과 동료들의 조문이 이어지는 듯했고, 더러는 얼굴만 본 적이 있었던 연의 유학 동기들도 있었다. 302호라고 적혀 있는 빈소 입구엔 '유연'이라는 고인의 이름 아래 상주와 유가족의 이름이 적혀 있었다. 뜻밖에도 상주가 연과 성이 다른 '정재호' 라는 낯선 남자의 이름이었고, 그의 이름 앞에 '남편'이라고 쓰여 있었다. 고인의 이름을 보면 분명 연의 빈소가 맞는데 남편이라니. 연이 남몰래 결혼이라도 했었나. 빈소 입구에서 머뭇거리고 있을 때 검은 원피스 차림의 젊은 여자가 나오며 나를 맞이했다.

"다인 언니죠?"

연의 동생 선이었다. 그녀가 연의 동생이라고 말하지 않으면 둘이 자매라고 생각지 못할 정도로 닮지 않았다.

"언니가 평소에 그랬어요. 자기가 잘못되면 다인 언니에게 꼭 연락하라고. 마지막까지 보고 싶었는데 그러질 못했다고. 그래서 언니가 죽은 뒤에 휴대전화 연락처를 보고 다인 언니에게 바로 연락드린 거예요."

처음 보는 선은 슬프지만 맑은 얼굴이었다. 거칠거나 도드라진 구석이 없이 아주 곱게 연마된 강변의 조약돌처럼 투명할 정도로 하얗고 깨끗했다. 자꾸 얼굴을 살펴보게 될 만큼 참 닮지 않은 자매였다.

선의 안내를 받아 들어간 빈소에서 연의 영정사진보다 더 눈에 띈 것은 스티브였다. 검은 양복을 입은 그는 고인의 영정사진을 에워싼 국화 송이들 옆에서 조문객들의 조문을 받기 위해 두 손을 모으고 서 있었다. 나와 눈이 마주친 스티브는 별로 당황하는 기색이 없이 담담한 표정이었다.

“오랜만이네.”

“네…, 으응….”

예상치 못한 스티브의 모습에 전에 없이 쉽게 반말이 나오질 않았다. 나는 또 다른 상주 가 있나 둘러봤지만 상주는 스티브 한 사람이었다. 정재호. 나는 그날 스티브의 본명을 처음 알았다. 연의 사진 앞에 국화 한 송이를 올려두고 스티브, 아니 정재호에게 절 대신 목례를 하고 나왔다. 접객실로 나오자 선이 내게 어머니를 소개했다. 처음 빈소에 들어섰을 때 접객실에서 조문객들과 말을 나누던 모습이 아리따워 유독 눈에 띄던 중년 여인이었다. 막 다림질을 끝낸 듯 구김살 하나 없이 세련된 검정색 투피스를 입고 미용실에서 손질한 듯한 단정한 헤어스타일을 하고 정성 들여 화장한 연의 어머니는 우아한 말투와 몸짓으로 내게 인사했다.

"와줘서 고마워요."

그녀는 이어서 말했다.

"우리 연이는 절대로 나쁜 병에 걸려 죽은 게 아니에요. 의료진들이 오진하는 바람에 쓸데없이 방사선 치료를 많이 받아 속이 다 녹아내려 죽은 거랍니다."

연의 어머니는 한 치의 흐트러짐도 조곤조곤 말했다.

검정색 한복 상복 대신 맞춤을 한 듯한 예쁜 투피스에 고운 화장을 하고 있는 어머니의 모습보다 어쩐지 딸의 죽음을 왜곡하고 있는 듯한 모습이 더 낯설었다. 연의 어머니는 갑자기 내손을 붙잡고 말했다.

"우리 연이랑 미국에 친하게 지낸 친구라고 했지요?"

연의 어머니는 소파가 있는 유족 휴게실로 나를 이끌었다.

"스티브 알지요? 스티브 우리 사위 아니에요. 난 한 번도 사위라고 여긴 적 없어요. 스티브 저 놈이 다 죽어가는 우리 연이랑 갑자기 혼인신고를 했지 뭐예요. 왜겠어요? 그게 다 연이 재산이랑 연이가 들어놓은 보험 가로채려고 그러는 거 아니겠어요? 남편이 되면 법적 상속인이 되니까. 연이가 아플 때부터 연이가 그렇게 오지 말라고 해도 간병한답시고 병원에 딱 붙어 있더라니깐."

남에게 흐트러진 모습을 보여주는 걸 싫어하는 것만 빼고 연이와는 조금도 닮지 않은 어머니는 처음 본 나에게 무슨 음모라도 알려주는 것처럼 주위를 두리번거리며 말했다. 연이 자기는 아빠를 많이 닮았다고 말한 적이 있다. 그러고 보니 빚어 놓은 듯 깨끗하고 고운 모습은 어머니와 선이 꼭 닮았다. 돌아가신 연의 아버지를 뵌 적은 없지만 연과 붕어빵일 게 분명했다. 언제쯤 연이 어머니의 말을 끊고 이곳을 나가야 하나 생각하던 중 선이 들어와 어머니를 찾는 조문객이 왔다며 어머니를 모시고 나갔다.

잠시 후 선은 내 곁으로 다가와 말했다.

"다인 언니, 오셔서 언니랑 마지막 인사 나눠줘서 고마워요. 그리고 엄마 말씀 염두에 두지 마세요. 엄마는 언니의 죽음을 누군가의 책임으로 돌리고 싶은 것뿐이에요. 엄마는 아직도 언니가 암에 걸려 죽은 게 믿어지지가 않는가 봐요."

"네…. 스티브, 아니 정재호씨랑 연이가 결혼한 거 맞아요?

"네, 애초에 결혼을 약속하고 사귀었는지는 모르지만 둘은 연인 사이였어요. 저도 재호 오빠를 오래전부터 알고 있었고요. 언니에게 치료해서 다 나으면 꼭 결혼하자고 했다더군요. 그러던 중에 언니가 회복할 기미를 보이지 않자 어느 날 재호 오빠가 지금이라도 결혼하자며 병석에 누워 있는 언니에게 청혼했어요. 언니는 자기가 곧 죽을지 모르는데 홀아비 만들기 싫다며 안하겠다고 했고요. 그래도 재호 오빠는 굽히지 않고 프로포즈 했죠. 그리고 신부님을 모시고 병실에서 결혼식을 올렸어요."

"연이 가입한 보험이 많았어요?"

"아, 그거요. 엄마 말 신경 쓰지 마세요. 재호 오빠 그런 사람 아니에요. 아마 언니가 어떤 보험을 들어놨는지도 모를 걸요? 엄마가 괜한 걱정을 하시는 거예요. 오빤 그런 거에 욕심내고 그럴 사람 아니에요. 설사 보험금이 나오더라도 엄마에게 다 돌려줄 사람이죠. 옆에서 하는 걸 보면서 재호 오빠 같은 사람이 또 있을까 생각했어요. 언니가 죽을 것을 뻔히 알고도 부부의 연을 맺은 사람이잖아요. 죽은 언니가 부럽기까지 했어요. 그런 사랑을 받는 사람이 어디 있겠어요. 언니는 사랑하는 남편 곁에서 세상을 떠난 거예요. 재호 오빠는 언니에게 마지막 선물을 주려고 했던 거 같아요."

잠시나마 연이 날 오해했던 것과 어쩌면 그건 오해가 아닐 수도 있다는 생각에 가슴 두근거리며 스티브를 바라본 것을 떠올리자 얼굴이 화끈거렸다.

그리고 몇 달이 지나 스티브에게서 연락이 왔다. 수년 전 미국에서 연의 소개로 스티브를 알게 된 이후 그에게서 온 세 번째 연락이었다. 연의 빈소에서 어색하게 인사하고 위로의 말 한마디 건네지 못하고 온 것이 마음에 걸렸지만 내가 먼저 문자를 하거나 전화를 하는 것이 어쩐지 연에게 미안했다. 그렇게까지 생각할 필요는 없었는데 말이다. 오랜만에 비가 내려 녹음이 짙어지고 흙냄새가 올라오던 날이었다.

스티브를 만나러 가는 길엔 우산을 써야 했지만 그를 만나기로 한 삼청동에 도착했을 땐 나뭇잎 위에 동그랗게 얹혀 빛을 발하는 빗방울만 아니라면 비가 왔었다고 믿어지지 않을 만큼 맑게 개었다. 예상하지 못한 자외선에 우산을 접고 싶지 않았지만 괜히 유난스러워 보일까봐 우산을 접었다. 우산을 막 접었을 때 앞서 걷던 한 남자의 뒷모습이 보였다. 아직 반팔을 입을 정도의 날씨는 아니었는데 벗은 자켓을 한 손에 들고 짙은 회색 반팔 티를 입은 키 큰 남자가 성큼성큼 걸어가고 있었다. 정돈되지 않은 머리만 아니라면 잘 다듬어진 팔뚝과 긴 다리로 보아 스티브가 틀림없었다. 가장 최근에 본 모습은 상복을 입은 모습이었고 저런 모습은 수년전 보았는데도 금방 알아볼 수 있었다. 그와의 거리를 좀 더 좁히려 빨리 걸었다. 길가의 나무들이 바람에 흔들려 후드득 물방울을 떨어뜨렸다. 앗, 차가워! 내 목소리에 스티브가 뒤돌아보았고 나는 몰래 뒤따라간 것을 들키기라도 한 것 같았다. 나는 민망함을 감추려 얼른 가방에서 손수건을 꺼내 얼굴에 흘러내리는 물방울을 닦았다.

애초에 만나기로 했던 카페에 앉아 차를 마시며 스티브가 말했다.

"며칠 전, 그러니까 내가 너에게 연락하기 바로 전날 연이에게서 문자가 온 거야. 안부인사와 함께 오늘 너를 만나라는 말을 남겼더라구. 나는 이게 무슨 일인가 했지. 알고 보니 연이가 죽기 전에 그날로 예약 문자를 남긴 거였나 봐. 기분 진짜 묘하더라."

"그랬어요?"

"뭐야, 난 반말 하는데 넌 왜 편치 않게 존댓말 하세요? 예전에 하던 대로 하세요."

"으응…."

연의 빈소에서 잠깐 봤지만 이렇게 얼굴 마주보며 말한 지도 오래되었고, 이제는 친구의 남편이라는 생각에 나도 모르게 말끝에 '요'자를 붙인 거였다.

연은 문자에 자기가 죽었어도 둘은 친구로 지내라는 말을 남겼다고 했다.

"지가 당부 안 해도 그러려고 했는데 말이지."

스티브는 미국에선 우리도 운명 공동체이자 동지이지 않았냐며 웃으며 말했다.

연이의 장례식이 끝나고 스티브가 입원했다는 소식을 선으로부터 들었다. 사랑하는 사람을 붙들려다 힘없이 놓아버린 그에게 몰려오는 고통과 피로 때문이리라 여겨졌다. 이제 그의 얼굴은 구름이 걷힌 듯 맑아 보였다. 스티브는 삼청동에 온 김에 현대 미술관에 가보자고 했다. 미술관의 잔디는 폭신

폭신해 보였다. 물기를 머금은 잔디는 신발 위로 올라와 발등을 간질였고, 스타킹을 적셨다. 미술관으로 들어선 우리는 조용히 관람 방향으로 걸었고 가끔씩 저 그림이 무얼 의미하는지 고개를 갸우뚱하기도 하고 고개를 끄덕이기도 했다.

미술관을 나오자 햇볕이 많이 누그러져 있었다. 저녁을 먹자고 할까 말까 망설이고 있는데 스티브가 저녁을 먹자고 했다. 스티브와 나는 맛집으로 소문나 사람들이 줄을 서서 기다려야 순서가 돌아올 정도로 유명하고 맛있다는 근처 칼국수집에 갔다. 아직은 이른 저녁시간이라 사람들이 줄을 서 있을 정도는 아니었다. 스티브는 만둣국을 먹었고 나는 왕만두가 들어있는 칼국수를 먹었다. 만둣국을 먹는 스티브의 이마에 땀방울이 송글송글 맺혔다. 나는 그의 이마의 땀을 닦아주려다 말고 내 칼국수에 들어 있는 만두 한 개를 덜어 그에게 주었다.

"왜? 안 먹어? 맛없어서 그래?"

"아니, 정말 맛있어."(그래서 너 주는 거야. 라는 말은 하지 않았다.)

손부채질을 해가며 만둣국과 칼국수를 먹고 나오자 사람들이 입구에 줄을 서 있었다.

"야아, 우리 일찌감치 먹길 잘했다. 그치?"

"그러게."

그다음에 무얼 할지 서로에게 물어보지 않은 채 스티브와 나는 오던 길로 다시 걸어갔다. 나는 지하철역으로, 스티브는 근처 공영주차장으로.

"밥부터 먹고 차를 마셔야 했는데, 우리는 차부터 마시고 밥을 먹었네."

무슨 기대를 하고 내가 그런 말을 한 건 아니었다. 나는 잘 가라는 작별 인사 대신 불쑥 그런 말을 내뱉었다. 집까지 데려다 주겠다는 스티브에게 나는 지하철이 편하다고 말했다.

"또 보자."

스티브는 윗니가 조금만 보이게 웃으며 말했지만 가로등이 비추는 그의 얼굴은 정말 환하게 웃는 것처럼 보였다.

다음 날 밤, 내게도 연의 문자가 도착했다. 스티브가 말한 연의 예약 문자였다.

- 어제 스티브 잘 만났어? -

전날 스티브에게 들었는데도 연의 문자는 심장을 쿵 내려앉게 했다.

- 내가 없어도 그냥 너희 둘이 친구로 지내면 좋겠다는 생각이 들었어. -

- 그리고 네 얼굴은 보지 못하고 떠날 거 같아. -

- 문자로 작별 인사 남길게. 나중에 다시 태어나 만날 수 있음 우리 또 만나자. 안녕. -

가슴에서 묵직한 것이 올라오더니 왈칵 눈물이 쏟아졌다. 회신할 수 없는 메시지가 눈물에 어른거려 흔들렸다. 그날 밤 나는 밤새 오한을 느끼며 몸살을 했고 다음날 출근하지 못했다.

다시 5월이 시작되었으니까 내가 스티브를 삼청동에서 만난 지 일 년쯤 지나서였다. 일 년에 두어 번 만나는 유학생들의 모임에서 나는 스티브가 지난달, 그러니까 4월에 결혼했다는 소식을 들었다. 왜 그 소식을 그들은 알고 나는 모르는지 모르겠지만 스티브가 결혼한 것은 확실한 것 같았다. 상대는 스티브와 함께 유학하던 여자라고만 했다. 함께 유학하던 여자라면 예전부터 알고 있었던 사람이란 말인가. 아니면 연이 죽은 지 일 년 남짓한데 그 사이 그 여자를 우연히 만나 결혼까지 약속했나. 있을 수 있는 일이라 생각하면서도 의아함을 떨치긴 어려웠다. 누구는 전 여친과 그렇게 애틋했는데 그새 다른 여자랑 결혼할 수 있냐고 했고, 누구는 전 여친이 난잡하게 살아서 암에 걸려 죽은 거 같은데 거기에 배신감 느껴서 그랬을 거라 했으며, 누구는 병든 여친을 오래 겪다 보니 건강한 여자랑 연애하고 싶었을 거라고 했다. 남자는 원래 그렇다고.

다 틀린 말일 수도 있고 다 옳은 말 일수도 있다. 그런데 그들이 한 가지 빠뜨린 것이 있었다. 연과 스티브의 사랑에 대해선 아무도 말하지 않았다. 왜일까.

그리고 전에 없던 궁금증이 생겼다. 스티브는 왜 연과 결혼했을까. 나는 선에게 스티브의 재혼 사실을 아는지 묻지 않기로 했다.

추억의 습관

은빛 모래를 딛고 서 있는 여자는 푸른 바다와 하늘을 배경으로 이온 음료를 마시고 있다. 하얀 치마를 나풀거리며 싱긋 웃는 여자의 긴 머리카락이 금방이라도 내 손에 닿을 것만 같다. 버스 정류장 노선 안내판과 나란히 붙어 있는 광고 속의 여자는 그녀를 닮았다. 조금 전까지 나를 덮쳤던 아스팔트의 뜨거운 열기는 순간 그녀가 내뿜는 숨결로 다가왔다. 한낮의 도심은 예상대로 차들과 사람들로 북적였다. 사람들은 내리쬐는 햇볕에 몸을 맡긴 채 어디론가 걸음을 재촉했다. 나는 지하철을 타기 위해 버스 정류장 옆 지하철역으로 들어갔다. 교통 체증을 생각해 차를 두고 나왔기 때문이다. 개찰구 쪽 벽면의 또 다른 광고엔 이슬에 젖은 여자가 나뭇가지 사이로 햇살이 비치는 거대한 초록 숲에 에워싸여 있다. 연노랑색의 민소매 원피스를 입은 여자는 고개를 살짝 쳐들고 눈을 감은 채 나를 향해 두 팔을 벌리고 서 있다. 그 여자도 그녀를 닮았다. 그대로 나를 향해 걸어 나올 것만 같다.

주머니 속의 휴대폰이 울렸다. 그녀일지 모른다는 생각에 황급히 꺼내다가 떨어뜨리고 말았다. 얼른 주워 들었지만 바닥과 부딪치는 충격 때문에 전원이 꺼져버린 상태였다. 재빨리 전원 버튼을 눌렀다. 좀 전에 울린 전화가 누구에게서 온 것인지 확인도 하기 전에 다시 벨이 울렸다. 정 간호사였다.

"선생님, 아직도 인터뷰 중이세요? 전화를 몇 번씩 했는데 안 받으시고. 인터뷰는 다 끝났어요?"

얼마 전 〈사이언스 코리아〉에 발표한 논문과 관련해 〈메디컬 저널〉 기자와 인터뷰를 하고 오는 길이었다. 논문은 국내 안과의 사이에서 다소 비중 있게 거론되고 있었다. 병원에서 간단히 인터뷰를 해도 되지만 혼자 근무하는 병원도 아니고, 기자 역시 병원과 분위기가 조금 다른 곳에서 사진 몇 컷 찍고 싶다고 해 그쪽에서 제안한 북 카페에서 만났다.

"다 끝나긴 했는데, 무슨 일이에요?"

분명히 예약자 명단에는 없는데, 나에게 진료를 받기로 했다고 우기는 할아버지 환자가 왔다는 것이었다. 정 간호사는 할아버지에게 나는 오늘 진료 없는 날이라고까지 말했는데도 막무가내라고 했다.

"그럼 윤 원장에게 좀 봐주라고 해요."

그날 나는 진료가 없었다. 같은 의대 동기인 윤 원장과 함께 안과를 운영하는데, 보통 때는 둘이 각기 다른 진료실을 두고 환자를 보지만 이렇게 일주일에 하루씩은 한 사람이 쉬고 남은 사람이 그날의 진료를 도맡아 보았다.

"오늘 난 비번인데 쉬는 날까지 꼭 이렇게 전화를 해야 됩니까? 그런 문제는 정 간호사가 적당히 알아서 해야죠."

나는 짜증 섞인 목소리로 정 간호사에게 말했다. 그런 환자들이 종종 있긴 했지만 평소엔 그러려니 하고 넘어갔었다. 한 시간 정도 인터뷰했을 뿐인데, 한 장만 필요하다는 사진을 다양한 자세를 요구하며 끝도 없이 찍어대는 바람에 나는 지쳐 있었다. 사실 그런 일로 병원에 다시 들어가는 것도 그랬지만 우리 병원에서 가장 오래 근무한 정 간호사라면 그만한 일쯤은 잡음 없이 잘 처리할 거라 믿었다. 정 간호사와 통화를 끝내고 혹시나 하는 기대에 부재중 전화와 메시지를 확인해 봤다. 여러 번의 병원 전화와 한 번의 알 수 없는 번호가 찍혀 있을 뿐이었다. 예전에 왔던 그녀의 메시지를 찾아보며 그녀의 메시지가 아닌 것은 모두 지워나갔다. 그녀는 연락에 인색했다. 단축키를 누르려다 그녀의 전화번호를 한 자리씩 터치했다. 지금 그녀는 전화를 받을 수 있을까? 일곱 번쯤 신호음이 울렸을 때 그녀가 아닌 남자의 낯선 목소리가 들려왔다.

"여보세요?"

처음 듣는 목소리였지만 직감적으로 그녀의 남편임을 알았다.

"저어…… 잘못 걸었습니다."

"아니, 끊지 마세요. 혹시 전화 하신 분이 김선규씨 아닌가요?"

남자가 내 이름을 확인했다. 나는 더욱 당황스러워 어떤 대답도 할 수 없었다. 남자는 계속 말을 이어갔다.

"도영이가 전화를 받을 수 없어서 제가 받았습니다. 앞으로도 당분간 도영이와 통화하는 건 어려울 겁니다."

"……."

"듣고 계신가요?"

"네."

"그럼 불편해 하지 마시고 제 말 들으세요. 지금 도영이는 병원에 있습니다. 아마도 도영이가 김선규씨를 기다릴 거예요. Y병원 1104호입니다."

통화 종료음이 울리고 나서도 나는 한참 동안 귀에서 전화기를 뗄 수가 없었다. 머릿속이 하얘졌다. 전화를 걸기 전보다 심장은 더 두근거렸고, 식은땀으로 등줄기가 서늘했다.

재작년 여름 이맘때였다. 작은 출판사를 경영하는 시인 친구의 산문집 출간을 기념하는 북 콘서트가 있었다. 제법 무대가 갖추어진 공연장에서 진행하는 북 콘서트는 그의 지인들이 출연해 차분한 조명과 잔잔한 음악을 배경으로 책에 실려 있는 산문을 낭송하면서 시작되었다. 세 번째인가 네 번째 낭송이 시작되면서 나른하니 저절로 눈이 감겼다. 그리고는 꿈이었을까. 어디선가 풀꽃 냄새가 나를 감쌌다. 향기에 눈을 떴을 때 객석은 여전히 어두웠고 하이라이트 조명만이 무대 위의 한 여자를 비추고 있었다. 세상의 모든 빛을 삼켜버린 듯한 어둠 속에 단 하나의 빛이 남은 듯 여자의 목소리가 들렸다. 무대 위의 여자와 객석의 나 사이에 희미한 길이 열리는 듯했고 그 길을 통해 한 걸음씩 그녀의 목소리가 다가왔다. 낭송이 끝나자 박수 소리와 함께 그녀를 비추던 조명도 꺼졌다. 이어서 인디 밴드의 공연이 시작되었고 과장된 음악 소리와 더불어 현란한 조명들이 무대와 관중석을 휘젓듯이 비추었다. 나는 조명의 움직임을 쫓아 무대에서 사라진 여자를 찾았다. 마침내 북 콘서트가 끝나고 공연장 출구에서 독자 사인회를 하고 있던 친구는 출구로 나오는 내게 한잔하고 가라며 펜을 든 손을 입에 대고 술 마시는 시늉을 했다. 나는 알아들었다는 의미로 손을 한 번 들어 보이고 지하 공연장에서 바깥문으로 나가는 마지막 계단을 막 오르려던 참이었다. 흰 바탕에 잔잔한 물방울무늬가 프린트 된 여자의 원피스 자락이 밖으로 통하는 유리문을 휘감고 지나가는 것이 보였다. 나도 모르게 재빠르게 그녀의 뒤를 따라갔다. 하지만 그녀는 이미 금요일 밤을 즐기려는 사람들로 술렁이는 거리 속으로 사라지고 없었다. 그날 뒤풀이 자리에서 친구에게 겨우 그녀의 이름만 전해들을 수 있었다.

그로부터 3개월이 지난 후, 한옥을 개조해 만든 삼청동의 작은 갤러리에서 인물 사진전을 열고 있는 대학 시절 사진 동아리 후배를 찾아갔을 때였다. 100여 명의 각계각층의 흑백 인물사진들이 모두 같은 모양의 나무 액자에 끼워져 있었다. 각기 다른 표정을 한 사진들 아래에는 사진 속 인물의 꿈과 인생관이 두 줄로 적혀 있었다. 사진을 둘러 보다 #48이라는 숫자가 적혀 있는 액자 속에서 화장기 없는 말간 얼굴에 입술만 빨갛게 칠한 채 웃고 있는 여자의 모습이 보였다. 웃고 있는 사진 속의 여자는 구릿빛이 감도는 고풍스런 선풍기를 옆에 두고 젖은 풀잎 같은 머리카락을 휘날리고 있었다. 분명히 북 콘서트에서의 그녀였다. 자세히 보니 그 비슷한 모습을 얼마 전 출간한 친구의 산문집에서도 본 것 같았다.

"수연아, 이 여자 이름이 뭐야?"

"왜? 선배가 아는 사람이에요?"

"지난번 어떤 행사 때 본 사람 같아서."

"음, 그럼 아는 사람도 아니네."

이 사진전은 사람에 대한 선입견이 없이 순수하게 얼굴만 보고 마음속으로 그들을 느껴보기를 바라는 생각에서 기획한 것이라고 했다. 후배는 그런 기획이 제대로 전달된 것 같으냐고 물었다.

"응, 좋아."

"에이, 뭐야. 대답도 건성으로 하고 저 사진만 보고 있잖아. 최도영이라고 우리 언니 친구인데, 선배가 아는 사람 맞아요?"

최도영. 그녀의 이름이었다. 그때 뒤에서 나무 대문이 열리는 소리가 들렸고, 뒤돌아본 후배는 그쪽으로 걸어가며 말했다.

"어머, 언니 왔어요?"

특별한 손님이 온 것 같아 나머지 사진은 대충 보고 자리를 뜨려고 했을 때 후배가 다시 내게 다가와 속삭이듯 말했다.

"아까 그 언니예요, 선배가 묻던 액자 속의……."

그리고는 내 손을 이끌고 그녀 곁으로 갔다.

"선배, 인사해요. 도영 언니에요. 내 사진의 48번째 모델. 그리고 이쪽은 남의 눈만 보고 사시는 의사 선생님이에요. 안과 의사."

후배는 나를 향해 웃어 보였다.

"김선규 라고 합니다."

"안녕하세요."

그녀는 인사를 하며 하얀 이가 보일 듯 말듯 옅은 미소를 지었다.

"두 분이 사진 보고 계세요. 저는 차 좀 내올게요."

후배가 자리를 비우자 그녀는 내게 가볍게 눈인사를 하고 첫 번째 사진이 시작되는 방향으로 갔다. 그녀를 처음 본 이후로 시인 친구에게 까닭 없이 안부 전화를 해댔고, 친구와 만나면 행여나 녀석에게서 그녀에 관한 말이라도 나올까 은근히 기대하는 마음으로 이야기를 나누곤 했다. 나는 사진이 걸려있는 벽면에 건성으로 시선만 줄 뿐 #48 다음 사진부터는 집중이 되질 않았다. 내가 그 자리에 그대로 서 있는 동안 사진을 차례로 훑어보던 그녀가 어느덧 내 옆으로 다가왔다.

"이 사진 아무래도 내리라고 할까 봐요. 정말 웃기지 않아요? 빨간 입술이라니."

"사진에는 까맣잖습니까?"

나는 사진 액자 유리에 비친 그녀의 실루엣을 보며 말했다. 현실의 그녀는 사진 속의 그녀와 같은 듯 다르게 비스듬히 겹쳐 있었다.

"그러니까요. 색으로 따지면 분명 까만색인데, 흑백 사진에서도 빨간 입술은 빨간색으로 보인다는 게 신기하지 않아요?"

"그럼 정말 까만색 립스틱을 바르고 찍으면 어떨까요?"

"그래도 사람들은 빨간색이라고 생각할 거예요. 생각의 습관이죠."

그녀는 오래전부터 알고 지냈던 사람처럼 자연스레 말을 걸어왔다.

"이리들 오셔서 차랑 호두파이 드세요."

나무 테이블이 있는 곳에서 후배는 그녀와 나를 부르며 손짓했다.

"두 분 다 내가 정말 좋아하는 분들인데 어쩜 이렇게 한자리에서 만나죠?"

후배가 들뜬 목소리로 말했고, 나는 어색하게 차를 마시다 말을 꺼냈다.

"저, 최도영씨 한 번 뵌 적 있어요."

"정말요?"

그녀는 놀라면서도 반가워하는 기색이었다. 나는 그녀를 삼 개월 전 친구의 북 콘서트에서 보았다고 말했다. 그녀는 자기가 모델이 되었던 후배의 또 다른 사진이 시인 친구의 산문집에 실리게 되어 그걸 계기로 북 콘서트에서 낭송을 하게 되었다고 했다. 그녀는 얼마 전부터 후배에게 사진을 배우고 있는데, 사진 찍는 실력이 없다 보니 찍기보다는 오히려 이렇게 찍히고 있다고 했다. 우리 셋은 그 일이 뭐 대단한 것 인양 화제 삼아 이야기를 이어나갔다.

"왼쪽 눈동자의 윗부분이 따끔거려요."

그 후 일주일쯤 지나서 그녀는 우리 병원을 찾아와 내 지시대로 세극등 현미경에 턱을 올려놓으며 말했다. 그녀는 그날 내가 준 명함을 보고 찾아왔노라고 했다. 후배의 사진전에서 헤어지기 직전까지 내내 손으로 만지작거리던 내 명함을 내밀었었다.

"의사 생활 오래 한 건 아니지만, 이렇게 눈동자의 윗부분과 아랫부분까지 구분해 구체적으로 아픈 부위를 말하는 분은 처음 뵙습니다."

현미경에 가까이 대고 있는 그녀의 눈동자가 나를 뚫어지게 응시하고 있었다. 30cm 정도의 거리를 두고 그녀의 달큰한 숨결이 그대로 느껴졌다.

"정말 눈동자 윗부분에 약간 염증이 있군요."

"어제 눈을 많이 비볐어요."

그녀의 그 말은 마치 '어제 많이 울었어요.' 라고 말하는 것처럼 들렸고, 그때 그녀의 눈은 금방이라도 눈물이 떨어질 듯 물기로 가득했다. 현미경을 사이에 두지 않고서는 그렇게 그녀의 눈을 똑바로 쳐다보진 못했을 것이다.

"전염성이 있는 것 같지는 않으니 약 넣으면서 좀 쉬시면 됩니다."

그날 진료가 모두 끝나고 나는 느긋하게 가운을 벗고 병원을 나섰다. 우리 안과가 있는 5층에서 엘리베이터를 타고 내려오면 1층에 커피 전문점이 바로 보인다. 그런데 한 시간 전에 진료를 끝낸 그녀가 누구를 기다리듯 그곳에 앉아 있는 것이었다. 카페 유리창 너머에 혼자 앉아 있는 그녀를 보자 그 순간 이 세상에서 나만이 그녀를 아는 듯한 생각에 빠졌다. 후배의 사진전에서 다시 만났을 때는 마치 기적이라도 일어난 것처럼 누군가 일부러 나에게 그녀를 보낸 것 같았다. 그토록 잡으려 했던 나비가 스스로 날아와 내 앞에 와 앉아 있는 것처럼 기쁘고 설레었다. 그땐 다가가면 날아가 버릴까 숨죽이고 바라보기만 했는데, 일주일 후 또다시 잡힐 듯이 그녀가 카페 유리창 너머에서 날개짓을 하고 있는 것이 아닌가. 무대에서, 책 속에서, 액자 속에서, 세극등 현미경을 통해서 늘 바라보기만 했던 그녀에게 이끌리듯 나는 커피점으로 들어갔다. 한참 휴대폰에 열중하고 있던 그녀는 나를 보고 깜짝 놀라더니 이내 마치 나를 기다린 것처럼 환하게 웃었다.

그녀는 우리 병원 근처인 대학로에서 일주일에 한 번씩 서양 철학 강좌를 듣는데 그날이 강좌가 있는 날이었고, 오는 길에 조금 일찍 와서 우리 병원에서 진료를 받았으며 강좌 시간까지 시간이 남아 카페에 있었다고 했다. 그런데 강사의 개인 사정으로 휴강이라는 메시지를 막 받았을 때 내가 카페 안으로 들어선 것이었다. 그날 나는 그녀와 어떤 이야기를 나누고 무엇을 했는지 뚜렷하게 기억이 나질 않는다. 단지 생각나는 건 그날 저녁에야 비로소 그녀의 눈을 정면으로 응시할 수 있었다는 것과 그녀가 내 운명의 한 부분이 되리라 확신했다는 것이다.

오후 4시경에야 도착한 Y 대학 병원 로비는 외래 환자들로 북적였다. 그녀가 많이 아프다는 말을 듣고 무작정 달려왔지만 입원실 1104호에 점점 가까이 다가가자 그녀의 남편이 나를 어떻게 알았으며 어떻게 대할지, 나는 또 그런 그녀의 남편에게 나를 어떻게 설명해야 할지 걱정되었다.

많은 생각 속에 1104호 병실문을 조심스레 열었다. 2인실이었지만 침대 하나는 비어 있었고 병실에 그녀 외에는 아무도 없었다. 창으로 들어오는 오후의 햇살은 두 침대 사이에 가려져 있는 아이보리색 커튼을 비추어 침대에 비스듬히 누워 있는 그녀의 실루엣을 드러냈다. 커튼에 비친 그녀의 실루엣은 창을 통해 간간이 불어오는 바람에 흔들려 커졌다 작아졌다를 반복했다. 자는지 인기척을 눈치 채지 못하는지 그녀는 정물처럼 조용한 모습이었다. 환자복을 단정하게 입고 눈을 감고 누워 있는 그녀는 팔에 링거만 꽂혀 있을 뿐 아픈 사람 같아 보이지 않았다.

입원실 문이 열리고 한 남자가 들어왔다.

"누구시죠?"

"오늘 낮에 최도영씨에게 전화했던 김선규입니다."

오는 동안 마음속으로 여러 번 연습한 말을 책을 읽듯이 그대로 내뱉었다.

"아, 네에……."

남자는 처음에는 그런 내 모습에 다소 실망스러워하는 것 같이 보였으나 잠시 후 안정된 얼굴로 말을 이어갔다.

"와 주셔서 감사합니다. 도영이는 제 집사람입니다. 아까는 제가 김선규씨 성함을 알고 있어서 놀라셨죠?"

"예, 조금……."

"전 그냥 휴대폰에 뜬 발신자 이름을 보고 알았습니다. 자주 통화를 한 걸 보면 친분이 있는 사이라고 여겼구요."

그녀 남편의 말을 들으며 나는 적잖이 혼란스러웠다. 자신의 아내와 꽤 친분이 있다고 여기는 남자를 저리도 자연스레 받아들일 수 있을까. 그러는 사이에 그녀가 잠에서 깨었다. 병원까지 오기는 했지만 그런 나를 보고 그녀가 얼마나 당황할까를 걱정한 것은 기우였다. 그녀는 자신의 남편에게만 살짝 미소를 지을 뿐 무표정하고 멍한 얼굴로 나를 쳐다보았다.

"누, 누구야?"

그녀는 평소의 모습과는 다르게 어눌한 말투로 남편에게 물었다.

"김선규씨야. 당신 친구 아니야? 잘 생각해봐."

그녀의 남편은 어린아이에게 말하듯 다정한 모습으로 천천히 또박또박 말했다.

"몰라, 몰라. 그런 말 자꾸 하지마."

그녀는 머리가 아픈 것처럼 양손으로 머리를 부여잡고 도리질 하듯 고개를 저었다. 그 모습은 이제 막 말을 배우는 어린아이와도 같았다. 그녀가 병원에 입원했다는 말을 들었을 때와는 또 다른 충격이 내 몸을 훑고 지나갔다. 그녀의 남편은 나를 같은 층에 있는 휴게실로 안내하며 천천히 말을 꺼냈다.

"당황스러우셨죠? 김선규씨가 도영이와 어떻게 아시는지는 잘 몰라도 그냥 도영이의 친구라고 해두죠."

열흘 전 그녀는 친구와 약속이 있다며 외출했다가 남편보다 조금 늦게 들어왔고, 저녁을 먹지 않았는지 배가 고프다며 늦은 시간에 밥을 차려 먹었다고 했다. 그는 그때 거실에서 TV를 보고 있었는데 주방이 너무나 조용해서 가보니 그녀가 밥을 먹다 말고 숟가락을 바닥에 떨어뜨린 채 식탁 위에 엎어져 있었고, 흔들어 보았는데도 깨어나질 않아 바로 업고 응급실로 뛰어갔다고 했다. 병원에서 이틀이 지나서야 깨어난 그녀는 처음에 남편도 알아보지 못했고 아무 말도 하지 않았다.

"병원에서는 원인을 파악할 수 없는 기억 상실과 언어 장애라고 합니다."

잊고 싶은 기억들이 있으면 마치 최면에 걸린 것처럼 그 기억이 사라지게 되는 인체의 자정 작용 같은 것으로 주로 언어 장애를 동반하고 퇴행성 행동도 나타나는 경우가 있다고 했다. 어이없게도 그녀는 거의 다섯 살 수준 이하로 퇴행하고 있었다. 하지만 잊고 싶은 기억을 사라지게 하듯 반대로 언제든 추억하고 싶은 좋은 기억들은 쉽게 되살아 날 수도 있다고 했다. 마음에 새기듯 깊이 남아있는 추억들은 언제라도 기억의 수면 위로 가장 먼저 떠오른다는 것이다.

"지금은 겨우 가족 정도만 알아봅니다. 말을 걸어 기본적 의사 표현은 연습시키고 있지만 어린아이같이 지루함을 견디지 못해서 하루에 20분 이상 플래시 카드를 보여주거나 옛날이야기 꺼내면 금방 투정을 부립니다. 그런데 참 이상한 것이 처음엔 저도 못 알아보고 짜증만 냈는데, 우리 딸을 보고는 아무 일도 없었다는 듯 바로 밝은 미소를 띠었어요. 그리고는 두 팔을 벌려 꼭 끌어안더군요. 지금도 아내는 아마 딸아이를 기다리고 있을 겁니다."

어쩌면 본능적 모성애야말로 기억의 창고 속에서 영원히 사라지지 않는 것인지도 모르겠다. 그녀의 남편은 캔 음료를 한 모금 마시고 계속 말을 이어갔다.

"딸아이를 보고 그렇게도 좋아하는 걸 보면 좋은 기억들은 쉽게 지울 수가 없는가 봐요. 제가 김선규씨를 굳이 이곳까지 오시게 한 것도 혹시 아내의 기억을 되찾는데 도움이 될까 해서였습니다."

그녀가 생각했던 나는 어떤 사람이었을까. 그녀를 만나면서도 나는 그녀를 잘 알지 못했다. 이름, 나이, 가족관계, 혈액형, 사는 곳, 옷 입는 스타일, 좋아하는 음식과 공연, 책까지 모두 알았어도 정작 나는 그녀를 알지 못했다. 나는 늘 그녀가 궁금했지만 그녀는 나에 대해 알고 싶어 하지 않았다. 그녀를 만나고 온 날이면 밤마다 내 안의 또 다른 고독과 마주해야 했다. 그녀가 내 머릿속에서 한순간도 떠난 적이 없기 때문이다. 병원을 나서다 로비에 그녀가 좋아하는 C 커피 전문점이 보였다. 나는 그 커피 전문점을 통해 바깥으로 나갔다.

내가 그녀보다 세 살이 적다는 사실을 알게 된 날, 그녀는 내 이마를 짚으며 충격 받은 거 아니냐고 농담처럼 말했다.

"이런, 잘난 총각 의사 양반이 가진 거라곤 미모밖에 없고, 게다가 나이까지 많은 유부녀나 만나고 있다니. 시간이 그렇게 많아요? 좋은 여자 좀 만나 봐요. 내가 다 용서할게."

그녀는 장난스럽게 말했다. 돌아보면 그녀의 그런 행동들이 우리 사이를 더욱 자연스럽게 이어주었는지 모른다. 그러나 그건 접촉의 친밀감이었을 뿐 영혼과 존재의 친밀감은 아니었다. 만나자는 말은 항상 내가 먼저 꺼냈지만 만나면 이야기를 주로 하는 사람은 그녀였다. 그녀는 우리 사이에 어떤 선이라도 그어 놓듯 만나면 소녀 같은 눈빛으로 자신이 평범한 아줌마임을 강조했다. 내가 그녀에게 가질 수 있는 감정들을 단속하는 것만 같았다. 그땐 그녀도 그녀가 이미 내 안에 들어왔다는 것을 알고 있었을 텐데……. 때로는 그녀가 말했다.

"선규씨, 우리 연인 아닌 거 알죠?"

내가 조금만 가까이 다가가려 하면 그녀는 나 사랑하는 사람이 있어요, 라고 말하며 슬며시 거리를 두었다. 나는 그녀를 만나면서도 그리움조차 허기진 시간을 견뎌야만 했다.

Y 병원에서 그녀를 보고 온 후 도무지 일이 손에 잡히지 않았다. 환자의 눈을 살피기 위해 세극등 현미경의 초점을 맞추어도 잘 맞추어지질 않았다.

이틀 후 나는 다시 Y 병원을 찾았다. 다시 본 그녀는 전보다 더 어눌해진 말투로 남편과 '물', '밥' 등 한마디 단어 정도로만 의사 소통을 했다. 나를 보고선 여전히 처음 본 사람인 양 고개를 돌렸다. 그녀의 남편은 무언가 할 말이 있는 듯 나를 바라보며 불안하게 눈동자를 움직였다. 나는 남편을 따라 병실을 나왔다.

"이제 아내에겐 김선규씨의 병문안은 필요 없는 것 같습니다. 오셔도 아내가 알아보지도 못하고."

휴게실 의자에 앉은 그는 여전히 나에 대해선 자신의 아내와 어떤 사이냐고 한마디도 묻지 않고 자신과 그녀의 이야기를 넋두리하듯 했다.

"아내가, 아니, 김선규씨 앞에서는 그냥 이름을 부르죠. 두 사람 사이에 혹 이런 얘기도 주고받았는지 모르겠지만, 도영이는 처음부터 날 사랑해서 결혼한 건 아니었습니다. 대학신문 기자였던 도영이가 내가 다니던 직장에 취재하러 온 적이 있어요. 그때 처음 알게 되었는데 도영인 아직 학생이고 나이가 어린데도 대화를 할 때 상대를 부드럽게 이끌면서도 자기 의견에 대해서는 분명하게 말했어요."

그 후로 그녀를 사랑하게 된 그는 끈질기게 구애했고, 그녀가 대학을 졸업하고 직장을 다니기 시작할 무렵 청혼하기에 이르렀다. 그때 그녀는 분명히 그를 사랑하지 않는다고 말했다고 했다.

"나는 상관없다고 했어요. 결혼해서 사랑하면 되지 않느냐고. 그러자 도영이는 언제라도 사랑이 나타나면 자신은 그 사랑을 따라가겠노라고 말했어요. 웃음이 나왔죠. 나는 그러라고 했어요. 그렇게라도 도영이와 함께 살고 싶었거든요. 결혼하면 그 사랑이 내가 될 것이라 생각했기 때문에 그렇게 대답했는지도 몰라요. 우리는 2년 만에 딸을 낳았어요. 도영이는 아이에게 온 정성을 쏟았고 아이를 바라보는 눈빛은 언제나 행복해 보였어요. 나는 모든 것이 다 지나간 줄 알았어요. 그러다 결혼한 지 10년쯤 된 어느 날 도영이가 이제 날 사랑한다고 말하더군요. 하지만 자기가 찾는 그런 종류의 사랑은 아니라고 했어요."

그는 아내가 말하는 '그런 종류의 사랑'이 어떤 것인지 늘 궁금해 하며 살았다고 했다.

그리고 그녀가 쓰러지기 얼마 전에 우연히 그녀의 휴대폰에서 한 남자와 찍은 사진을 보았다고 했다. 그리고 그녀가 갑자기 기억을 잃은 후 그녀의 휴대폰으로 걸려온 내 이름을 보고 휴대폰 사진 속의 남자가 아닐까 하는 마음에 나에게 병원에 와 주었으면 했다고 말했다. 연락을 받고 내가 처음 병원에 갔을 때 나를 보고 그가 뭔가 실망스러워하던 표정도 바로 그래서였던 것이다.

"휴대폰의 그 남자를 도영이가 애타게 보고 싶어 할지 모른다는 생각이 들었어요. 그러면서 기억이 되돌아 올 수도 있지 않을까 하는 마음이 들었습니다."

마개를 딴 캔 커피를 한 모금도 마시지 않은 채 그는 계속 말을 이어 갔다.

"그 사진 속의 도영이는 참 행복한 얼굴이었어요. 저는 한눈에 도영이 옆에 있는 그가 그녀의 사랑일거라는 생각이 들었어요. 김 선생, 이거 반칙 아닌가요? 어쩌면 이럴 수가 있죠? 도영이는 제 아내라구요. 내 아이의 엄마이기도 하구요. 하기야 처음부터 예견된 것이긴 했죠. 그렇지만 결혼 생활 내내 도영이는 충실한 아내이자 좋은 엄마였어요. 그런 도영이를 보면서 나는 감춰 둔 날개옷이라도 찾아 입고 그녀가 훌쩍 떠나버리지나 않을까 불안해하면서 몇 번씩이나 감춰 둔 날개옷을 확인하듯 그녀를 더 사랑했어요."

그는 의자에 앉아 자신의 두 무릎에 닿을 것처럼 머리를 떨구었다. 나는 그의 모습을 보며 그녀를 만날 때 가끔씩 느꼈던 가슴의 통증 같은 공허함을 어느 정도 이해했다.

"선규씨, 왜 그래요? 무슨 일 있어요?"

올해 4월, 어느 카페 테라스에서 그녀와 커피를 마시고 있을 때였다. 그날따라 서로 말이 없었고, 긴 침묵을 견디지 못한 그녀가 먼저 말을 꺼냈다.

테라스 옆에 레이스처럼 드리워진 벚꽃 가지는 바람이 불 때마다 그녀 주변에 팝콘 같은 꽃잎들을 흩뿌렸다. 꽃잎들은 까만 밤 풍경과 대비되어 새하얀 눈처럼 보이기도 했다.

"난 당신과 어디론가 멀리 도망가서 단 3개월이라도 함께 살아보고 싶어."

나는 목소리가 떨리지나 않을까 몇 번씩 속으로 되뇌던 말을 간신히 입 밖으로 내뱉었다.

"지금 나랑 자고 싶다고 말하는 거예요? 그것도 도망가서?"

어이없다는 듯 웃으며 말하는 그녀는 내 말을 진지하게 받아들이는 것 같지 않았다. 아니 오히려 회피하는 것처럼 들렸다. 좀 전에 마신 맥주 탓도 있었지만, 그녀의 반응에 나는 얼굴이 붉어졌다. 그녀를 알고부터 한순간도 그렇게 생각하지 않은 적이 없었다. 그녀는 그 말을 장난처럼 가볍게 밀어냈다. 그녀가 그럴 때마다 나는 오히려 더 그녀를 안고 싶었다.그리고 얼마가 지난 초여름, 오후의 햇빛이 빛을 잃을 때쯤 그녀가 말했다.

"선규씨, 그럼 우리 쥐도 새도 모르게 딱 한 번만 같이 자요. 그럼 되죠?"

나는 여자라곤 한 번도 데려오지 않은 내 집으로 그녀를 데려갔다. 그날은 마침 가사도우미가 다녀가는 날이라 정돈이 되어 있을 거라 안심이 되었다. 그것보다도 많은 사람들이 드나드는 호텔 같은 곳에 그녀를 데려가고 싶지 않았다.

"선규씨, 나 선규씨 사랑하지 않아요. 사랑하는 사람 있어요. 그래도 괜찮겠어요?"

언젠가 들었던 말이었다.

"이제부터 나를 사랑하세요."

나는 그녀를 힘껏 끌어안았다. 그녀에게 보여준 것은 내 마음만이 아니었다. 내 외로움까지도, 나의 열병까지도 그녀에게 모두 쏟아냈다. 그날이 그녀와 마지막으로 만난 날이었다.

그 후 나는 그녀가 두고 간 미끈하고 향긋한 체취에 잠을 설치곤 했다.

내가 다시 병원을 찾았을 때 그녀의 병실에서 남편과 낯선 남자가 이야기를 나누고 있었다. 그는 내가 전에 본 적이 있는 남자였다. 그녀가 대학로에서 철학 강좌를 들으러 다닐 때, 그녀를 깜짝 놀라게 해줄 생각으로 강좌가 끝날 무렵 그 근처에서 몰래 기다린 적이 있었다. 강좌가 거의 끝났다 싶은 시간이었다. 초조하게 '문학 회관' 출입문을 바라보고 있었는데 몇 사람이 우루루 나온 다음 그녀가 한 남자의 팔짱을 끼고 계단을 내려오는 게 보였다. 가슴이 두근거리고 얼굴이 확 달아올랐다. 나는 그녀의 눈에 띄지 않으려고 반대편 골목 쪽으로 몸을 돌렸다. 잠깐 보았지만 그날 그녀 옆에 있던 그 남자의 얼굴은 뚜렷이 기억에 남았다. 그녀보다 훨씬 나이가 많아 보이는 그는 날이 선 콧날에 다소 마른 얼굴이었고 희끗희끗한 머리는 젊은 사람처럼 숱이 많았다. 말쑥한 양복 차림의 그 중년 남자는 한쪽 팔에 벗은 자켓을 걸치고 있었다.

다시 본 그는 매우 지적으로 보이는 사람이었다. 입가의 주름은 공손하고 예의 바른 말씨를 할 때마다 부드럽게 움직였다. 그녀는 어린아이 같이 해맑은 미소를 띠고 있다. 아직도 나를 알아보지 못하는 그녀가 그를 바라보고 그런 미소를 띠고 있었다. 순간 그녀를 붙들고 정말 나를 모르냐고 묻고 싶은 충동이 일었다. 그녀가 안다고 할 때까지 몇 번이고 외쳐 묻고 싶었다. 그를 병실에 남겨 두고 그녀의 남편은 병실 밖 복도로 나를 이끌었다.

"오늘 오전에 도영이 휴대폰으로 조인국 이라는 사람에게서 문자가 왔어요. 바로 저 사람이에요. 한동안 왜 연락이 없었는지, 메일은 왜 안 보는지에 대해 묻는 문자였어요. 단번에 사진 속의 그 사람임을 알았죠. 나는 도영이의 입원 사실을 문자로 알려 줬어요."

그러자 바로 조인국이 병원으로 찾아왔고, 그녀의 남편은 그녀의 상태에 대해 얘기 했을 뿐 나에게 그랬듯이 조인국에게 아무것도 묻지 않았다고 했다. 둘을 병실에 두고 나온 그의 어깨는 처져 있었다.

"잊고 싶지 않은 추억 속의 사람이라면 애써 기억해 내려고 하겠죠. 저 사람이 도영이의 기억을 되찾는데 도움이 되었으면 해요."

조금씩 작아지는 그의 목소리와 힘없이 그러쥔 두 주먹은 떨렸다. 마치 아내에게 타인이 되어버린 듯 그는 복도를 서성였다. 창 너머 병실안 두 사람의 모습은 너무나 자연스러웠다. 그녀는 아픈 사람 같지 않게 평온한 얼굴을 하고 있었다. 몇 분이나 지났을까. 조인국이 병실 밖으로 나왔고 괜찮으면 내일 또 오겠노라고 말했다.

그녀의 남편은 다시 병실 안으로 들어가고 나는 복도에 서 있었다. 한참 후 다시 병실 밖으로 나온 그의 눈은 물기로 반짝였다. 돌아가는 나를 배웅하러 엘리베이터 앞까지 나온 그가 말했다.

"잠시 전 도영이가 내게 말하더군요. 자기를 지켜줘서 고맙다고……."

밖으로 나오자 소나기가 한차례 퍼붓고 지나간 땅에선 흙냄새가 올라왔다. 한낮에 내린 비가 타올랐던 내 마음을 식혀주는 듯 했다. 휴대폰이 울렸다. 후배였다.

"선배, 지금 어디에요? 어디가 어떻게 아픈지 모르지만 도영 언니가 많이 아프대요. 나 지금 도영 언니 병문안 가려고 하는데 같이 안 갈래요?"

"으응, 난 바빠서 못가겠어. 참, 그리고 지난번 인물 사진전에 전시했던 최도영씨 사진 나도 한 장 뽑아 줄래?"

"선배가 왜요?"

"웃는 눈이 보기 좋아서 그래. 우리 병원에 걸어 두려고. 그런데 인물 사진은 누구에게 허락받고 걸어 두어야 하는 거니? 작가야? 모델이야?"

후배는 그런 건 자기가 알아서할 테니 걱정 말라며 자기야 그 사진이 걸린 곳이 어디든 자기가 찍은 사진을 봐주는 사람이 많으면 많을수록 좋다고 했다. 그때 전시회에서 보았던 사진 속의 눈동자는 나를 바라보고 있었다. 어쩌면 나는 다시는 그녀의 그런 눈동자를 볼 수 없을 지도 모른다.

블루 하트

열 명 남짓 모인 공간은 북적이지도 고즈넉하지도 않았다. 딱 모인 사람 수만큼의 언어들이 순차적으로 공간을 채웠다가 흩어졌다. 언어들은 때로 작은 울림 따위를 남겼는데 그건 전혀 예상치 못한 부분에서 비롯된 것이기도 했다. 작가들이 큰 목소리로 말한 것이 아님에도 마이크가 필요 없을 정도로 그곳에 모인 사람들은 작가의 말에 귀 기울였다. 백 퍼센트 논리적이라고 할 수는 없지만 작가들은 그들이 전달하고자 하고자 하는 내용을 말하거나 독자들의 질문에 대한 답을 말할 때, 모범 답안을 알려주는 것처럼 성의 있게 행동했다.

의자의 간격을 좁혀 조금 더 밀착해서 붙여 앉으면 열여덟 명도 앉을 수 있는 직사각형의 테이블에는 열두세 명 정도의 독자가 둘러앉아 있었고 테이블 끄트머리에 작가 두 명이 스탠드 의자에 앉거나 서 있었다. 북 카페 한편에 있는 주방 가까운 곳에는 주인으로 보이는 남자가 바 테이블에 팔꿈치를 대고 홀 쪽을 바라보고 있었다. 서빙을 도와주는 또 다른 한 명의 직원이 있었는데 여자였다. 서로 많이 닮아 오누이 같은 그들 둘은 보통 체격 이상은 되어 보였고, 에어컨을 틀고도 땀을 흘리는 것 같았다. 나는 처음 보는 브랜드의 500ml짜리 국산 캔맥주를 잔에 따라 부어 마셨다. 점심을 제대로 안 먹은 상태여서 그런지 두어 모금 마셨을 뿐인데 취기가 올라오기 시작했다. 캔 바깥에 6%라고 씌여진 알콜 도수가 맘에 들어 주인이 권하는 대로 선뜻 주문했는데 나쁘지 않았다. 핸드백 속에서 휴지를 꺼내 캔 바깥에 송글송글 맺힌 물방울들을 닦아냈다. 옆에 앉은 인영의 맥주캔이 놓여 있는 테이블 위는 이미 흥건했다. 마치 맥주캔이 땀을 뻘뻘 흘리면서도 어쩌지 못하고 발이 젖은 채 그 자리에 서 있는 것 같았다. 캔 바깥에 그려져 있는 웃는 얼굴 캐릭터는 눈물로 범벅된 것 같아 웃다가 울고 있는 것으로 보였다. 작가 쪽으로 고개를 돌려 못을 박은 듯 시선을 고정한 인영은 작가의 말에 빠져 있었다. 나는 사물처럼 무감하게 인영의 무릎 위에 얹혀 있는 그녀의 왼쪽 손에 휴지를 쥐어 주었다. 얼떨결에 휴지를 건네받은 인영은 맥주 주문한 것을 잊고 있었다는 듯 황급히 캔을 따서 잔에 따르고 휴지로 캔 주변의 물기를 닦았다.

"음, 괜찮네."

한 모금 들이킨 인영이 내 귀에 대고 작은 소리로 속삭였다.

맥주를 주문한 사람은 나와 인영 둘뿐이었다. 다른 독자들은 약속이나 한 듯 오미자 주스나 자몽 주스 같은 음료가 담긴 컵에 빨대를 꽂고 있었다. 그들의 컵 바깥쪽에도 투명한 물방울들이 흘러내렸다. 여름날의 음료는 너나 할 것 없이 빠르게 자신의 온도를 잃어갔다.

인영으로부터 메시지가 온 것은 그날 오후 3시경이었다. 7시에 북 콘서트가 있으니 함께 가자는 내용이었다. 아주 가끔 톡으로 메시지를 주고받긴 했지만 실제로 얼굴을 보고 만나는 건 4년 만이었다. 인영에게 어떤 북 콘서트냐고 묻기는 했지만 그건 형식적인 것이었고, 어떤 내용이든 나는 인영을 만나기 위해 북 콘서트에 갈 생각이었다.

인영이 몇 시에 퇴근하냐는 말을 묻기 전까지 나는 그날이 무슨 요일인지도 깨닫지 못하고 있었다. 지루한 연애도, 직장도 그만 둔 후 나에게 일주일은 요일에 상관없이 똑같은 일상으로 흘러갔다. TV를 보거나 휴대전화를 보지 않는 한 요일이나 날짜 같은 건 지나치기 쉬웠으며 평소에는 굳이 그런 것을 알 필요가 없는 경우도 많았다.

내가 인영에게 회사를 그만두었다는 사실을 알리자 인영은 빵빠레를 울리는 이모티콘을 보내며 7시보다 조금 더 일찍 만나자고 했다.

“목적지가 이 근처라고 나오네요.”

내가 일러준 대로 카페 이름을 한 음절씩 되뇌며 또박또박 네비게이션에 찍은 후로 택시기사의 입에서 처음으로 흘러나온 말이었다. 차창 밖을 언뜻 둘러보아도 인영이 말한 북 콘서트를 할 말한 카페는 보이지 않았다. 주택가의 골목이긴 해도 분위기 좋은 카페와 음식점이 더러 보이는 조용한 동네였다. 지독한 더위가 내리누르는 적막함 일지도 몰랐다. 카페는 정확히 어디 있는지 보이지 않았고, 택시 밖을 나가는 순간 달려드는 열기를 감당하고 싶지 않았지만 브레이크에 힘이 들어가는 택시를 느끼자 내리지 않을 수 없었다. 다행히도 기사의 말대로 근처에 카페가 있었다. 코앞에 두고도 몰랐다는 말이 옳았다. 누가 봐도 훤히 보이는 곳에 있고 책들이 디스플레이 되어 있는 창의 크기만 봐도 작지 않은 카페라는 것을 단번에 알 수 있었다. 카페 이름은 하얀색 간판 귀퉁이에 수줍은 듯 아주 작게 명조체로 쓰여 있었다. 처음에 카페가 눈에 잘 띄지 않은 이유가 그 때문이라 짐작할 수 있었다. 카페라기보다는 서점 같아 보였다.

-10분 늦어.

인영의 메시지였다. 약속 시간보다 5분 일찍 카페에 도착한 나는 먼저 들어가 있기로 했다. 카페 문손잡이를 당겼을 때 왜 그때까지 카페 안에 사람이 한 명도 보이지 않았는지를 알 수 있었다. 카페는 굳게 닫혀 있었다. 술집도 아닌데 오후 5시 30분이 넘도록 문을 열지 않는다는 게 이상했지만 나는 그 앞에서 인영을 기다리는 수밖에 없었다. 휴대용 미니 선풍기로 더위를 달래며 주변에 들어갈 만한 곳을 찾느라 두리번거리고 있을 때 인영이 도착했다. 반갑다는 인사도 하기 전에 둘은 아직도 오픈하지 않은 카페에 대해 의아해 하며 문을 열 때까지 인근 다른 카페에서 기다리기로 했다.

찾아들어 간 카페는 테이블이 두 개 있는 작은 카페였고 손님은 나와 인영뿐이었다.

인영이 사겠다고 하는 바람에 나는 인영을 만나면 뭔가 간단하게라도 요기를 해야겠다고 생각한 것을 잊고 얼떨결에 아메리카노를 마시겠다고 했지만 테이블에 앉아 에스프레소에 가깝도록 진한 아메리카노에 입을 대는 순간 아차 싶었다. 아찔할 정도의 진한 향과 맛은 서서히 식도를 훑어 내리며 텅 빈 뱃속에 도달해 요동쳤다. 맞은편에 앉은 인영이 마시는 캐모마일차에 자꾸만 눈이 갔다.

6년 전 문학 아카데미에서 알게 된 인영은 일 년 반 정도 나와 함께 공부했었다. 구체적인 언급은 없었지만 어느 날 인영은 자신의 업을 찾아가듯 아카데미를 그만두었다. 물론 그 업이라는 것도 문학과 전혀 무관한 것은 아니었다. 다만, 어느 정도 금전적인 보상이 주어지는 일이라고 했다. 웃을 때 눈가에 약간의 주름이 더 해졌을 뿐 인영은 4년 전과 크게 다르지 않았다. 얇은 금테 안경을 쓴 화장기 없는 맨얼굴, 검정 고무줄로 자연스럽게 묶은 길지 않은 머리, 그리고 흰 면티와 롱스커트. 그녀의 문학 작품에서 나오는 주인공처럼 그녀의 분위기는 여전히 학생운동과 무관하지 않아 보였다.

나는 몇 번 더 머그잔에 입을 가져다 대는 척했지만 마시지는 않았다. 인영은 티폿에 우러나오고 있는 캐모마일 차를 천천히 잔에 따라 마시고 있었다.

어제 있었던 일인 양 우리는 아카데미 시절의 이야기를 꺼내 주고받았다. 좋았던 기억이나 좋지 않았던 기억들이 덤덤하고 흐릿하게 희석되어 흘러나왔다. 우리를 둘러쌌던 무수하고도 사소한 일들이 더 작고 잘게 부서져 옅은 웃음과 함께 바람결에 날리는 듯했다.

한 번도 상대의 말을 가로채어 말한 적 없이 끝까지 경청하곤 했던 인영이 나의 말이 끝나기가 무섭게 휴대폰을 보며 말했다.

"7시 다 되었어. 일어나자."

나는 다 식은 커피를 그대로 두고 인영과 북카페로 향했다.

해가 기울어 가는 골목 안 풍경은 좀 전과는 사뭇 달랐다. 카페나 식당에선 저마다의 조명빛이 창을 통해 새어 나왔다. 북카페도 예외는 아니었다. 노을을 닮은 불빛은 진열된 책들에 존재감을 더했다. 하지만 카페문은 여전히 닫혀 있었다. 양손을 세워 눈 옆을 가리고 안쪽을 살펴봐도 조명만 켜져 있고 도무지 영업을 하는 것 같지가 않았다.

"아니, 뭐야. 7시에 북 콘서트를 하는데 6시 55분이 되어서도 카페 문을 열지 않는다는 게 말이 돼?"

인영이 황당하다는 듯이 말했다.

"그러게, 카페 주인이 미리 와서 준비를 해도 시원찮을 판에 어떻게 독자보다 더 늦게 오니? 근데 여긴 특이하게 예정 시간보다 더 일찍 온 독자는 우리 말고는 한 명도 없네."

우리는 혹여 장소가 변경되거나 콘서트가 취소된 것이 아닌가 해서 몇 번씩 해당 블로그를 검색했다. 변동 사항은 없었고, 속수무책으로 기다려야 하는 게 아닌가 싶어 문밖에서 안쪽을 살펴보고 있다가 책이 디스플레이 되어 있는 창 가장자리에서 작은 명함 하나를 발견했다. 카페 이름과 휴대전화번호가 적혀 있는 명함이었다.

인영은 그 번호로 전화해 북 콘서트 개최 여부를 물었다. 잠시 후 인영은 전화기를 든 채로 카페 도어락의 비밀번호를 하나씩 눌렀다. 차르륵 하는 소리와 함께 카페 문이 열렸고 인영은 전화를 끊었다.

"주인이 비밀번호 알려주면서 먼저 들어가 있으라고 하네."

예상치 못한 일이었으나 우리는 카페로 들어갔고 나는 생각보다 넓은 실내에 조금은 놀랐다. 자세히 보니 내부는 곳곳에 책들과 함께 드림캐처와 같은 소품들로 장식되어 있었다. 잠시 후 밖에서 기웃거리던 한 쌍의 남녀가 들어왔다. 책을 구입하러 온 사람 같진 않았고, 우리처럼 북 콘서트에 참가하러 온 사람들 같았다. 나는 주인도 없는 카페의 에어컨을 켰다. 이어서 기다렸다는 듯이 한 무리의 사람들이 들어왔고 그 뒤를 이어 카페 주인과 두 명의 작가가 들어왔다. 원래는 세 명의 작가가 오기로 되어있었으나 개인 사정으로 한 명은 오지 못하게 되었다고 했다. 무언가 제대로 준비되지 않은 듯한 북 콘서트라는 생각에 바느질이 제대로 안된 옷을 입은 것처럼 편치 않은 감정이 일었다. 이런 상황에 대해 조금도 불만을 가지지 않는 것처럼 무표정하게 앉아 있는 인영에 대해서도.

인영이 톡으로 SNS에 홍보되어 있는 포스터를 보내주면서 북 콘서트에 가자고 해서 왔지만 구체적으로 작가와 책에 대한 정보가 없었던 나는 한 번 더 인영에게 북 콘서트에 대해 물었고, 인영은 인터넷에서 구입했다며 나에게 책을 내밀었다. 나는 아무리 인영을 만나기 위한 목적으로 이곳에 왔다 하더라도 아무런 정보나 책도 없이 뭐하러 여기 왔나 하는 생각이 갑자기 들었다. 급히 카페 안에 구비되어 있는 북 콘서트 관련 책 한 권을 사서 들추어보았다. 네 명의 작가가 쓴 소설들을 묶은 책인데 남쪽의 어떤 지역을 소재로 쓴 글들이었으며 언뜻 보아도 슬픔이라는 주제가 무겁게 깔려 있는 것 같았다. 제목들과 말머리와 작가의 이름들을 대충 훑어보고 있는데 한 독자가 자리에서 일어나 그날 그곳에서 펼쳐나갈 시간들에 대해 간단히 안내하고 작가들을 소개했다. 작가 네 명의 글이 실린 책이지만 북 콘서트에 참가한 작가는 두 명뿐인 것을 보면 나머지 둘은 시간이 없었는지 아님 애초에 북 콘서트를 하고 싶지 않았는지는 모르겠으나 자연스레 참가한 작가 둘의 글에 더 눈이 갔다.

길다란 직사각형의 테이블에 둘러앉은 독자들은 시계 반대 방향으로 돌아가며 간단한 서평과 참석 계기를 말했다. 이윽고 테이블 끄트머리 모서리에 앉아 있던 내 차례가 되었다. 나는 '오늘 이 자리에서 책을 산 사람'이라고 솔직히 말한 후 '친한 친구의 소개로 좋은 자리에 오게 되어 기쁘다'는 내가 생각해도 상투적인 말을 했다. 그때 누군가 박수를 치려다 만 것처럼 손바닥 마주치는 소리가 짧게 들렸다.

이후 마치 워밍업이 끝난 듯 작가와 책에 대한 독자들의 질문이 쏟아졌고, 독자들 사이에서 주고받는 말투에서 인영과 나를 제외한 그들은 이미 잘 아는 사이라는 것을 느낄 수 있었다. 그들은 서로의 이름도 알고 있는 듯했으므로.

내 옆에 앉은 남자는 방금 회사에서 퇴근한 듯 뒤늦게 허겁지겁 들어왔는데 어느 누가 무슨 말을 해도 하하 웃곤 했다. 나는 처음엔 그게 과연 웃을 만한 말이었나 되짚어보기도 했다. 하지만 그는 거의 습관적으로 남의 말끝에 대체로 재미있다는 듯한 반응을 보이는 것 같았다.

나와 대각선으로 앉아 있던 짙은 화장을 한 여자는 책의 내용에 대해서 이야기하고 작가에게 질문하다가 울먹였다. 고개를 약간 숙이고 책 표지를 이리저리 둘러보고 있던 나는 싸해진 분위기에 고개를 들었다. 처음엔 책의 내용으로 인해 감정에 북받쳐서 그러는 줄 알았다. 하지만 눈물을 훌쩍이던 그녀는 자신은 이제 곧 아기를 낳으러 출산 휴가에 들어가야 하는데 그로 인한 직장 생활의 갭이 두렵고, 제왕 절개로 아기를 낳아야 해서 수술대 올라가는 것도 두렵다고 했다. 갑자기 그 모든 것이 떠올라 감정이 북받쳤노라고 말했다. 그녀 옆에 앉은 여자는 그녀의 등을 쓸어내리며 위로를 하는 것 같았는데 나는 그 공간과 순간에 저런 감정과 행동들이 과연 어울리는 것인가 생각했다. 앉아 있어서 잘 몰랐는데 자세히 보니 그녀는 만삭이었다. 만삭의 몸으로 이곳에 온 것은 열정인지 태교 때문인지 모르겠다고 생각했다. 옆에 앉아 있던 남자의 습관적 웃음도 잠시 멈칫했다. 내 앞에는 맥주를 마시면 딸려 나오는 간단한 견과류 등 기본 안주 같은 것이 조그만 접시에 놓여 있었는데 남자는 웃음 대신 손을 길게 뻗어 그 안주를 집어 먹었다. 나와 인영의 앞에만 있는 것을 보면 그건 누가 봐도 맥주 안주이며 다른 음료를 마시는 사람들은 넘보면 안 된다는 것을 모르는 모양이었다. 더구나 일면식도 없는 사람의 것을. 나는 다시 한 번만 더 집어 먹으면 한마디 하리라고 생각했지만 그 뒤로도 서너 번 계속 안주에 손을 뻗치는 그에게 차마 말이 나오질 않았고, 땀이 배어든 그의 손가락이 닿은 안주 따위는 그냥 깨끗이 포기하리라 마음먹고 보란 듯이 잔에 맥주를 콸콸 따라 부었다.

또 다른 젊은 남자가 질문하기 위해 손을 들었다. 그와 거의 동시에 다른 여자 한 명도 손을 들었는데, 여자는 그 남자가 손을 든 것을 보고도 개의치 않고 마치 자기가 먼저 손을 든 것처럼 머뭇거리지 않고 먼저 말을 꺼냈다. 질문은 두 명의 작가 중 남자 작가에게 했는데 언제 글이 잘 써지는지, 일일이 취재를 하고 경험을 하는지에 대해서 물었다. 작가는 항상 그런 것은 아니라고 했다. 막힘없이 술술 글이 잘 써지는 부분은 자신조차도 기시감이 드는 경우가 있는데 그런 부분은 어디선가 익숙하게 본 글이어서 잘 써지는 것이 아닐까 의심스러워 표시를 해두었다가 주변인이나 다른 작가에게 그 부분에 대해 묻곤 한다고 했다. 나는 그의 말에 마시던 맥주잔을 내려놓고 그가 얼마나 치밀한 사람인가 하고 생각했다. 그러고 보니 그의 얼굴이야말로 기시감이 있어 보였다.

두 시간 여에 걸친 북 콘서트가 끝날 무렵 사람들은 저자 사인을 받기 위해 줄을 섰다. 열 명이 좀 넘는 인원이라 금방 끝날 것 같긴 했지만 나는 조금 더 서둘러 줄을 섰고 금방 내 차례가 되었다. 작가 테이블에 놓인 메모지에 이름을 순서대로 적어 두었지만 작가는 한 번 더 이름을 물은 후 책의 첫 장에 정성스럽게 나의 이름을 적고 자신의 사인을 했다. 책을 건네주면서 작가는 나를 한 번 더 쳐다보며 미소 지었는데, 그때 그가 참 친절한 사람이라고 느꼈다. 여자 작가에게도 사인을 받은 후 나는 잠시 소파에 앉아 인영을 기다렸다. 모든 사인회가 끝났고, 인영은 여자 작가와 포옹했다. 나중에 안 사실이지만 인영과 여자 작가는 대학 동창이며 학창 시절에 함께 문학 동아리를 했던 사이라는 것을 알게 되었다. 처음부터 그녀가 이곳에서 북 콘서트를 한다는 소식을 듣고 겸사겸사 해서 나도 만날 겸 약속 장소를 여기로 정한 모양이었다. 그럼에도 불구하고 어쩐지 나는 인영의 걸음에 곁다리로 왔다는 느낌을 지울 수가 없었다. 인영은 그녀에게 나를 간단히 소개했다. 그녀는 와 주어서 감사하다는 의례적인 인사를 했고, 어느덧 카페 주인은 조명과 에어컨을 끄기 시작했다. 한 걸음 떨어져 있어서 인영과 그녀와의 대화의 내용이 잘 들리지 않았지만 나중에 다시 만나는 걸로 하고 오늘은 늦었으니 그만 헤어지자는 말을 하는 것 같았다. 나와 인영은 바깥에 세워진 인영의 차로 향했고, 작가 둘과 카페 주인은 그들만의 뒤풀이를 위해 카페 문을 걸어 잠그고 같은 방향으로 걸어갔다. 나는 집까지 데려다 주겠다는 인영을 만류하고 대중교통을 이용할 수 있는 아무 정류장에 세워 달라고 했다. 인영은 첫 번째로 보이는 지하철역에 나를 내려주고 곧바로 떠났다.

이틀 후, SNS에 친구 신청이 들어왔다는 휴대폰 알림이 울렸다. 종종 아무에게나 친구 신청이 들어오곤 했기 때문에 나는 누구인지 확인도 안 하고 대수롭지 않게 지나쳤다. 그러다 SNS 메신저가 도착했다는 알림이 울렸고 무심결에 휴대폰을 열어보았다.

- 안녕하세요. 지난번에 북 콘서트에서 뵈었던 정해일입니다. 혹시 저 기억 못하시나요? 15여 년 전쯤 뵌 적이 있는데….

북 콘서트에서 처음 만난 정해일 작가가 친구 신청을 했다는 것보다도 나를 15년 전에 만난 적이 있다는 그 말에 더 놀랐다. 나는 머뭇거리다 잘 기억이 나질 않는다고 대답했고, 그는 '김도균'이라는 이름을 언급했다.

- 도균이에요. 김도균. '정해일'은 필명이고요. 처음 뵌 건

아마 스무 살 무렵일 거예요.

스무 살 무렵, 그때 나는 무얼 했었지. 막 대학을 들어가고 정신없이 분주했던 날들을 보내고 있었을 테지. 그런데 김도균이라…. 흔한 듯 입에 착 감기는 이름이었지만 그렇다고 내 주변에 그런 이름을 가진 사람이 있었나 할 정도로 바로 떠오르는 이름은 아니었다. 내가 미처 생각을 정리하기도 전에 그는 해령이라는 이름을 언급했다. 그래 해령이의 남자 친구였지. 해령은 나와 같은 과 친구였다. 마음을 터놓고 지내는 완전 절친은 아니어도 비교적 친한 친구 중의 한 명이었다. 해령이 생일이나 졸업식 때 불러내 친구들에게 인사시키곤 했던 남자 친구가 도균이었다는 것이 어렴풋이 떠올랐다. 그때 그는 분명 의대를 다닌다고 들었고 지금쯤 분명 의사가 되어 있어야 하는데 현재 작가라는 것이 잘 이해되질 않았으며 그래서 내가 더욱 그를 낯설어 했을지 모른다고 생각했다. 메신저로 반갑다는 내색을 하려다 이제는 해령이 더 이상 이 세상 사람이 아니라는 것이 생각나 형식적인 안부로 알은체만 했다. 도균은 대뜸 주말에 서촌에서 〈서울문학기행〉이 있다고 했다. 그리곤 오라 마라는 말도 없이 일정과 함께 모이는 시간과 장소를 메신저로 보냈다. 그가 말한 문학 기행보다는 그가 왜 작가가 되었는지가 더 궁금했다. 아니, 어쩌면 의사 작가일지도 모른다는 생각이 들었다.

지난 북 콘서트에서 그는 여느 작가들이 그렇듯 신인 작가의 등단 등용문 같은 작품 공모에 당선되어 등단한 작가는 아니라고 말했다. 그저 쓰고 싶은 글을 써서 스스로 발표한 작가였다. 처음엔 마음을 치유하는 에세이를 발표했지만 지금은 소설을 쓰고 있다고 했다. 그가 의대생이었다는 것을 감안한다면 어떤 식으로든 사람을 치유한다는 것은 그와 어울리는 방향인 것 같았다. 아픔을 나누고 싶어 하거나 공감하고 싶어 하는 독자들은 그의 글을 좋아했다. 나야 정보도 제대로 알지 못하고 간 북 콘서트에서 그의 책을 처음 보게 되었지만 말이다. 그는 자신을 떠돌이 작가라고 소개했다.

경복궁역 2번 출구에 도착했을 때, 도균은 북 콘서트 때보다 가벼운 차림으로 기다리고 있었다. 이미 도착한 몇몇 독자들은 그의 주변에서 호기심 어린 눈으로 그를 쳐다보거나 그에게 무언가 질문을 하고 있었다. 선글라스를 끼고 며칠 새 수염이 덥수룩해진 도균에게서 예전 모습이 배어 나왔다. 나는 멀찌감치 서서 사람들이 더 모이길 기다리고 있었는데, 사람들에게 둘러싸인 도균이 나에게 손을 흔들었다. 도균 쪽으로 다가가자 나만 도착하면 다 모인 것이라는 듯 일행은 바로 출발했다. 주말임에도 집결지에 도착한 독자들은 예상보다 많지 않았다. 도균과 나를 포함해 열 명 정도 되어 보였다.

역에서 걸어서 8분 남짓한 거리에 있는 〈이상의 집〉을 시작으로 문학 기행을 시작했는데 더위에 지쳐있던 나는 이상의 집에 들어가서야 비로소 오늘 함께 걷는 독자들을 둘러 볼 수 있었다. 실은 익숙한 남자의 웃음소리 때문에 주변을 둘러보게 된 것이었다. 북 콘서트가 있던 날, 내 옆에 앉아 매사에 '하하' 하고 소리 내어 웃는 것으로 리액션을 연발하던 남자였다. 그와 마주치자 눈인사라도 해야 하나 마나 하고 있는데 그가 먼저 전에 뵈었던 분 아니냐며 큰소리로 '하하' 하고 웃었다. 에어컨 바람에도 등줄기에서 식은땀이 흘렀다. 벽면에 이상과 관련된 책들이 있고 테이블 몇 개가 비치되어 있어 북카페 같기도 한 집 안에는 묵직하게 닫힌 철문이 있었는데 그 문은 이 층으로 올라가는 문이라고 했다. 햇볕이라고는 영영 들지 않는 이상의 방이 있을 것만 같은 그런 이 층 말이다. 그 문을 열 때도 뭐가 우스운지 그 남자는 하하 소리 내어 웃었다. 나를 제외한 일행은 일제히 그를 돌아다보았다. 문을 열고 올라간 이 층은 예상과는 달리 옥상처럼 생긴 야외 공간이었는데 환하다 못해 눈이 부실 정도로 볕이 들었고 벽 한 면을 통유리로 한 이상의 집 아래층을 한눈에 볼 수 있는 곳이었다. 그 후로 일행은 통인 시장에 들러 한 시간 가량 자유 시간을 갖기로 하고 각자 흩어져 간식을 먹거나 구경을 했는데 도균은 나와 함께 다녔다. 그에게 묻고 싶은 것이 많았지만 묻지 않았다. 주말이라 사람들로 북새통인 시장 안이어서 대화가 잘 되지도 않았겠지만 어느새 우리를 따라오는 남자 때문에 설사 조용했다 하더라도 도균과 진지한 이야기를 하기는 어려웠다. 남자는 혼자 왔기 때문에 아는 사람이 없다며 우리와 동행했다.

남자는 자신이 사겠다고 말하고 쟁반에 여러 접시의 간식을 골고루 얹어 들고 왔다. 시끌벅적한 시장통 안에서 음식이 코로 들어가는지 입으로 들어가는지 모르게 먹었으나 맛이 없지는 않았다. 남자는 정신없는 가운데서도 꽤 많은 말을 했는데 시끄러워서 무슨 말을 하는지 알아들을 수는 없었다. 한편으로는 남자가 없었으면 15년 만에 만나는 도균과 내가 얼마나 뻘쭘했을까 생각하니 같이 다니며 수다도 떨어주고 간식까지 사주는 그가 고맙기도 했다. 한 시간이 흐른 후 일행은 다시 모였고, 서촌의 명물이라는 〈대오서점〉에 갔다. 예상대로 낡고 좁은 서점이었다. 오래된 한옥에 빛바랜 헌책들을 빼곡히 채워 놓은 그곳은 시간을 가두어 둔 곳 같았다. 있을 리 없는 자신들의 흔적들을 그곳에서 찾기라도 할 듯 사람들은 이리저리 살폈다. 좁고 네모진 마당에 방치된 먼지 낀 화분들조차 운치를 더한다고 말하는 사람도 있었다. 예상치 못한 곳에서 조금은 오래 머물렀고, 문학 기행은 〈윤동주 문학관〉과 자하문 근처 〈윤동주 시인의 언덕〉을 끝으로 그날의 일정을 마쳤다. 도균은 뚜렷하게 어떤 코스를 계획한 것이 아니었다고 했다. 길지 않은 일정이었지만 그 정도면 적당하다고 생각하던 참이었다. 수염을 깎지 않은 도균은 더워 보였지만 이상하리만치 땀을 흘리지 않았다. 오던 길을 다시 되돌아 걸어 내려왔다. 일정이 끝났다는 홀가분함 때문인지 낮 최고 기온이 정점을 찍은 지 몇 시간이 흘러서인지 연방 끓어 넘칠 듯했던 열기는 조금씩 수그러드는 것 같았고 거리는 한낮보다 더 북적였다. 지하철역까지 걸어오는 동안 나보다는 도균과 남자가 더 많은 말을 주고받았다. 둘은 오랫동안 알아온 사람처럼 화젯거리가 많아 보였다. 역 근처에 다다르자 우리는 자연스럽게 인사동으로 발걸음을 돌렸다. 이번에는 도균이 밥을 사겠다며 저녁을 먹고 가자고 했다. 인사동과 어울리게 목재로 지은 밥집은 2층까지 좌석이 있었는데 오밀조밀하게 좌식 테이블이 붙어 있었으나 테이블과 테이블 사이에 한옥의 기둥 같은 것들이 세워져 있고 군데군데 고서를 뜯어서 벽지로 붙인 듯한 벽들로 분리되어 있어 좌석마다 나름의 독립성을 유지하게끔 되어 있었다. 우리는 네 명이 앉을 수 있는 자리에 앉았는데 신발을 벗고 들어가야 하는 곳이었다. 우리 중 키가 가장 큰 남자는 좌석에 앉을 때 낮은 천장에 몇 번씩 머리를 부딪칠 뻔했으나 실제로 부딪친 적은 한 번도 없었다. 그때마다 그가 좌우로 웨이브를 넣어가며 머리와 몸을 유연하게 움직여 머리가 천장에 닿는 것을 교묘히 피하는 모습에 웃음이 나왔다.

"이런 거 제 전문입니다."

남자는 천연덕스럽게 말했다.

그곳에서 비교적 잘 나간다는 기본 상차림을 시키고 도균은 그제야 선글라스를 벗었다. 사실 그때까지도 그의 얼굴이 선명하게 기억나지 않았다. 콧대는 날카로우나 코끝이 둥근 그의 코를 보고 촛농이 흘러내린 것 같다고 생각한 적은 있었다.

"유하씨는 그대로네요."

도균이 입을 열었다. 나는 예의상하는 말이라고 여겨 미소만 지었다.

둘은 어떻게 아느냐고 남자가 물었다. 내가 대학 동창의 남자 친구였다고 말하려 했는데 도균이 대학교 2학년 미팅 때 나를 처음 만났다고 말했다. 그건 나도 처음 듣는 이야기라는 생각이 들었다.

"와아, 그런데 지금까지 인연이 이어진 거예요?"

남자가 호기심 어린 눈으로 도균과 나를 번갈아 보며 물었다.

"아니에요. 그런 거. 작가님은 지난번 북 콘서트에서 우연히 다시 만나게 된 거예요."

그렇게 말하면서도 도균이 나를 처음 본 것이 대학교 2학년 때 미팅에서였다는 그 말에 신경이 쓰였다. 처음엔 도균이 나를 다른 사람으로 착각하는 게 분명하다고 생각했으나 차츰 기억을 더듬어 보니 해령과 나갔던 미팅에 그가 나왔던 게 떠올랐다. 그날 해령과 도균이 커플이 되었고 이후 도균은 몇 년간 해령의 남자 친구로 지냈다. 도균은 웃으며 그때 맘속으로 나와 커플이 되길 바랐다고 말했다.

"유하씨는 어떻게 지냈어요?"

"회사 다니다가 잠깐 쉬고 있어요. 잠깐이 될지는 모르겠지만요. 도균씨는요? 참, 작가님 본명이 김도균이에요. 김도균."

나는 도균의 근황을 묻다가 남자에게 얼굴을 돌려 도균의 본명을 알려주었다. 남자는 이미 알고 있다고 했다. 그가 도균의 본명까지 알고 있다는 것이 의외였지만 팬이라면 그럴 수 있겠다 싶었다.

"참, 이분은 제 독자분이세요. 제가 쓴 책을 꼭 구독하시는 고마운 팬이시죠. 뭐 아직 무명작가나 다름없는데 팬이라고 하면 좀 쑥스럽긴 하지만요. 제가 하는 강연이나 북 콘서트에도 꼭 오시는 분이에요."

도균이 남자를 소개했다.

"이찬영입니다. '찬양' 아니고 '찬영'이요."

남자가 자신의 이름을 말했다. 이어서 독실한 기독교 신자인 그의 어머니가 자신을 '찬양'이라고 지으려고 했는데 비신자인 아버지가 설득해서 그 비슷 어감의 '찬영'이라고 지은 거라며 이름에 큰 뜻은 없다고 덧붙였다. 궁금한 사항은 아니었으므로 나는 그렇군요. 라고만 대답했다. 의사가 되어 있어야 할 도균이 왜 작가가 되었는지 묻고 싶었으나 찬영을 앞에 두고 그 말이 쉽게 나오질 않았다. 어쩌면 도균이 알리고 싶지 않은 부분일 수도 있겠다 싶었기 때문이다.

"유하씨라고 하셨죠? 유하씨, 대학교 때 작가님을 처음 만났으면 작가님이 원래 의대생이었던 것도 아시겠네요."

내심 찬영이 알아도 되나 싶은 것들을 찬영은 이미 알고 있었다. 도균의 인터넷상 프로필 이나 그가 쓴 책 어디에도 그가 의대를 다녔다는 것은 기록되어 있지 않은 것 같았다. 그를 오래전부터 알았거나 아니면 그가 직접 말해주지 않는 이상 알 수 없는 것이다. 어쩌면 찬영은 내가 생각했던 것보다도 더 오래전부터 도균을 알았거나 더 친한 사이일 수도 있겠다고 생각했다. 의외로 찬영과도 공유하고 있는 부분이 많아 한편으로는 마음이 편해졌지만 다른 한편으로는 그들만이 아는 것도 있을 수 있겠다 싶어 조금은 그 자리가 불편하기도 했다.

"작가님 의대 다니던 시절 엄청 궁금했는데. 좀 알려주세요."

찬영이 부추전 하나를 집어 먹으며 말했다.

"전 잘 몰라요. 같은 학교를 다닌 것도 아니고. 도균씨는 제 친구의 남자 친구였어요."

"였어요. 라면 지금은 친구의 남자 친구가 아니라는 뜻? 그럼 그 친구분이 오늘 작가님 만나는 거 알아요?"

"아뇨. 그 친구 죽었어요."

나와 약속이나 한 듯 동시에 도균이 대답했다. 마주친 적도 없었던 타인이지만 누군가의 죽음을 두 사람에게 동시에 듣는 것은 찬영에게도 적잖은 충격적인 것 같았다.

7년 전 대학 친구의 결혼식에서 해령의 소식을 들었다. 대학 졸업 후 해령은 대학원에 들어갔고 나는 취업을 했다. 가는 길이 달라 자연스레 멀어진 것일 수도 있었으나 해령은 애초부터 나와 아주 친한 사이는 아니었다. 그래도 대학 시절에 주로 함께 다니며 점심을 먹거나 수다를 떨며 차도 마시고 때로는 쇼핑도 같이 하는 친구들 중 한 명이었다. 아마 그 상태가 지속되었더라면 지금까지도 연락을 꾸준히 이어오는 절친이 되었을 수도 있을 것이다. 해령이 나와 깊이 친한 사이는 아니었지만 그래도 늘 함께 다니던 친구들 중 한 명이었는데 해령만 친구들 무리에서 멀어진 이유가 있었다. 졸업을 몇 달 앞둔 4학년 늦가을 수업 후, 나와 친구들은 몸살 때문에 집에 가서 쉬어야겠다는 해령을 먼저 보내고 학교 근처 카페에 들어가 음악을 들으며 차를 마시고 있었다. 한 시간이나 지났을까 우연히 창밖을 바라본 한 친구가 '저기 저 사람, 해령이 아니냐.'며 창밖을 가리켰다. 건물 2층에 위치한 카페에선 학교

앞 거리가 제법 멀리까지 보였는데 친구가 가리킨 사람은 해령이 좀 전까지 입었던 그레이톤의 티셔츠와 다른 목둘레에 뽀송뽀송한 털로 장식된 화사한 연분홍색 원피스를 입었고, 양손에 각각 꽃 화분과 쇼핑백을 들었다는 것만 제외하면 아파서 집에 가야겠다던 해령이 분명했다. 우리 모두는 어리둥절한 표정으로 서로를 쳐다보았다. 해령은 학교 쪽으로 걸어가고 있었다.

그리고 며칠 후 이창규 교수실 창가에 해령이 들고 있던 화분이 놓여 있는 걸 보았다고 한 친구가 말했다. 성질이 급한 그 친구는 해령을 불러 그날 오후 분홍색 원피스를 입고 학교로 향한 사람이 네가 맞느냐고 물었지만 해령은 입을 다문 채 단 한마디도 하지 않았다. 그 후로도 해령은 조용히 따라 다니듯이 우리와 함께 다녔지만 우리는 더 이상 그 어떤 것도 그녀에게 묻지 않았고 졸업 후, 이창규 교수의 조교로 내정되어 있던 한 학년 선배가 아닌 해령이 이창규 교수의 조교가 되었을 때 우리는 약속이나 한 듯 그녀와 연락을 하지 않게 되었다. 한 친구는 새내기 시절 때부터 뒤에서 호박씨 까는 건 알아봤다며 평소에 우리들 중 가장 먹성이 좋아 칼국수 두 그릇을 한자리에서 해치울 정도인 해령이 미팅하는 남자애들 앞에서 스파게티를 한 가닥씩 세어 가며 먹었다는 둥, 볶음밥도 3분의 1도 안 먹고 남겨 남자애들이 먹어줬다는 둥, 남자

애들 앞에선 두 손으로 꽃받침을 만들어 턱을 괴고 앉아 억지로 반달눈을 만들어가며 아무 말 없이 미소 짓고 아이컨택만 했다는 둥 하며 흥분했다.

"암튼 해령이 걔 내숭덩어리야. 아무것도 모르는 것처럼 순진한 얼굴을 하면서 말이야. 대체 이 교수를 어떻게 구워삶은 거야. 그렇다고 학점이 특별히 좋은 것도 아닌데."

졸업식 때 누구나 쉽게 어울리기 힘든 올리브 그린색의 자켓을 입고 꽃다발을 들고 와 해령과 사진을 찍고 있던 도균을 멀리서 잠깐 보고 평소 해령과 만날 때의 모습과 다르게 무척 말쑥한 모습이었다는 것이 떠올라 하얀색 의사 가운도 참 잘 어울렸겠다는 생각을 했다.

"해령이 소식을 뒤늦게 들어 장례식엔 가보지 못했어요. 걔가 왜 그리 극단적인 선택을 했는지 모르겠어요."

"저도 해령이 가는 모습 못봤습니다."

도균이 나의 말을 받아 말했다.

"상심이 컸군요."

"아니, 해령이 죽음에 제게도 책임이 있다는 생각 때문에 가볼 수가 없었어요."

도균씨 때문이라니. 도균씨가 해령의 죽음에 책임이 있다고? 의외였다. 동문들은 해령이 스스로 목숨을 끊은 이유가 무언지는 정확히 모르나 이 교수와의 관계 때문일 거라고 수군거렸다. 유서에는 어머니와 '주변 사람들'에게 죄송하다는 말만 남겼을 뿐 어느 누구를 특별히 언급한 건 아니라고 했지만 동문들은 막연히 '주변 사람들'이란 이 교수의 가족을 칭하는 것이라고 여겼다. 이 교수는 이러한 소문을 아는지 모르는지 여전히 교수실을 차지하고 있었다.

"본과 2학년이었을 때였어요. 캄보디아로 의료 봉사를 갔었죠. 거기서 한 사람을 만났어요. 저처럼 봉사 온 다른 학교 의대생이었죠. 덥고 힘든 환경에서 함께 봉사하며 알게 된 사람이었는데 더운 날씨에 늘 지치고 땀에 절어 있었지만 땀 냄새도 싫지 않은 사람이었어요."

도균이 힘겨운 듯이 말을 꺼냈다. 우리나라로 돌아온 도균은 해령에게 그 사람에 대한 감정을 감출 수 없었다고 했다. 해령에게 그 사실을 고백했고 해령은 자기 같이 평범한 여자만 보다가 잘나가는 의대생을 만나니 맘이 변했냐, 같은 의사끼리 잘해보라면서 버럭 화를 내고 소리치며 울다가도 그럴 수 있다, 이해한다며 힘없이 돌아섰다고 했다.

"해령이는 내가 무슨 속물이나 되는 것처럼 몰아붙이며 서럽게 울었어요. 그때 분명 해령에게서 위태로운 불안감이 드러났을 테지만 나는 그녀를 설득시키고 나를 변명하기에 바빠 외면했던 것 같아요. 다른 사람을 마음에 두고 해령이와 계속 만날 수는 없었어요. 그건 해령에게 더 큰 상처를 주는 거였으니까요. 해령이도 좋아했지만 그 사람에 대한 사랑은 모양도 무게도 달랐어요."

몇 달이 지나 해령이 죽었다는 소식을 들었다고 했다. 자신 때문에 한 여자의 인생이 끝난 건지도 모른다는 죄책감에 시달리다 본과 한 학년을 남기고 학교를 그만두었다. 도균은 이미 한 생명을 죽인거나 다름없는 사람이 사람을 치료하고 살리는 의사가 된다는 게 용납되지 않았다. 나는 도균에게 해령과 이 교수의 소문을 아는지 묻고 싶었지만 사실로 확인된 것도 아니어서 아무 말도 하지 않았다. 도균은 아직도 해령으로 인한 죄책감을 응어리처럼 가슴에 지니고 있는 것 같았다. 도균의 짐을 조금이라도 덜어주고자 말해주고 싶었지만 이미 고인이 된 사람의 치부가 될 수도 있는 말을 꺼낸다는 것은 그녀를 두 번 죽이는 것 같아 망설여졌다.

"형, 그건 형 잘못이 아니에요. 이제 그만 내려놓으세요."

옆에서 듣고 있던 찬영이 도균의 손등에 자신의 손을 포개며 말했다. 나는 조금은 갑작스럽고 당황스러웠다. 그 상황이 나만 어색할 뿐 그들은 조금도 어색해 보이지 않았다. 찬영이 지금까지 '작가님'이라고 부르던 도균을 갑자기 '형'이라고 부른 것도 그렇고 찬영의 손아래 자신의 손을 내맡긴 채 다른 한 손으로 자연스레 소주잔을 기울이는 도균도 그렇고.

나도 말없이 잔을 들고 홀짝였다. 도균이 의대를 그만두고도 봉사를 함께 갔던 학생과 계속 연인 사이였는지는 묻지 않았지만 도균이 먼저 말을 꺼냈다.

"해령이 죽고 내가 학교를 그만두자 캄보디아에서 만난 친구와도 거리가 멀어졌어요. 내가 방황하는 모습을 보고 전 여자 친구를 그리워한다고 생각하는 것 같았어요. 그 사람을 만나면 해령에 대한 죄책감이 더 밀려들었거든요."

찬영이 남은 한 손으로 마치 눈물이라도 닦아주듯이 도균의 붉어진 뺨을 어루만졌다. 도균이 고개를 돌려 나를 응시했다. 도균이 캄보디아에서 만나 사랑한 사람이 여자가 아닐 수도 있다고 생각한 것은 지나친 것이었을까. 그날 도균의 눈빛은 내게 모든 걸 말해주는 듯했다. 정말 도균에게 받은 상처가 해령의 죽음에 영향을 주었을지도 모른다는 생각이 들어 떠돌듯 돌아다니는 해령과 이 교수와의 소문을 끝내 도균에게 말하지 않았다.

거리의 봄

"꽃 대궐이 따로 없다."

조금 전까지 기침을 하느라 입에 대고 있던 손수건을 손에 쥐고 어머니가 말했다. 이후 휴게소에 다다를 때까지 더 이상의 기침도 말도 없었지만 어머니가 차창밖에 눈을 떼지 못하고 있다는 것을 알 수 있었다. 어머니는 무언가에 빠져 있으면 기침을 하지 않았다. 여릿한 바람은 달리는 차 앞 유리창에 꽃잎 몇 장을 수줍게 내려놓았다.

"어머니, 차에서 내리실 때 마스크 꼭 하세요."

휴게소 여자 화장실 입구에서 멀찌감치 서서 나는 팔을 활짝 벌려 보이며 어머니에게 앞 사람과 간격을 두고 줄을 서서 기다리라는 신호를 보냈다. 어머니가 화장실에 들어간 걸 확인하고 나도 얼른 볼일을 본 후 다시 여자 화장실 입구에서 어머니를 기다렸다. 어깨에 크로스로 맨 핸드백을 주섬주섬 여미며 나오는 어머니를 차에 모셔 두고 나는 호두과자와 물을 사러 갔다. 평소에 팥을 좋아하는 어머니는 호두과자 속에 든 단팥소 때문에 호두과자를 먹었다. 그것도 팥 껍질 벗겨 으깬 하얀 앙금 말고 붉은 팥 알갱이가 보이는 그런 진짜 팥소가 든 호두과자를 좋아했다. 그렇다고 하얀 앙금이 가짜 팥이라는 말은 아니다. 그저 어머니 표현에 의하면 붉은 팥소가 '진짜 팥'이라고 하기에 나도 편의상 그렇게 말하는 것뿐이다. 어머니와 돌아가신 아버지, 누나, 형, 동생까지 우리 가족은 모두 팥을 좋아했는데 2005년에 내 아내가 된 진주도, 2010년에 내 아들로 태어난 범이도 팥을 좋아했다. 진주와 나는 연애 시절부터 여름만 되면 카페나 한강 유원지 등에서 팥빙수를 사먹곤 하다가 빙수 전문점이 생기고 부턴 철을 가리지 않고 팥빙수를 먹었다. 빙수를 좋아해서라기보다는 팥을 좋아해서였다.

서울에서 출발한 지 7시간 만에 남해안의 K섬에 도착했다. 남해안의 섬이라 할지라도 속도를 내면 5시간이면 충분히 올 수 있는 거리지만 연세 드신 어머니를 태우고 주구장창 달리기만 할 수는 없었다. 어머니에겐 여러 번의 휴식이 필요했다. 가능한 인파를 피하기 위해 휴게소가 아닌 곳에 차를 세우고 바람을 쏘이곤 했는데, 화장실 문제 때문에 휴게소에 들리는 것은 불가피했다. 다행이라고 해야 하나, 때가 때이라 그런지 휴게소엔 우려했던 것만큼 사람들이 많지 않았다. 평소보다 적은 수의 사람들인데도 가능한 서로의 접촉을 피한 채 최소한의 할 일만 하고 다들 쫓기듯 차로 돌아가는 눈치였다. 스스로 만발한 자연은 움츠러든 사람들을 비웃기라도 하듯 흥에 겨워 여기저기서 방실댔다. 게다가 봄이면 기승을 부리던 미세 먼지도 없어 시야에 들어오는 풍경은 테두리가 선명한 그림처럼 뚜렷했고 하늘은 크게 한 모금 들여 마시고 싶을 정도로 쨍하게 푸르고 투명했다. 마스크 위로 눈만 빼꼼 나온 어머니는 눈이 부신 듯 손을 들어 그 눈마저 가렸다.

"볕도 유별나게 좋다."

찡그린 눈과는 달리 마스크 안에 있는 어머니의 입꼬리가 올라갔으리라는 것을 어렵지 않게 짐작할 수 있었다.

예약해 둔 한옥 펜션은 홈페이지에서 본 사진보다 맘에 들었다. 내부 시설이라든지 그런 건 사진만큼 깔끔하게 보이진 않았지만 주변의 경관은 기대했던 것보다 훌륭했다. 바로 백사장을 디딜 수 있게 가까운 바닷가는 아니었다. 펜션과 바다 사이에는 마을도 오솔길도 있었지만 다소 높은 곳에 위치한 한옥 펜션의 거실 마루에선 통유리창을 통해 끝도 없이 펼쳐

지는 바다를 볼 수 있었다. 지루함을 달래주듯 바다에 떠 있는 크고 작은 섬들은 누군가 잘 세팅해 놓은 것처럼 보였는데 한두 개쯤은 내 손으로 이리저리 옮길 수 있을 것 같았다. 거실 마루에 우두커니 앉은 어머니는 멍한 표정으로 한참을 내다봤다.

"여기가 어디냐."

이틀 전 어머니를 찾아가 남해안으로 여행가자고 말하고, 전날 전화로 한 번 더 확인했다. 컨디션이 더욱 좋지 않아 보였던 당일 아침까진 연신 기침을 하면서도 여행에 대해 기대하는 기색이 역력했다. 그런데 지금 어머니는 마치 램프의 요정 지니가 서울 어머니집에서 어머니를 훌쩍 안아 들고 눈 깜짝할 사이에 남도 어딘가에 갑자기 뚝 떨어뜨려 놓은 양 어리둥절한 모습이었다. 여기가 어디이고 당신이 지금 여기에 왜 와 있는지 영문을 모르겠다는 눈으로 나를 쳐다보며 말했다.

"어머니 여기 좋지 않으세요? 바다 좋아하시잖아요."

"응, 그럼 그럼 좋아하지. 내가 젊었을 땐 헤엄도 잘 쳤다."

어머니가 나를 바라보는 눈이 또렸해졌다.

며칠 전 동생에게서 전화가 왔다. 조금은 다급한 목소리로 어머니의 기침 증세가 심해졌다는 말을 했다. 어머니의 기침이야 하루 이틀도 아니고 증상이 심해졌다 하더라도 문자 메시지로 전하곤 했는데 뜻밖이었다.

"그래, 알았어. 아직 병원 예약 날짜까지 조금 남았으니 남은 약 드시면서 좀 두고 보자. 네가 약 좀 잘 챙겨드려."

"아니, 그게 아니야. 심상치가 않아. 기침하시는 게."

어머니는 기관지 확장증으로 잦은 기침을 하곤 했기 때문에 주기적으로 대학병원에서 검사받아 처방 받은 약으로 완화시키곤 했다. 아직 예약 날짜까지 몇 주 더 남기도 했지만 어머니가 다니는 대학병원이 코로나 거점병원이라는 것이 무엇보다도 맘에 걸려 기침이 더 심해졌다 해도 가기가 꺼려졌다.

"그래도 지금은 상황이 좋지 않으니 병원에 가시는 게 더 안 좋을 수 있어."

내 말에 동생은 2초 정도 망설이는가 싶더니 뭔가 걸리는 게 있다며 이야기를 시작했다.

한 달 전쯤 동생의 여자 친구 효정이 업무차 갔었던 밀라노에서 돌아왔다. 돌아온 즉시 2주간의 자가 격리에 들어갔고 코로나 검사에서도 음성 반응이 나왔다. 동생은 결국 효정이 입국한 지 3주 만에 그녀를 만났다. 그런데 최근에 효정에게서 다시 양성반응이 나왔다는 것이다.

몸살이 난 듯 컨디션이 좋지 않아 직장에 말을 하고 집에서 좀 쉬었는데 아무래도 심상치 않아 다시 검사를 해보니 양성반응이 나왔다며 현재 거점 병원에 입원 중이라고 했다.

"뭐? 그래서 넌 최근에 계속 걔랑 만났던 거야?"

"아니, 자가 격리 끝난 후에 한 번 만나고 서로 바빠서 최근엔 못 만났어. 이번 주 주말에 데이트하기로 약속한 날이라 확인 차 연락했더니 그런 소리를 하지 뭐야."

최근 일주일 이상 만나지 못했지만 어머니가 저렇게 기침을 많이 하시는 걸 보니 불현듯 자기가 잠복기에 있었던 효정으로부터 어머니께 옮긴 게 아닌가 하는 생각이 든다며 말끝을 흐렸다.

나는 네가 증상이 없으면 괜찮은 거 아니냐고 동생에게 말했지만 불안한 마음을 감출 수가 없었다. 젊은 사람이야 무증상으로 지나갈 수도 있지만 면역에 취약한 노령층은 즉각적인 증상이 나올 수 있고 심각한 증세로 이어질 수 있다고 들었다. 더구나 동생이 현재 잠복기일 수도 있지 않은가 말이다. 다행히도 어머니에겐 열이 없다고 했다. 나는 애써 동생을 안심시키며 좀 더 두고 보자고 전화를 끊었다.

일이 손에 잡히질 않았다. 다음 날 당장 어머니를 모시고 병원에 가서 코로나 검사를 해봐야겠다고 생각하며 집으로 향했다. 사회적 거리 두기가 시작되고 퇴근 후 약속이나 모임이 없어진 지 오래다. 앞으로 얼마나 더 갈지 모른다. 전자레인지에 즉석밥을 데우고 즉석국을 냄비에 옮겨 부으며 이제는 밥과 국을 직접 만들어 먹어야겠다는 생각을 했다. 음식이 다

데워지기도 전에 TV를 켜고 냉장고에서 캔맥주를 꺼내 땄다. 예전엔 저녁 식사때 식탁에 안주가 될 만한 것이 차려져 있으면 맥주를 찾았는데 이제는 안주가 없어도, 아니 아무거나 안주 삼아 맥주를 마신다. 전을 부쳐도 삼겹살을 구워도, 제육볶음을 해도, 하다못해 돈가스를 만들어도 아내는 캔맥주를 사다 놓았다.

"어차피 찾을 거였잖아."

일상에 사소한 기쁨을 주는 아내가 사랑스러웠다.

눈치가 빠른 아내는 연애 시절부터 내 취향을 금방 파악했는데 가끔은 그게 독이 되기도 했다. 일부러 내 취향과 반대되는 행동을 해서 속을 박박 긁기도 했으니까. 상대를 알고 쥐락펴락했고 나는 잠시도 긴장을 늦출 수가 없었다. 그녀가 좋아한다고 마냥 좋아하는 것이 아니고, 싫어한다고 마냥 싫어만 하는 것이 아니었기에. 아내의 기색을 살피는 것은 늘 내 쪽이었는데 나는 그게 싫지는 않았다. 그런 아내가 곁에 없다.

TV뉴스에선 여전히 코로나 대책과 예방 방법, 확진자 수, 사망자 수, 완치자 수를 보도했다. 뉴스에서 간혹 흰색 보호복을 입은 의료진들이 엠블런스에서 들것에 실린 환자를 내리는 화면을 배경으로 삼곤 했는데 들것에 실린 환자가 어머니가 될 수도 있겠다 싶었다. 확진자로 판명되면 음압 치료실에서 홀로 병마와 외로운 사투를 벌이게 될 것이다. 잦은 폐렴으로 입원을 하곤 했던 어머니는 일주일 정도 이어지는 병원 생활도 힘들어했다. 그때 어머니는 혼잣말처럼 말했다. '내가 아파도 병원에 오래 두지 마라. 내가 살면 얼마나 더 산다고 이런 감옥같은 곳에 두니.' 그때까지만 해도 어머니는 예의 총명함이 눈빛에 그대로 살아있었다.

어머니를 처음 본 아내의 첫 마디가 아, 참 곱고 예쁘시다. 라고 할 정도로 어머니는 단아했다. 할머니가 돌아가실 때까지 시집살이로 마음고생한 것까지 감안한다면 젊었을 때 뭇 사내들의 마음을 얼마나 설레게 했을지 짐작이 가고도 남는다. 사범학교를 졸업하고 들어간 초등학교의 동료 교사였던 아버지는 어머니와는 나이 차가 많이 났다. 무뚝뚝했지만 성실하고 반듯한 모습에 이끌려 홀어머니의 외아들인 아버지와 결혼까지 결심하게 된 어머니는 결혼생활 내내 수도 없는 불화가 있었지만 자식을 두고서는 차마 헤어질 결심을 엄두에도 내지 못했다고 한다. 결혼과 동시에 학교를 그만두고 당신 자신은 서서히 묻고 온 집안을 멋대로 휘두르려는 할머니의 며느리로, 할머니의 말이라면 팥으로 메주를 쑨다 해도 맞다고 우기는 남편의 아내로, 그리고 어머니의 표현에 의하면 세상없이 착한 자식들의 어머니로 살아왔다. 남편에게 받지 못한 사랑을 자식과 손자에게 받아야 한다고 생각하는 할머니

곁에서 어머니가 차지할 수 있는 자리는 없었다. 5년 전 아버지가 암으로 돌아가실 때 어머니는 울지 않았다.

"월급 받으면 죄다 느이 할머니 가져다주고, 나는 할머니 살아계신 동안 십원 한 장 손에 못 쥐어봤다. 미용실 가서 파마 한 번 할래도, 목욕탕 한 번 갈래도 눈치 보며 할머니에게 파마값이며 목욕비를 달라고 해야 했으니까. 그때마다 머리는 뭐하러 볶고 목욕은 왜 그리 자주 하냐고 핀잔을 주시더라. 여느 집 가정부도 나보다는 대우받았을 게다. 그런데다 나중에 느이 아버지가 갑자기 선생 그만두고선 뭔 사업을 하겠다고 나서서 다 들어먹고 우리 자식들 고생만 시켰다."

집안의 곳간 열쇠를 쥐고 살았던 할머니는 돌아가시고서야 빈털터리가 된 곳간의 열쇠를 며느리 손에 쥐어 준 셈이 되었다. 어머니는 아버지를 그리워하지 않았다. 아버지는 사업이 망하고 잠시 여기저기 직장을 전전하긴 했어도 아버지의 명석함을 알아본 학교 선배의 눈에 띄어 그가 이사로 있는 회사에 다니게 되었다. 이후 계속 성실하게 회사를 다니다 70세 늦은 나이에 퇴직했다. 다른 사람들이 보기엔 자녀가 다 성장하고 제 갈 길 간 장년 이후의 두 분의 삶은 그다지 나빠 보이지 않았겠지만 어머니의 마음속 깊은 곳에는 불행했던 지난날의 기억은 쉽게 사라지지 않았다. 예전에 아주 가끔 그런 기억들이 떠오를 땐 '옛날에는 이런 일도 있었다.' 라는 식으로 추억을 회상하듯 말하며 일가친척 하나 없이 홀어머니 밑에서 어렵게 자란 아버지이기에 이해해야 한다고 부드러운 미소로 마무리하곤 했다. 하지만 최근 들어 부쩍 오래전의 기억들을 저 깊은 곳에서 끌어올려서는 마치 구정물이라도 퍼 올린 것처럼 몸서리치며 하수구에 쏟아붓듯 아버지를 노골적으로 원망했다. 누군가 붙들고 얘기만 나눌 수 있다면 어머니는 지난 일들을 똑같이 반복해서 말했다. 그러다가 문득 겸연쩍어 하시면서 내가 주책없게 한 얘기 또 한다며 당신을 정확히 인지했다. 실은 나도 처음엔 어머니의 그런 행동이 쉽게 납득이 안 갔지만 언제부턴가 그럴 수도 있겠다 싶었다. 그러다 아내가 먼저 어머니의 증상이 심상치 않음을 여기고 어머니를 모시고 병원에 가서 상담 받아보라고 했지만 나는 불같이 화를 내며 네가 우리 어머니에 대해서 뭘 안다고 그러냐며 아내를 몰아붙였다.

결국 어머니를 병원에 모시고 간 것은 어머니와 비교적 자주 접하는 이모들의 권유를 받고 나서였다. 어머니는 경증 인지 장애를 진단받았다. 더 진행되면 치매로 이어질 수 있다고 했다.

"어째, 당신은 다른 사람 말은 들으면서 내 말은 듣질 않아? 나, 당신 마누라야. 남이 아니라고. 내가 괜히 그런 말 했어?"

"시끄러워!"

아내는 더 이상 말하지 않고 방으로 들어갔다.

아내가 서둘러 가보라고 했을 때 갔다면 어머니의 증상은 진행이 좀 덜 되었을까.

아내와 나의 만남은 평범했다. 회사 동료로 만나 주변 사람들의 눈을 피해가며 사내 연애를 했고 결혼했다. 이 지구상의 모든 클리셰를 가져다 놓은 것처럼 평범한 만남이었지만 우리의 연애는 독특한 아우라가 있다고 자부했다. 겉으로 보면 남들과 특별히 다른 연애를 한 것도 아닌데 말이다. 만나면 영화를 보거나 저녁을 먹고, 때로는 여행을 가거나 사소하게 다투는 정도였으니까. 아내와 우연히 개인적인 취향에 대해 말한 적이 있는데 아내는 누구든 징징거리거나 호들갑 떠는 걸 싫어한다고 말했다. 예전에 잠깐 만나던 남자에게 헤어지자고 했을 때 울고 불며 징징거리며 매달려 그나마 있었던 미안한 감정마저 싹 사라지고 정나미가 뚝 떨어졌다고 했다. 아내는 친정 엄마도 정말 자기 타입은 아니라며 모녀지간이 아니고 사회에서 만난 사람이라면 절대로 친해질 수 없는 사람이라고까지 했다. 그런 아내의 취향을 아는지 나에겐 이런 말 저런 말 하소연도 잘하는 장모님은 아내 앞에선 가능한 한 한숨 섞인 하소연이나 오버액션을 취해 말하지 않았다. 나는 아내와 사귀는 동안 조금이라도 그런 모습을 안 보이려고 무척 노력했던 것 같다.

차가우면서도 때로는 순수해 보이는 미소를 지닌 아내는 천성적으로 남의 마음을 헤아릴 줄 아는 섬세한 눈을 가지고 있었다. 그런 그녀에게 끌렸고 마침내 사랑했다. 아내는 어쩌다 갑자기 째려보기도 했는데 나는 장난이라고 생각해 대수롭지 않게 여겼다. 그러다 아내는 자신이 왜 그러는지 궁금하지 않느냐고 하며 자신의 행동에 대해 설명했는데 나는 그닥 특별한 이유라고 생각하지 않았다. 언제부턴가 그런 아내에게서 가끔씩 서늘한 눈빛이 보였다. 그럴 때마다 나는 '왜 그러냐.'고 물었고 아내는 대답하지 않았다. 목에 무엇이 걸린 것처럼 아무 말도 나오지 않는다고 했다. 나는 아내가 왜 그러는지 알고 싶었지만 그 전에 그녀가 말한 이유조차 무엇이었는지 생각나지 않았다.

올해 78세 되는 어머니는 여전히 곱고 단정하다. 그런 어머니를 음압병실에 혼자 둔다는 것은 있을 수 없는 일이다. 만에 하나 코로나 양성반응으로 나오면 음압실에서 어떻게 어머니가 견딜까. 어머니같이 노쇠한 사람은 오히려 없던 다른 병도 걸릴 것만 같았다. 거기서 어머니를 죽게 내버려둘 수는 없다. 최악의 경우에 다시는 못 나올 수도 있는데…….

다음날, 서둘러 남해안의 K섬에 있는 한옥펜션에 예약했다. 좀 오래 머무를 요량으로 처음엔 레지던스호텔을 알아보았으나 좀 더 공기 좋고 고즈넉한 곳이 나을 것 같아 숙소가 한 채씩 독채로 떨어져 있는 그곳으로 정했다. 회사일은 당분간 재택 근무였으므로 노트북만 있으면 되었고, 중간에 출근해야 하는 날이 생기면 남은 연월차 휴가를 내면 되었다. 그러고도 부족하면 없는 병이라도 만들어서 병가를 내어 최대한 멀고 사람들의 왕래가 적은 곳에서 당분간 어머니와 머무르려고 마음먹었다. 나중에 회사에서 권고 퇴직을 당할지라도. 그리고 훗날 이 일로 내가 어떤 처벌을 받는다 해도 지금은 어머니에게 이렇게 하는 것이 최선이라는 생각을 멈출 수가 없었다.

그렇게 찾아간 한옥 펜션은 우리 외에는 한 사람의 투숙객도 없었다. 주인에게 양해를 구하고 장기 투숙을 해도 무방할 듯했다. 아니, 오히려 주인 입장에선 좋을 수도 있겠지.

"코로나 때문에 이래저래 여러 사람 죽게 생겼습니다. 이러다 우리 다 망하겠어요."

사회적 거리 두기, 여행 자제, 모임 자제 등으로 자영업자들의 시름이 깊어가고 있었다.

저녁을 만들기 위해 펜션으로 오는 길에 마트에 들러 사온 식재료들을 꺼냈다. 창밖에서 눈을 떼지 못하던 어머니는 주방으로 와 식재료를 씻고 있는 내 등을 쓰다듬었다.

"우리 아들, 힘든데 뭐 하려 밥을 하냐."

아내와의 별거 6개월, 어느덧 익숙해진 음식솜씨에 어머니는 조금도 의심하는 눈치가 없었다. 어머니는 아내가 왜 함께 여행 오지 않았는지 묻지 않았다. 범이는 잘 크지? 이 한 마디가 다였다. 당신과 내가 단둘이 여행을 오는 것을 당연하게 여기는 것 같기도 했다. 아버지가 돌아가신 후 나와 아내와 어머니, 이렇게 셋이 여행을 간 적이 몇 번 있었다. 다른 형제들도 어머니가 늘 말씀하시듯 착하고 똑똑한 자식들이지만 특별히 어머니를 세심히 살피거나 하진 않았다. 어머니가 원하는 것들은 다 들어주려고 노력했지만 요구하는 것 외에는 딱히 관심을 보이지 않았다. 단정한 어머니는 자식들에게 먼저 원하는 것을 말하는 법이 없었다. 나는 그런 어머니가 안타까웠고 최대한 어머니의 마음에 들어가 보려고 애썼다. 다행히도 아내는 그런 나를 잘 따라주었다. 그러던 어느 날 내가 또다시 어머니와의 여행 계획을 제안했을 때 아내는 어머니와 둘이 가라고 했다. 왜 함께 가지 않느냐는 나의 말에 아내는 '어머니는 당신이랑 둘이 가는 걸 더 좋아하실 거야.'라고 했다. 이후 나는 어머니와 단둘만의 여행을 몇 번 더 했고, 어머니는 아내가 왜 함께 오지 않았는지 한 번도 묻지 않았다. 단지 아내와 범이의 안부만 물었다. 이번에도 마찬가지였다.

저녁 식사 내내 어머니는 아버지와 할머니, 그리고 당신이 못마땅하게 여겼던 고모에 대해 말했다.

"느이 고모는 아버지가 사기 당해서 사업부도 났을 때 제일 먼저 달려와 받을 돈 대신 공장에서 기계 떼어간 사람이다. 매달려도 뒤도 안 돌아보고 가져간 사람이야. 남들도 그러지는 않더라. 어린 조카들 길바닥에 나앉게 생겨도 눈 하나 깜짝 안한 사람이었지. 하나밖에 없는 동생에게 그럴 수는 없지. 그깟 받을 돈 몇 푼 되지도 않았는데."

"어머니, 식사 좀 하시면서 말씀하세요."

"으응, 그래."

어머니는 한 술 뜨고 다시 방금 한 말과 똑같은 말을 되풀이했다. 녹음테이프를 반복해서 듣는 기분이었다. 요즘에는 유독 더 좋지 않았던 기억만 말하는 데 속마음을 감추지 않고 미웠던 감정을 담아냈다. 조곤조곤 낮은 톤으로 옛날 이야기하듯 당신의 삶을 말했는데 거기서 아버지와 할머니는 주로 악역이었고 자식들은 보물 같은 존재이자 당신이 지금껏 살아온 이유였다. 표정도 그때그때 달라졌는데 아버지와 할머니에 대해 말할 때는 마치 되돌리고 싶지 않은 과거라도 털어내듯 굳은 표정으로 머리를 흔들었지만 자식들을 언급할 때는 어린아이처럼 얼굴에 절로 미소가 번졌다.

"내가 너희 땜에 살았다. 우리 금쪽같은 자식들 땜에."

"어떻게 된 거야. 연락도 없이."

K섬에 오고 첫 주말이 되었을 때 아내의 전화를 받았다.

"아, 내가 정신이 없어서 깜박했네. 어머니 모시고 어디 좀 왔어. 바람도 쐴 겸 좀 쉬다 오려고."

별거에 들어가고 범이를 배려해 우리는 주말 부부 역할을 하기로 했다. 싫든 좋든 주말에라도 집에 와서 정상적인 부부인 양 행동하는 게 아이에 대한 예의라고 생각했다. 범이는 결혼 5년 만에 우리에게 온 아이였다. 불임은 아니었다. 결혼 직후 계획 없이 생긴 첫 아이 유산 후 이왕 그렇게 된 거 좀 더 신혼을 즐기다가 갖자고 했던 게 뜻하지 않게 난임이 되었다. 그때는 아이를 기다리는 것 외에는 아무 문제가 없었다. 아니, 아무 문제도 없어 보였다. 지금도 왜 아내가 당분간 떨어져 살며 우리의 관계를 생각해 보자고 했는지 모른다. 나는 아내에게 왜냐고 물었고, 그녀는 말해도 언제나 그랬던 것처럼 내가 들으려고 하지 않을 거라고 했다. 나는 정말 우리 부부에게 아무 문제가 없다고 생각했다.

"지금이 어떤 상황인데……. 그러고 싶니? 매스컴에서도 이동 제한하라고 계속 떠드는데 이 시국에 꼭 그래야 했어? 지금 여행 못가면 큰일이라도 난대? 기다리는 애 생각은 하지도 않지?"

"범이에겐 내가 따로 연락할게. 미안해."

아내의 전화는 이미 끊겨 있었다. 아내에게 차마 어머니를 위한 코로나 피신이라고 말할 수 없었다. 지금으로서는 좀 더 환경이 좋은 곳에서 어머니의 건강을 돌보는 게 최선이라는 생각밖에 안 들었다. 할 수만 있다면 코로나가 잠잠해질 때까지 언제까지고 이 섬에 머무를 생각도 하고 있다. 그게 언제가 될지는 모르지만.

평생 성실하게 가족을 위해 일했다고 자부하는 아버지는 항상 어머니와 우리 형제들에게 당신이 준 것만 말했다. 마치 가족에게 받은 건 하나도 없는 것처럼. 어머니는 아직도 당신에게 아버지의 그림자가 따라다니는 것 같다고 했다.

"나라고 꿈이 없었겠니? 그래도 내가 선택한 길이니 감수하고 산 거지. 느이 아버지는 평생 하고 싶은 거 다 하고 살았다."

아버지의 외도까지는 말씀하지 않았지만, 어린 시절 나는 어렴풋이 짐작하고 있었다. 전에 없이 할머니가 어머니를 데리고 나가 어머니에게 옷이며 구두를 사주고 다정하게 대해준 적이 있었는데 아마 그 무렵이었던 같다. 할머니는 어머니에게 옥색 바탕에 잔잔한 연노랑 무늬가 있는 새로 산 원피스를 입어보라고 하셨고, 나는 어머니가 그렇게 예쁘고 화사한 원피스를 입고도 표정이 밝지 않은 것을 보고 이해가 되지 않았다. 오히려 그런 어머니의 표정을 보고 할머니가 화라도 내

실까 걱정했다.

"아이고, 우리 며느리 참말로 이쁘다."

의외로 할머니는 어머니의 기분 따위는 관심 없다는 듯이 말했다. 나는 할머니도 저런 말을 할 줄 안다는 걸 그때 처음 알았다. 이후 어머니가 그 옷을 입는 걸 한 번도 보지 못했다.

어머니와 나는 아침에 바닷가를 산책하거나 차를 타고 섬 여기저기를 둘러보며 하루하루를 보냈다. 하루에 두 끼 정도만 제대로 먹고 아침 식사는 내 스타일대로 달걀 프라이와 바나나나 딸기 등을 씨리얼과 함께 우유에 넣어 먹는 걸로 대체했는데 어머니는 의외로 맛있다며 잘 드셨다. 성게비빔밥이나 꼬막무침, 대구탕등 이틀에 한 번은 맛집을 찾아 외식했다. 가는 식당마다 한산해 오히려 주문하는 것이 미안할 정도였다. 하지만 어딜가나 식당에선 반색하며 맞아주었고, 어머니와 나는 천천히 이야기를 나누며 식사를 할 수 있었다. 어머니는 특별히 가리는 음식이 없었다. 형수나 아내, 혹은 그누가 무엇을 대접하든 맛있다고 했다. 하지만 워낙 입이 짧아 많이 드시진 못했다. 며칠이 지나도 어머니에게 특별한 증상이 보이진 않았다. 바람이 불 때마다 나무들은 힘들게 피운 꽃들을 놓지 않으려고 안간힘을 썼다. 진분홍색, 혹은 하얀색 꽃들은 나무에 매달려 있다가도 어디선가 불어오는 따스한 바람결을 따라 나뭇가지가 붙잡는 손을 놓고 날아가 버렸다.

그리고 잠시 머리칼을 나부끼던 나무는 아무 일 없다는 듯 그 자리에 꼿꼿이 서 있었다.

"내년에도 내가 저 꽃을 볼 수 있을까."

꽃그늘 사이로 든 볕은 시시각각으로 모양을 바꾸면서 어머니의 얼굴에 어른거렸다. 어머니의 표정은 잘 보이지 않았지만 목소리의 질감만은 뚜렷했다. 아직은 아버지 곁으로 가고 싶지 않다고.

"당연히 볼 수 있죠. 앞으로 몇십 년은 더 볼 수 있을 거예요."

어쩌면 어머니가 코로나에 감염된 것이어서 본의 아니게 정부 지침을 어기게 된 것이라면 처벌도 감수할 작정이었던 생각이 조금씩 옅어질 정도로 어머니는 지병으로 기침하는 것 외에 아무런 증상이 없었다.

"여기가 어디냐?"

"K 섬이에요."

"여기 왜 왔냐?"

"어머니랑 놀러 왔어요."

가끔씩 어머니는 똑같은 질문을 반복했고, 나의 대답에 마치 처음 들었다는 듯이 반응하거나 당신이 정신이 없어 또 깜빡했다며 쑥스러워했다.

K 섬에 온 지 열흘쯤 되었을 무렵, 동생에게서 전화가 왔다.

"형, 잘 지내지? 회사에 가끔 가봐야 하는 거 아냐?"

아버지가 돌아가시고 어머니와 단둘이 사는 동생은 얼마 전까지만 해도 어머니의 살뜰한 보살핌을 받는 막내였다. 마흔이 다 된 늦둥이 아들에게 밥을 챙겨주는 것이 어머니의 소일거리이자 소소한 기쁨이기도 했다. 나는 단순히 동생이 안부 전화한 것이라고 생각했다.

"형, 어머니 괜찮으시지? 이제 올라와."

"왜 그래? 무슨 일 있어?"

동생은 효정이 코로나에 감염된 것이 아니었다고 했다. 효정이 만나기로 한 약속을 앞두고 코로나 양성 반응을 보여 병원에 입원한 후 동생은 수시로 그녀의 연락을 기다렸지만 소식이 없었고 불안해진 동생은 효정이 입원한 병원을 알기 위해 여기저기 수소문 해보았다고 했다. 입원 당시 그녀는 어느 병원에 입원했는지 알려주지 않았다. 처음엔 경황이 없어 말을 못했다고 여기고 동생은 마냥 연락을 기다렸다. 연락이 없자 효정의 증세가 악화된 게 아닌가 하는 불안감이 들었다. 동생은 그녀의 친구에게 소식을 물었고, 그 친구가 입원 소식은 금시초문이라고 하는 말에 깜짝 놀랐다고 했다.

"제일 친한 친구가 병원에 입원했다는 걸 모른다는 게 말이 돼? 그래서 내가 효정이 회사에 물어보니까 효정이 걔 코로나 감염된 거 아닌 거 같다는 거야. 요즘 재택근무 중이고 엊그제 잠깐 회사에도 출근했대. 완전 어이가 없어."

그러면서 어머니에게 아무 문제없을 테니 그만 올라오라고 했다. 어안이 벙벙했지만 자세한 건 만나서 물어보기로 했다. TV를 보다가 잠 드신 어머니에게 이불을 덮어드리고 다음날 아침에 올라갈 준비를 했다. 아직은 밤공기가 찼다.

펜션 주인에게 깍듯이 인사하며 그동안 감사했다고 어머니는 여러 번 말했다. 죽기 전에 꼭 한번 더 오겠노라고 말해 주인을 당황하게 했다.

"무슨 말씀이세요. 자주 놀러 오셔야죠."

집으로 돌아온 어머니는 한결 기분이 좋아진 것 같았다. 오자마자 동생을 찾았다.

"어머니, 혁이 회사 갔잖아요."

"내 정신 좀 봐라. 오늘이 평일이구나."

나는 동생 얼굴 보고 가려고 어머니 집에 머물렀다가 9시경 퇴근한 동생과 마주 앉았다. 식사를 마친 어머니는 여독 때문인지 일찍 잠들었다.

"어떻게 된 거야?"

"안 그래도 효정이 만나고 오는 길이야. 효정이 걔, 이제 나 안 보고 싶대."

동생은 씽크대 그릇 수납장에서 유리컵을 꺼내 와인을 따라 마시면서 말했다. 와인잔이 아닌 유리컵에 따른 와인은 언뜻 보면 포도 주스 같았다.

"야, 마시려면 제대로 마셔. 와인잔 없어?"

"우리 집에 그런게 어딨어? 아무 컵에나 부어 마시면 되지 그게 무슨 상관이야? 그렇다고 와인이 포도 주스 되는 것도 아닌데. 형도 한잔 할래?"

"운전해야 해서 안 돼."

동생은 그냥 한잔 마시고 자고 가라고 했다. 하지만 어쩐지 어머니의 집에서 자는 건 불편했다. 언제부터 그런 생각이 들었는지는 모르겠다.

동생은 효정에게 찾아가 왜 거짓말했냐고 따져 물었더니 그녀는 '그냥.' 이라고 말했고, 이어서 '우리 그만 헤어져.' 라고 말했다고 했다. 여러 번 반복해서 왜 헤어지자고 하느냐고 물어도 효정이 말하는 이유는 '이제 그만 만나고 싶어서.' 라는 거였다. 동생은 효정이 밀라노에 한 달 반 동안 가 있으면서 다른 남자가 생긴 거 같다는 둥, 어떻게든 자기를 피하려 거짓말을 한 거 같다는 둥 맥락 없이 이별 선언의 이유를 추측하며 중얼거렸다.

2년 전 동생은 나에게 효정을 소개시켜 주었다. 그 때 사귄지 8개월 정도 되었다고 했다. 효정은 동생보다 3살이 적었고 의류 회사를 다니고 있었다. 때문에 이태리 등 유럽으로 출장

가는 일이 많았는데 정확히 어떤 업무로 가는지는 잘 모른다.

효정은 검게 윤기가 나는 찰랑거리는 단발 생머리를 하고 있었다. 한쪽 뺨에 착 붙어 턱까지 내려와 있는 단발머리는 두툼하게 붙어 있는 턱살을 커버하려는 것처럼 보였다. 게다가 젊은 사람들이라면 잘 입지 않을 무릎 바로 아래까지 내려오는 벨트를 한 원피스를 입고 있었는데 어머니가 처녀 때 입었음직한 옷으로 보였다. 그래서인지 그녀는 제 나이보다 더 들어보였다. 그녀는 처음 보는 나의 눈을 똑바로 응시하며 또박또박한 말투로 인사했다. 그리고 대화 도중 입을 크게 벌려 웃었는데 그때마다 붉은 립스틱을 칠한 입술이 두드러져 보였다.

효정을 처음 인사시키고 난 다음날 동생이 기대에 찬 말투로 그녀가 어떠냐고 물었다.

“뭐 자신감 있어 보이고 나쁘지 않네. 근데 어딘지 모르게 좀 아줌마 같더라. 말하는 것도 그렇고.”

“무슨 그런 말을 해. 효정이가 얼마나 귀엽고 예쁜데 그래? 형은 맨날 형수랑 비교하니까 그래. 뭐, 여자는 다 형수 같아야 돼?”

처음엔 동생이 원래 그런 타입의 여성을 좋아했었나 의아했지만 전에 없이 만남이 지속되는 걸 보자 임자 만났다 싶었다.

그냥 헤어지자…….

충분히 그럴 수 있다는 생각이 들었다. 그 말에는 무수한 이별의 이유가 들어 있기 때문이다. 단지 그 이유가 뭔지 모를 뿐. 분명 사랑으로 시작했다고 여겼는데 아내와 나의 관계는 왜 이런 모양으로 바뀌었을까. 아내는 알고 있을지 모른다. 아내에게 전화했다. 받지 않았다. 곧바로 아내에게서 전화가 왔다.

"아빠, 엄마 지금 욕실에 있어 전화 못 받아. 아빠 전화인 거 알고 내가 전화했어."

범이였다.

"응, 범아. 지난번에 아빠가 못 가서 섭섭했지?"

"아냐, 괜찮아. 엄마가 요즘 코로나 때문에 아빠도 사회적 거리 두기를 해야 해서 그런 거라고 했어. 그래서 자주 못 오실지도 모른다고."

그녀와 나는 지금 잠깐 거리 두기를 하는 건지도 모른다. 뉴스에선 머지않아 코로나바이러스 감염이 종식될 거라고 한다. 언제가 될지는 모르지만.

해설

사랑의 실험실

김나정

'사랑'을 쓴다

사랑은 '하는' 것이지 '쓰는' 게 아니다. 행복한 사람은 시계를 보지 않고 연인은 서로의 눈을 들여다보느냐 하염없다. 서로의 사랑을 확인할 뿐 사랑이 무엇인지 물을 짬이 없다. 그러나 사랑이 끝나면 비로소 '사랑'은 제 모습을 드러낸다. 끝장난 사랑 앞에서 그 열망이 과연 사랑이었는지 묻게 된다. 과연 진정한 사랑이었는지 곱씹는다. 불탄 자리에 남은 것들을 찾듯 사랑 뒤에 남은 것들을 헤아린다. 무엇보다 이 사랑이 어쩌다 파국에 이르렀는지를 알고 싶다. 지난 사랑을 되새김질한다.

최승랑의 소설은 '사랑'을 쓴다. 그러나 사랑에 빠진 연인들의 속삭임, 해피 엔딩으로 끝나는 사랑의 성취 과정을 다루진 않는다. 끝난 사랑, 끝장 직전의 사랑을 다루며 사랑의 속성이나 의미를 파헤친다. 소설은 과거형이 기본인 사후(事後) 진술이다. 사랑이 끝났을 때야 비로소 사랑의 진면목에 대해 쓸 수 있다. 사랑 '속'에 있을 땐 사랑이 뵈지 않는다. 최승랑은 사랑 밖으로 나온 사랑의 모습을 그린다.

하지만 사랑에 대해 쓰는 건 만만치 않다. 사랑은 감정인가, 상태인가, 존재 방식인가. 사랑의 정체를 파악하기란 쉽지 않다. 게다가 사랑이란 감정은 보자기처럼 갖은 감정을 싸안는다. 미움이나 질투, 충만한 기쁨과 자괴감, 불안과 죄책감 등 인간의 내면에서 부글거리는 감정들을 두루 끌어안는다. 사랑을 쓴다는 건 이 모든 감정을 다룬다는 것이다. 반면 사랑의 사통팔달한 성격 덕택에 사랑을 다룬 소설은 인간의 모든 것을 말할 수 있다. 사랑은 정체성이며 인간관계이며, 사회 제도에 묶이고 시간의 파괴력을 감당해야 하며, 사람을 살게도 하고 죽게도 한다. 윤리와 철학마저 아우른다. 사랑은 무엇과도 짝지어진다. 하여 사랑에 대해 쓴다는 건, 세상 만물과 인간을 쓰는 것과 맞물린다.

사랑 이야기는 예나 지금이나 사람들의 마음을 잡아끈다. 내내 다뤄졌고 집요하게 파헤쳐졌으나 아직도 사랑은 오리무중이다. 누구나 한 번쯤은 사랑을 치러냈고, 다시금 사랑을 열망하기에 공감을 주는 이야깃거리며 보편적인 주제이기도 하다.

최승랑의 소설은 사랑을 핀셋으로 채취해 프레파라트에 올려놓고, 시료로 염색하여 고배율 현미경으로 들여다본다. 사랑은 무엇인가, 아니 우리가 사랑에 대해 바라는 것은 무엇인가.

동그란 컵 자국들이 서로 겹쳐 말라붙어 있었다. 마치 그것은 수학에서 배운 교집합과 합집합을 설명하는 원들처럼 보였다. 나는 지훈을 둘러싼 갖가지 이유들을 떠올려 그것들의 교집합을 생각했다. 원 하나에 그가 있었고, 또 다른 원 하나에 남편이 있었다. —〈하얀 겨울〉에서

최승랑은 다양한 사랑의 양상을 펼쳐, 사랑의 본질과 의미를 묻는다.

사랑의 고통

사랑은 달콤하지만 씁쓸하다. "그녀를 만나고 온 날이면 밤마다 내 안의 또 다른 고독과 마주해야 했다." 사랑은 쉽지 않다. 고작 두 사람이 하는 일인데, 왜 이리 어렵나.

"안아줘."

"안았잖아."

"두 팔로 감싸 안아줘."

나는 그의 언어와 표정 속에서 진실과 거짓을 구분하려고 애쓰면서 한편으로는 나 자신에게 다가오는 현실적인 고통을 생각했다. —〈하얀 겨울〉에서

사랑이 힘든 이유는 사람 마음을 좀체 알 수 없어서다. 하여 사랑하는 사람들은 상대가 어떤 생각을 하는지를 끝없이 살핀다. 지진계처럼 연인의 마음이 일으키는 파장에 민감하게 반응한다. 주어진 데이터를 분석하여 숨겨진 진심을 읽어내야 한다. 그러나 문제는 객관적인 독법이 존재하지 않는다는 점이다. 사람은 자신이 가진 프레임에 따라 사랑을 해석한다. 그런데 사람마다 '사랑'에 대한 정의는 제각각이다. 누군가에게 사랑은 자유이며 다른 사람에게 사랑은 희생이다. 유희이기도 하고 헌신이기도 하다.

이런 차이로 인해 사랑은 번번이 어긋난다. "접촉의 친밀감이었을 뿐 영혼과 존재의 친밀감은 아니"라고 한다. 사랑은 합의되지 않는다. 사랑은 협정도 아니며 다수결이 통하지도 않는다. 다들 사랑을 말하지만 각자가 말하는 사랑은 천차만별이다.

〈블루 하트〉의 북 콘서트에 참석한 열 명 남짓한 사람들은,

같은 공간에서 같은 책을 두고 모였지만 사뭇 다른 반응을 보인다. 허겁지겁 들어온 남자는 남의 말끝에 습관적으로 웃어 준다. 짙은 화장을 한 여자는 작가에게 질문을 하다가 울먹인다. 책 내용 때문에 감정이 복받치는 줄 알았는데 출산을 앞두고 밀려드는 불안이 원인이었다. 곁에 있던 여자는 만삭인 여자의 등을 묵묵히 쓸어 준다. 젊은 남자는 질문을 하려고 손을 들지만 다른 여자가 끼어들어 발언권을 가로챈다. 화자는 "나는 그 공간과 순간에 저런 감정과 행동들이 과연 어울리는 것인가 생각했다." 하지만 어떤 행동이 딱히 더 옳다고 할 수는 없다. 그들은 자기 입장과 상황에 따라 반응할 뿐이다. 이 장면은 사랑이 어떻게 어긋나는지를 상징적으로 보여 준다. 차이는 개별성에서 발생한다. 각자의 상황이나 입장에 따라 사랑도 달리 해석된다.

"결혼한 지 10년 쯤 된 어느 날 도영이가 어제 날 사랑한다고 말하더군요. 하지만 자기가 찾는 그런 종류의 사랑은 아니라고 했어요." 막막하다. '그런 종류의 사랑'은 도대체 무엇인가. 상대가 어떤 퍼즐 조각을 원하는지 알 수 없으니 끼워 맞출 수 없다. '그런 종류의 사랑'을 말하는 사람조차 자신이 원하는 걸 명확히 모른다. 그저 느낌이고 운명이다. 서로가 서로에게 검은 우주다. 아득하고 막막하다.

사랑만큼 오해받는 감정도 없다. 사랑은 갈등과 불안을 치유하는 만병통치약이며, 때론 두 우주를 단숨에 연결시키는 웜홀이고, 존재의 이유나 삶의 가치로 격상된다. 신이 사라진 자리를 '사랑'이 차지한다. 사랑은 모든 것을 가능케 한다는 이런 환상과 신화는 되레 인간을 사랑에 시달리게 만든다. 사랑은 그것이 영원하며 온전히 상대에게 헌신하는 것이며 계산하지 않고, 둘을 하나로 만들어준다는 관념에 갇혀 있다. 고독한 개인은 오직 사랑으로 구원되며 두 사람의 만남으로 합일에 이르는 발판이 되어준다. 사랑에 대한 기대는 부풀려져 있고, 좀처럼 채워지기 어렵다. 최승랑의 소설은 이런 오랜 사랑의 신화에 메스를 댄다.

사랑에 대한 검질긴 착각은 자기애에 비롯된 건 아닐까. 우리는 상대를 보는 게 아니라 거울을 보는 게 아닐까. 사랑은 거울 속에서 일렁이는 '이미지'에서 움트기도 한다. 〈검은 숲〉의 사랑은 그림에서 출발한다. '나'가 김유찬을 마음에 두게 된 건 그림이 준 느낌 때문이었다. 그림과 화가를 동일시한 셈이다. 두 사람은 '노랑'으로 연결된다.

> 전시회 때 그림들을 떠올리며 왜 전부 파란색과 노란색으로만 그렸냐고 그에게 물었다.
>
> "노란색을 가장 돋보이게 하는 색이 파란색 같아서요."
>
> "그럼 노란색을 그리고 싶은 거였군요."

"네. 노란색은 내 마음의 색이에요. 나비도 그렇고 별도 그렇고……."

노랑은 둘 사이에서만 통하는 암호지만 노랑이 도대체 무엇을 의미하는지는 알 수 없다. 세상엔 노랑이 수두룩한데 왜 하필 그 노랑인가. '나'를 잡아끈 그림의 제목이 '환,幻'이라는 점도 주목할 만하다. "파란 물빛 바탕의 깊이감 때문에 내가 빨려 들어갈 것만 같던" 그림은 아득하고도 몽롱한 느낌을 주었다. 그림에서 받은 느낌을 설명하는 데 사용된 아득하고 몽롱하고, 빨려든다 같은 낱말들은 사랑의 속성과도 통한다. 사랑은 나를 움직이는 환상이다. 내가 만들어낸 환상이다.

'나'는 그림이 주는 느낌에 취하여 화가인 김유찬과 가까워진다. 이미지와 느낌이 먼저고 상대는 다음 차례다. 내가 가진 환상과 이미지에 합치하는 사람이 사랑의 상대가 된다. 사랑이란 감정이 먼저고 상대는 다음이다. '나' 속에 있던 불씨가 내려앉을 자리를 발견한 것뿐이다. 첫눈에 반한다는 것은, 상대에게서 나를 움직이는 뭔가를 발견했다는 뜻이다. 내가 간직한 사랑의 감정은 상대에게 투여된다. 영사기와 스크린처럼. 사랑은 상대를 향한 것이 아니라 자기 내면의 허기를 달래는 끼니에 가깝다. 그렇다면 사랑은 자기가 만든 환상의 구조물, 사랑이라 생각하는 이미지의 발현에 불과하지 않을까.

〈추억의 습관〉에서 연인 최도영과 헤어진 '나'는 사진작가에게 그녀의 사진을 달라고 한다. "웃는 눈이 보기 좋아서 그래. 우리 병원에 걸어 두려고. 그런데 인물 사진은 누구에게 허락받고 걸어 두어야 하는 거니? 작가야? 모델이야?" 사진을 찍은 사람이나 사진의 대상은 중요치 않다. 문제는 내가 그 사진에서 무엇을 발견하느냐다. 이미지와 사랑의 바탕은 느낌이다. 감정에 기반을 둔다. 언어로 명확히 설명할 수도 없으며 쪼개어 논리적으로 설명할 수 없다. 에둘러 말하고 빗대어 드러낼 따름이다. 사랑과 이미지는 이런 융통성 때문에 모든 것을 껴안지만, 다분히 개별적인 것이기에 오차 범위도 넓다. 이미지와 사랑은 두루뭉술하고 모호하기에 자신을 대입시키는 백지로 기능한다. 우리는 누군가를 사랑한다고 말할 때, 자기를 투영한다. 사랑은 어떤 의미에서 자기애에 가깝다. 나는 사랑하는 '나'를 사랑한다.

사랑의 습관

하지만 사람들은 사랑을 미지의 영역으로 남겨두고 싶지 않다. 사랑을 설명하고 싶다는 마음은 '틀'을 빌려온다. 마법 같은, 운명 같은 사랑이란 수식어를 붙인다. 익숙한 프레임에 사랑을 가둔다. 배우자가 있는 사람의 사랑은 불륜으로 분류하고 드라마에 나오는 공식을 끌어들여 사랑을 해석한다. 〈스티브〉에서 연인의 죽음으로 끝난 사랑을 두고 사람들은 이렇게 논평을 가한다.

누구는 전 여친과 그렇게 애틋했는데 그새 다른 여자랑 결혼할 수 있냐고 했고, 누구는 병든 여친을 오래 겪다보니 건강한 여자랑 연애하고 싶었을 거라고 했다. 남자는 원래 그렇다고. 다 틀린 말일 수도 있고 다 옳은 말일 수도 있다. 그런데 한 가지 빠뜨린 것이 있었다. 연과 스티브의 사랑에 대해선 아무도 말하지 않았다. 왜일까. —〈스티브〉에서

그들은 사랑을 관습적으로 해석한다. 사랑은 이런 상투적인 틀 안에서 습관적으로 소모된다. 이를테면 남편+젊은 여자 = 불륜, 사랑의 완성=결혼이라는 식으로.

〈은재〉에서 은재는 유부남 경훈과 어울린다. 다들 그녀를 경훈의 애인이라고 짐작한다. 불륜이다. 경훈의 아내는 '나'에게 남편과 은재의 관계에서 번민한다. 드라마의 한 장면이 펼쳐진다. 경훈의 아내는 은재를 찾아가 "아직 젊은 아가씨가 왜 처자식이 있는 유부남을 만나느냐고 호되게 호통이라도 칠 요량으로 그 여자를 만났더랬죠. 그런데 나는 그와 결혼할 것이 아니라면 더 이상 그를 흔들지 마라"고 말한다. 경훈의 아내는 드라마에서 불륜을 접하고 행동 방식과 대처 방안을 충실히 따랐다. 두 사람이 실제로 어떤 관계인지는 헤아릴 줄 모른다. 무엇보다 남편과 자신 사이의 문제를 '불륜'이라는 통속적인 이유로 정의하고 들여다보는 것을 회피한다. 은재가 결혼을 하고 임신을 해서도 남편과 연락하자 그녀는 다시 은재를 붙들고 늘어진다. 은재는 그런 경훈의 아내에게 되묻는다. "당신이 뭘 알아요? 나는 당신과 말하고 싶은 게 아니에요. 경훈 선배와 이야기를 나누고 싶은 거죠. 당신 남편이 당신 소유물인가요? 왜 남편을 자기 맘대로 하려고 해요?" 남녀 사이에 연애 관계 외에 다른 이어짐이 있다는 걸 경훈의 아내는 납득하지 못한다. '나'도 이런 싸움에 말려들어 은재와 만난다. "너 이제 결혼도 하고 애도 있잖아. 가정에 충실해야 하는 거 아냐?" 이런 옹색한 말을 던졌지만 '나'는 "자신이 말해놓고 유치해서 미칠 지경"인 말 이외에는 달리 설득할 근거를 찾지 못한다. 은재는 "그러는 언니는 결혼한 연우 오빠는 왜 아직도 만나요?"라고 되받아친다. 사람은 누군가의 소유물이 될 수 없고, 마음이 가는 길을 붙들어 맬 방법은 없다.

사람의 관계는 그런 통속적인 틀에 갇히지 않는다. "은재에게 경훈은 때로는 친오빠처럼 삼촌처럼 의지가 되는 사람이었다." 그러나 통속적인 시선, 고정 관념에 붙들린 관계 규정은 두 사람 사이를 불륜으로 매도한다. 이성애 중심의 낭만적 사랑의 신화도 오해를 불러일으켰다. 은재가 사랑한 사람은 동성이었다. 사랑은 고정 관념으로 해석되지 않는다. 이런 상투적인 관계 규정은 되레 사랑을 오염시킨다.

> *"흑백 사진에서도 빨간 입술은 빨간색으로 보인다는 게 신기하지 않아요?"*
>
> *"그럼 정말 까만색 립스틱을 바르고 찍으면 어떨까요?"*
>
> *"그래도 사람들은 빨간색이라고 생각할 거예요. 생각의 습관이죠."—〈추억의 습관〉에서*

피와 살을 가진 사랑은 이런 통속적인 해석과 생각의 습관으로, 박제와 화석으로 변한다.

시간의 파괴력, 제도의 구속

사랑이 영원한 거라고 믿고 싶다. 그러나 사랑은 변한다. 시간 탓이다. 사랑의 신화에 따르면, 둘이 눈을 마주보고 마음을 확인하고 입을 맞추면 사랑은 봉인된다. 해피 엔딩으로 사랑은 결말을 맺는다. 그러나 세속의 사랑은 고정되지 않는다. 열기는 식는다. 결혼 제도로 묶인 사랑도 고정되지 않는다. 결혼으로 완성했다고 믿었던 사랑도 자꾸 흔들린다.

그냥 헤어지자…….

충분히 그럴 수 있다는 생각이 들었다. 그 말에는 무수한 이별의 이유가 들어 있기 때문이다. 단지 그 이유가 뭔지 모를 뿐. 분명 사랑으로 시작했다고 여겼는데 아내와 나의 관계는 왜 이런 모양으로 바뀌었을까. —〈거리의 봄〉에서

〈은재〉의 '나'는 술자리에서 만난 옛 애인을 보며 지나간 사랑을 떠올린다. 그들과의 사랑은 왜 이루어지지 못했을까. 연우와의 사랑은 데면데면하게 끝났다. 현수의 지나친 배려는 부담스러웠다. 거리 조절에 실패했다. 그런데 적절한 거리는 어떻게 가늠할까? '나'는 현재의 사랑에게도 심드렁하다. "어쩌면 내가 지금 현수에 대해 권태를 느끼는 것처럼 그 무렵의 나도 연우에 대해 권태를 느끼고 있었는지도 모른다." 어느 쪽이나 원인은 확실하지 않다. 다만 '시간'의 흐름이 사랑을 녹슬게 한다는 것뿐.

하여 사랑은 시간을 뛰어넘고자 한다. 〈검은 숲〉은 사랑을 시간과 제도에서 보존하려는 분투를 담는다. 이는 생사의 갈림길을 넘나드는 플롯으로 전개된다. 검은 숲을 헤매던 '나'는

점점 민가로 내려간다. 삶으로 가까이 간다. 하지만 유찬과의 사랑이 '나'를 붙든다. 유찬은 "자신의 심장 소리 외엔 아무것도 들리지 않는 고요 속에서, 멈추어진 시간을 그려보고 싶다고 했다." 유찬은 그 시간이 멈춘 곳에서 언제까지나 기다리겠노라고 말했다. '나'는 삶과 죽음, 결혼 제도와 유찬 사이에서 방황한다. 하지만 마지막에는 시간이 멈춰, 사랑을 영원히 봉인시키고자 한다. 죽음만이 사랑을 완성시킨다.

사랑은 제약에 도전한다. 시간의 파괴력과 제도의 구속력을 넘어서고자 한다. 이는 진정성, 자신의 진실을 고수하려는 의지와 결부된다. 최승랑의 소설은 가족 윤리 안에 포섭되지 않는 사랑을 다룬다. 〈검은 숲〉을 비롯해 〈은재〉, 〈하얀 겨울〉, 〈추억의 습관〉, 〈스티브〉, 〈계절풍〉은 제도 밖의 사랑을 그린다. 이런 작품들은 기존 질서가 '사랑'을 침범하는 양상을 비판적으로 그린다. 사랑이 변하는 건 살아 있기 때문이다. 살아 있는 것을 고정된 틀에 묶어둘 순 없다. 변화는 되레 사랑의 본질이기도 하다.

사랑 뒤에 남은 것들

최승랑의 소설은 사랑 이야기며 이별 이야기다. 인물들은 사랑의 끝자락에서 갈등한다. 이 사랑이 진정한 사랑인지를 저울질한다. 진짜와 가짜를 구별하려고 진짜 사랑을 구성하는 것이 무엇인지, 사랑의 본질에 대해 따진다. 사랑이 끝났을 때 왜 이 사랑이 버그러졌는지 따지고 올라간다. 사랑을 되새김하며 자기 마음을 분석한다.

하지만 사랑이 어떻게 끝나는지는 명확히 알 수 없다. 〈블루 하트〉에는 옛 애인 해령의 자살로 죄책감에 시달리는 도균이 등장한다. 주변 사람들은 해령이 교수와의 염문에 휘말려 목숨을 끊었다고 여긴다. 하지만 도균은 자기에게 다른 연인이 생겨서 해령이 자살했다고 여긴다. 마음의 짐은 현재의 사랑마저 버그러뜨린다. "해령이 죽고 내가 학교를 그만두자 캄보디아에서 만난 친구와도 거리가 멀어졌어요. 내가 방황하는 모습을 보고 전 여자 친구를 그리워한다고 생각하는 것 같았어요. 그 사람을 만나면 해령에 대한 죄책감이 더 밀려들었거든요." 화자는 떠돌던 소문을 전해주어 도균의 짐을 덜어주고 싶지만 망설인다. "당신 때문에 해령이 죽는 게 아닐지도 모른다고 말하지 못한다. 어떤 것이 진실인지 알 수 없기에." 사랑의 끝은, 다음 사랑에 흔적을 남긴다는 사실만이 남는다.

〈계절풍〉의 '나'는 승완과 남편 사이에서 방황한다. 태풍으로 승완과의 여행은 연기되고 '나'는 다른 여행객과 호텔에 묵는다. 흔들리던 '나'는 거리를 두고 승완과의 사랑을 바라본다. 승완과의 사랑은 나를 더 외롭게 한다. "타인이 자신을 더 외롭게 만든다면서 그는 가끔 나조차도 자신이 만든 울타리 밖으로 밀어냈다. 그럴수록 나는 더 그의 영역 안으로 들어가고 싶었다. 그는 때때로 스스로를 자기 안에 가두는 고독을 즐기는 것도 같았다." 곁을 내주지 않는, 계산적인 사랑에 '나'는 지쳤다.

이 소설에는 담배, 커피, 알콜 등 기호품들이 등장한다. 이들의 공통적으로 지닌 중독성은 사랑의 속성이기도 하다. 좀처럼 끊을 수가 없다.

> *"채영씨, 커피를 안주 삼아 마시니까 좋죠? 좀 더 알딸딸한 거 같기도 하고 아니면 술이 깨었다가 다시 취하는 것 같기도 하고……. 알콜과 카페인 개네들이 좀 그래요. 사람을 어디든 보내는 묘한 매력이 있죠. 한번 빠지면 중독된 것처럼 헤어 나올 수 없고. 하지만 그러다 몸을 망쳐요. 둘 다 독한 것들이라 서로 부딪치면 사람을 아주 미치게 만들죠. 사람을 사랑하는 것도 그런 거 같아요. 누군가를 동시에 사랑할 수는 없어요. 두 사람의 사랑이 한 사람의 몸속에 스며들면 짜릿한 황홀감은 있겠지만 그건 잠시이고 그 사람은 끝내 망가져요. 사랑을 다 가질 수는 없어요."* —〈계절풍〉에서

중독에서 헤어 나오는 길은 자신이 중독되었음을 인정하는

것이다. 같은 방에 묶던 여자는 자신이 거쳐 온 사랑 이야기를 들려준다. 야구 감독과의 사랑, 남편과의 사랑, 그리고 남편이 데려온 아들에 대한 애정. 그녀의 이야기는 태풍의 경로처럼 사랑이 거치는 과정을 보여 준다. 열정적이고 맹목적인 사랑에서, 동지애와 닮은 부부의 사랑, 피를 나누지 않는 남남과 나누는 가족애로 사랑은 점점 범위를 넓혀간다. 여자가 제시한 여러 사랑의 면모는 '나'의 마음을 움직이고 아이를 보러 가겠다는 여자의 말에 '나'는 승완과 결별하기로 마음먹는다. 중독성, 변화 가능성 등, 사랑이 지닌 속성을 알게 되었기 때문이다. 사랑은 인물이 각성하는 계기를 만들어 주기도 한다.

사랑 너머

사랑에 대해 쓰는 건, 사랑하고 싶어서다. 지난 사랑을 되새겨 더 좋은 사랑을 하고 싶기 때문이다. 최승랑의 소설은 사랑의 여러 양상을 살펴, 진정한 사랑은 무엇인지 우리가 사랑이라고 말하는 것들이 무엇인지를 보여 준다. 사랑은 지나갈 순 있지만 실패할 순 없다. 우리에게 뭔가를 남기고 간다. 불탄 자리에 따뜻한 재가 소복하다.

〈좁은 방〉의 화자 '연주'는 화재로 가족을 잃었다. 동생은 숨졌고 어머니는 심한 화상에 고통받으며 아버지는 가족 곁을 떠났다. 연주에게는 '마지막' 얼굴들만 남겨졌다. 그러나 마지막은 진짜 끝은 아니다. 연주는 사방에서 죽은 동생의 흔적을 발견한다. 세조의 아픈 몸을 어루만져 낫게 했다는 상원사 전설 속 문수보살은 규영을 닮았다. 울먹이는 연주의 등을 쓰다듬는 친구의 손길로 돌아온다. "네가 제일 문 쪽에 누웠는데 이쪽으로 돌아누워 내 손을 네 가슴 쪽으로 끌어갔어. 그래서 내가 손을 빼면 네가 다시 이름을 부르며 내 손을 가슴 쪽으로 끌어갔어, 이렇게."

떠난 사람들의 기억은 어딘가에 남아 있다. 열기가 가신 따뜻한 위로의 손길로 나를 다독인다. 낭만적 연애의 신화에서 벗어날 때 사랑은 제 품을 넓힌다. 생이 탄생과 죽음 사이의 과정이듯, 사랑은 잠시 머물다 가는 위안일는지 모른다. 시작도 끝도 확실하지 않지만 나와 함께 있던 어떤 것들, 잠시 머물던 마음의 정거장들.

> *하늘을 가득 매운 눈송이가 옥상 바닥의 깨어진 시멘트 조각 위로 고요히 내려앉았다. 담배를 꺼내 물었다. 내 몸속을 한바탕 휘감고 뿜어진 담배 연기 속에 하얀 눈송이가 부유했다.*
>
> —〈은재〉에서

열정이 살라먹고 지나간 자리엔 재가 남는다. 사뿐히 따뜻하다.

작가의 말

얼굴에 닿는 바람이 하늘빛이다.

나를 통해 세상 밖으로 나온 이야기들을 모아 보았다.

미소를 띠면서 읽을 수 있는 소설은 아니다.

사랑 — 그리워한다는 것. 가볍게 지나칠 수 없는 인간의 보편 정서이자 감정이다.

첫 소설집이다. 사랑을 담으려고 했다. 누군가의 외로움의 자리를 그리움으로 채워줄 수 있다면 그것으로 만족한다. 단 한 사람일지라도 가슴으로 공감하는 독자가 있다면 더 바랄 것이 없겠다.

높은 산의 정상을 향해 오른다는 느낌보다는 오래 걸어도 피로하지 않는 햇살 드는 오솔길을 걷는 기분으로 글을 쓰고 싶다. 가끔은 높은 빌딩이 보이거나 주택의 담벼락을 손끝으로 문지르며 걸을 수 있는 길이 나와도 좋다. 그러다가 사진관이 나오거나 서점이 보이거나 카페가 모습을 드러내거나 문구점이 보인다면 나는 그곳에 들어가 볼지도 모른다.

목적지를 두지 않았기 때문에 언제 어디에 도착할 것이라는 말은 할 수 없다. 그냥 느리게 내가 좋아하는 길을 걷고 있을 뿐이다.

어설프지만 내 소설 속에서 자신의 역할을 놓치지 않고 저마다의 위치에서 애써준 나의 주인공들과 따뜻한 해설로 나의 다음 걸음을 격려해 주신 김나정 선생님께, 나무에서 떨어져 풀숲에 흩어진 과일을 한 바구니에 모아 주신 실천문학에 감사드린다.

2020년 가을, 최승랑

추억의 습관

2020년 12월 12일 1판 1쇄 찍음
2020년 12월 12일 1판 1쇄 펴냄

지은이 최승랑
펴낸이 윤한룡
편집 신한선
관리 이소연
디자인 윤려하
펴낸곳 (주)실천문학
등록 10-1221호(1995.10.26)
주소 남양주시 퇴계원읍 퇴계원로52 405호
전화 02-322-2161~2
팩스 02-322-2166
홈페이지 www.silcheon.com

ISBN 978-89-392-3063-7 03810